KB077735

FUSION FANTASTIC STORY
미더라 장편 소설

괴짜 변호사 : 악마의 저울 4

미더라 장편 소설

초판 1쇄 찍은 날 § 2015년 6월 9일
초판 1쇄 펴낸 날 § 2015년 6월 16일

지은이 § 미더라
펴낸이 § 서경석

편집책임 § 이창진

펴낸곳 § 도서출판 청어람
등록번호 § 제387-1999-000006호
등록일자 § 1999. 5. 31
어람번호 § 제1-2145호

주소 § 경기도 부천시 원미구 부일로 483번길 40 서경B/D 3F (우) 420-822
전화 § 032-656-4452 팩스 § 032-656-4453
http://www.chungeoram.com
E-mail § chungeorambook@daum.net

ISBN 979-11-04-90266-6 04810
ISBN 979-11-04-90196-6 (세트)

ODD LAWYER

Devil's Balance

괴짜 변호사
악마의 저울

④

도서출판 청어람

FUSION FANTASTIC STORY

미더라 장편 소설

CONTENTS

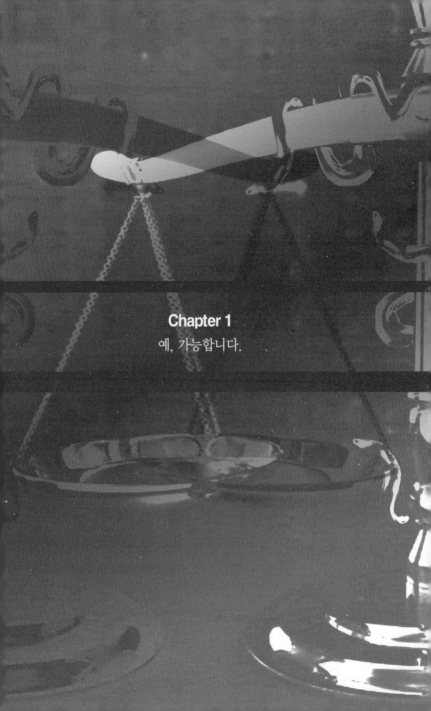

Chapter 1
예, 가능합니다.

"그러니까 도장 찍으라고. 그러면 다 끝나는 거라니까?"

"아니 어떻게 이럴 수가 있어요. 우리 지연이 아직 중학생이에요."

50대 초반으로 보이는 부인은 제발 다시 생각하자며 하소연을 했지만, 비슷한 또래의 남편은 눈 하나 깜짝하지 않았다.

"그러니까 누가 놈팽이하고 붙어먹으래? 당신이 다른 남자하고 놀아나서 지금 상황이 이렇게 된 거 아냐."

"아니 아무 일도 없었다니까요. 만나서 얘기하고 차 마시고 한 게 전부예요."

· 아내는 결사적으로 아니라는 말을 되풀이했지만, 남편은 당장 이혼이라며 고래고래 소리를 질렀다. 아내는 하얗게 질린

얼굴로 어쩔 줄을 모르고 있었다.

"너무 격해진 것 같으니 잠시 쉬었다가 얘기를 다시 하시죠."

하치훈이 이야기를 꺼내자 남편은 씩씩대면서 제자리에 앉았고, 아내는 비틀거리면서 방에서 나갔다. 아내가 나간 걸 확인하더니 남편은 하치훈에게 말했다.

"아니, 하 변호사. 이게 말이 되느냔 말이야. 어떻게 재산을 반반으로 나눠? 저 여편네가 집구석에서 한 게 뭐가 있다고. 내가 맨손으로 시작해서 다 키운 사업체 아니냐고."

"그게 법이 바뀌어서 그렇습니다. 그러니까 협의 이혼으로 가는 게 여러모로 깔끔합니다."

수백억 원대의 재산을 가지고 있고, 기업을 운영하고 있는 박 회장. 그는 하치훈의 중요한 고객 중 한 명이었다. 지금이야 그보다 훨씬 거물 고객들이 있었지만, 태경에 와서 처음으로 인연을 맺은 게 박 회장이었다.

그래서 하치훈은 박 회장을 남다르게 생각하고 있었다. 그래서 보통 이런 이혼 건은 밑에 있는 변호사에게 주는 게 맞았지만, 직접 챙기고 있었다.

"거 참. 지금 사업 챙기는 것도 바빠 죽겠는데 이게 뭐야? 모양 빠지게."

"너무 걱정하지 않으셔도 될 것 같습니다. 사모님 상태를 보니까 얼마 버티지 못할 겁니다."

하치훈은 박 회장이 다른 여자가 생겨서 이혼하려 한다는 걸 알고 있었다. 하지만 그런 건 상관없었다. 박 회장이 중요한 고객이라는 사실보다 중요한 건 없었으니까.

그래서 사람을 붙여서 박 회장의 아내를 살폈고, 어떤 남자와 자주 만난다는 사실을 알아냈다. 하기야 사실상 별거를 한지가 4년이 넘어가고 있으니 그럴 만도 하지 않겠는가. 하지만 선을 넘지는 않았다.

확실한 불륜이었다면 더 좋았겠지만, 그런 정도만 해도 상관없었다. 마음이 여린 편이라서 그런 정도만 가지고 몰아붙여도 벌벌 떨었으니까. 그리고 박 회장의 아내는 아이에 대한 애착이 무척 강했다. 그러니 무너뜨리기 정말 손쉬운 상대였다.

"그런데 사모님이 변호사라도 선임해서 대응하고 그러면 조금 복잡해질 수도 있습니다."

"그게 어디 그런 걸 생각이나 하려고. 게다가 무슨 돈으로? 내가 생활비 주지 않으면 한 푼도 없는 여편네니까 그런 건 걱정하지 않아도 돼. 뭐 몇백이야 어떻게 구할 수도 있겠지만, 그거 가지고야 어디 태경의 하 변호사를 상대할 변호사를 구할수 있겠는가."

박 회장은 어림도 없다는 듯 조소를 띠면서 말했다. 그렇게 이야기를 나누는 사이에 박 회장의 아내가 들어왔는데 표정이 아주 창백한 것이 좋지 않았다.

"미안한데 오늘은 그만하면 안 될까요? 내가 지금 몸이 너무 좋지를 않아서……."

부인은 숨마저 가쁘게 몰아쉬면서 이야기를 했고, 박 회장은 못마땅하다는 표정을 지었다.

"무슨 소리야. 그럼 후딱 마무리하면 되지. 바로 도장 찍고 끝내자고. 벌써 이야기는 다 된 거잖아. 재산의 5%를 갖고 대신 양육권을 갖는 걸로."

박 회장은 5%라고 해도 몇억 원 정도는 되니 먹고는 살지 않느냐면서 다그쳤다. 하지만 그의 아내는 대답하지 못하고 가슴만 부여잡고 있었다.

"오늘은 이 정도 하시죠. 사모님이 좀 많이 불편하신 것 같습니다."

보다 못한 하치훈이 박 회장을 제지했다. 부인의 상태가 그냥 보기에도 무척 좋지 않아 보였기 때문이었다.

"하여간 몸 관리 하나도 제대로 못하고 말이야."

박 회장은 짜증을 내면서 자리에서 일어섰다. 부인은 뭐가 그리도 미안한 것인지 계속해서 죄송하다는 말을 했다. 그리고 창백한 얼굴로 방에서 먼저 나갔다.

"혹시 모르니까 다른 여자분하고는 만나지 않으시는 게 좋습니다. 아시죠?"

"아 저 여편네는 그럴 깜냥이 되질 못한다니까. 그리고 미행 붙이는 것도 돈이 꽤 든다면서? GPS 방식은 이삼백 정도 들고, 사람을 붙이면 일주일에 천 가까이 드는데 저 여편네가 픽이나."

"그래도 혹시 모르는 일이니 조심하시는 게 좋습니다. 어차피 며칠 사이에 끝날 일 아닙니까. 그러니 자중하시지요."

사실은 회사에 들렀다가 애인에게 갈 생각이었던 박 회장은 입맛을 다셨다. 삼십 대 초반의 물이 오른 애인의 몸뚱이가 떠올랐지만, 하 변호사의 말대로 공연히 이런 시기에 문제가 될 행동을 할 필요는 없었다.

"알았네. 내일은 꼭 마무리하자고. 후딱 끝내 버리고 빼돌려 놨던 거 다시 가져와야 하니까."

5%도 너무 많다고 생각했지만, 하 변호사는 너무 적으면 상대가 반발할 수도 있다면서 그 정도는 내주라고 말했다. 하지만 박 회장은 그것도 아까웠는지 재산을 상당수 빼돌려 놓았다. 어떻게든 줄 돈을 줄이기 위해서였다.

물론 재산 분할이 모두 끝나면 다시 그 재산을 원위치시킬 테지만. 하지만 그건 최소한 몇 달이 지난 뒤가 될 것이다. 협의가 끝난다고 해도 이혼숙려기간 제도가 있어서 3개월은 지나야 모든 게 마무리가 되기 때문이었다.

"그러면 내일 보자고."

박 회장은 기사에게 전화하면서 방에서 나갔는데 하 변호사가 엘리베이터까지 따라 나와 배웅을 했다. 퇴근 시간이라서 그런지 엘리베이터 근처에는 사람들이 많았다.

박 회장은 엘리베이터가 도착하자 가볍게 손을 들고는 좁은 공간으로 들어갔다. 그리고 1층에서 내린 박 회장은 건물 밖을 향해 걸어 나갔다. 정문에 기사가 차를 대놓고 있을 테니까.

그런데 그의 부인은 아직 건물 안에 있었다. 그녀는 몸이 불편한지 한 손으로 벽을 짚고 서 있었다. 하지만 박 회장은 그런 아내를 슬쩍 보더니 쯧쯧 하고 혀를 차고는 그냥 밖으로 나가 버렸다.

박 회장의 아내인 강순자는 그런 남편을 보자 갑자기 온갖 서러움이 한꺼번에 몰려옴을 느꼈다. 눈물이 뚝뚝 떨어지고 다리에는 힘이 풀려 비틀거렸다. 그런 그녀의 곁을 정장을 말쑥하게 빼입은 사람들이 스쳐 지나갔다.

많은 사람이 그녀의 곁을 지나갔지만, 아무도 그녀에게 말을 걸거나 부축하는 사람은 없었다. 그녀는 원래부터 그 공간에 없는 사람처럼 홀로 비틀거리는 몸을 이끌고 앞으로 걸어갔다. 바로 앞에 보이는 환한 바깥이 왜 그리도 먼 것인지.

몸이 정상일 때는 정말 아무것도 아니었던 거리였지만, 오늘은 아무리 몸을 움직여도 닿을 수 없는 그런 곳처럼 느껴졌다.

"어머, 어디 편찮으세요?"

정말 쓰러질 것 같은 순간 강순자는 누군가가 자신을 떠받드는 손길을 느꼈다. 그리고 젊은 아가씨의 목소리가 들렸다.

"미안해요. 내가 갑자기 몸이 좀……."

"원래 어디 아프신 데가 있으신 거예요?"

"아니, 그런 건 아닌데……."

율희는 강순자를 부축해서는 로비에 있는 의자로 데려갔다.

"잠깐만 여기 계세요. 제가 따뜻한 음료라도 사 가지고 올게요."

율희는 쪼르륵 달려 나갔다. 그리고 그녀가 다시 왔을 때는 따뜻한 꿀물 음료를 들고 있었다.

"이거 좀 드셔보세요. 보니까 그래도 이게 가장 괜찮은 것 같더라고요."

"아이구. 고마워요. 정말 고마워."

강순자는 음료수를 조금 마셨는데, 따스하고 달콤한 음료가 몸 안에 퍼지자 긴장도 풀리고 몸도 좀 안정이 되는 것 같았다.

"이제 혈색이 좀 돌아오셨네. 걸으실 수 있으시겠어요? 제가 택시 잡아드릴까요?"

"아니야. 괜찮아. 그냥 힘이 갑자기 없어져서 그런 모양이야."

강순자는 한숨을 푹 내쉬었고, 율희는 그런 강순자의 옆에 앉아서 주름진 손을 잡으면서 물었다. 무슨 일이라도 있었느냐고. 강순자는 참 착한 아가씨라면서 손을 토닥토닥거리면서 이야기를 시작했다. 지금까지 있었던 이야기를.

*　　　*　　　*

강지희는 오혜나의 회사에 취직했다. 그녀의 방에 있었던 수많은 노트는 그녀가 의상을 디자인한 작업물들이었다. 그녀는 막다른 골목으로 자신을 밀어 넣으면서도 꿈을 향한 일말의 끈은 놓치지 않고 있었던 것이다.

그중 괜찮다고 생각된 거를 혜나에게 보여주었는데, 혜나는 회사의 실장이라는 사람을 데리고 와서 그 노트를 같이 보았다. 그리고 혁민에게 이야기했다.

감각은 좋지만 조금 거칠다고. 그리고 아직은 배울 게 많은 것 같다고 했다. 하지만 반짝이는 건 분명히 있는 것 같다면서 긍정적인 말도 했고.

"그래서 인턴으로 데리고 있어본다고 했지. 그 기간에 자신의 능력을 증명하면 계속 데리고 있고, 아니면 아쉽지만 거기까지라면서 말이야."

혁민의 말에 성만이 대답했다.

"그나마 기회를 얻었으니까 잘된 거네. 그래서 항상 준비는 하고 있어야 한다고 그러는 건가 봐. 그런 것도 하지 않고 있었다면 그런 기회조차 얻을 수 없었을 거잖아."

"하지만 쉽지는 않을 거야. 혜나가 애는 참 좋은데 사업하는 사람이다 보니까 그런 면에서는 무지하게 깐깐하더라고. 본인에게 그런 약점이 있는 만큼 그 이상 자신이 필요한 사람이라는 걸 보여주지 않으면 계속 데리고 있기 어렵다고 이야기하더라니까?"

강지희의 인턴 생활은 절대로 순탄하지만은 않을 듯했다. 하지만 잘해내리라 생각했다. 마음가짐 자체가 보통 사람과는 다를 테니까.

하지만 혁민은 그런 것보다는 어떤 영화를 볼지 고민이었다. 비록 네 명이 같이 보는 것이긴 했지만, 이번 생에서는 첫 데이트가 아닌가. 그래서 어떤 영화를 보고 어떻게 시간을 보낼 것인지가 고민이었다.

혁민은 인터넷을 검색하면서 중얼거렸다.

"맘마 미아가 괜찮았는데. 이건 봤다고 했고……."

"왜? 영화 보게?"

"어. 다 같이 영화 하나 보러 가려고."

벌써 12월. 2008년도 끝나가고 있었다. 혁민은 인터넷을 찾아보다가 눈이 번쩍 뜨이는 영화가 있었다.

"아, 이거 보면 좋겠다. 과속스캔들."

"오, 그거 재미있다더라. 내가 아는 사람들도 그거 봤는데, 다 추천하더라고."

성만도 주변에서 다들 괜찮다고 했다면서 추천했다. 어떤 내용인지 이미 알고 있는 혁민도 동의했고.

"그거 정말 좋대요. 제 친구도 그거 꼭 보라고 그랬어요. 웃다가 울다가 정말 최고였대요."

보람이도 거들었다. 그렇게 같이 볼 영화가 정해졌다.

혁민은 돌아오는 토요일에 같이 과속스캔들을 보러 가기로 결정했다. 그런데 그 순간 문이 열리더니 중년 부인 한 명이 들어왔다.

"저기……."

"예, 어서 들어오세요."

성만이 벌떡 일어나 안내를 했고, 강순자는 두리번거리면서 자리에 앉았다.

'저 사람이 그 변호사인 건가? 태경의 유명한 변호사도 이겼다는 그 젊은 변호사가?'

강순자도 태경이 어떤 로펌인지 잘 안다. 게다가 남편이 어떤 사람인지도 잘 안다. 그래서 사실 거의 포기하고 있었다. 이번에도 남편의 뜻대로 되겠구나 하는 생각을 했었다. 그리고 율희라는 아가씨하고 이야기를 나눌 때만 해도 그냥 푸념한다는 생각이었다.

누군가에게 이야기라도 털어놓으면 마음이 좀 편해지지 않을까 하는 그런 생각에서 말을 한 거였다. 그런데 그 아가씨는 자기 일처럼 화를 내더니 기운을 내라고 하면서 이곳을 알려 주었다. 여기 변호사가 실력으로는 최고일 것이라면서.

'나이도 어린 아가씨가 뭘 알겠냐고 생각하긴 했지만…….'

강순자가 그냥 남편이 하자는 대로 따르겠다고 말하자 율희는 강순자의 두 손을 꼭 잡으면서 말했다. 왜 그렇게 쉽게 포기하느냐고. 정말 아무것도 할 수 없을 때 포기해도 늦지 않은 거라고.

정혁민 변호사가 태경의 유명한 변호사를 이겼다는 말이 가장 컸다. 그 말을 듣지 못했으면 사실 율희라는 아가씨가 무슨 말을 했어도 여기에 오지 않았을 것이다. 하지만 태경의 유명한 변호사를 이미 이긴 적이 있는 변호사.

어차피 다른 희망은 없었다. 유일하게 기대볼 수 있는 곳은 여기밖에 없었다.

"그런데 무슨 일 때문에 오셨는지……."

"저기……."

강순자는 주저주저하다가 이야기를 시작했다. 하지만 그녀는 꼭 집안의 안 좋은 구석을 밖에 내보이는 것 같아서 말을 제대로 하지 못했다.

혁민은 그녀가 어떤 사람인지를 눈치채고 이야기했다.

"그러니까 남편분이 이혼하자고 한다는 거군요. 재산 분할 비율을 낮추는 대신 양육권을 갖는 조건으로 말이죠."

"예, 맞아요. 그런데 저는 애가 결혼할 때까지는 그래도 이혼하는 건 좀⋯⋯."

대충 얘기만 들었는데도 견적이 딱 나왔다. 상대는 이런 강순자의 성격을 이용해 먹고 있었다. 이런 식이면 백이면 백, 먹힐 수밖에 없다.

"그건 소송의 테크닉입니다. 아마도 남편분은 따님을 양육할 의사가 없을 것 같은데요."

"남편이요? 뭐, 애 키우는 거에 그렇게 마음을 쏟지는 않았죠⋯⋯."

"상대는 지금 그걸 미끼로 압박하고 있는 겁니다. 겁을 줘서 돈을 지키겠다는 거죠."

강순자는 명쾌한 답변에 역시 율희라는 아가씨가 이야기한 것같이 실력이 좋은 변호사인 것 같다고 중얼거렸다. 사실 경험이 좀 있는 변호사라면 누구나 알 수 있는 거였지만, 강순자의 입장에서는 혁민이 대번에 그런 걸 꿰뚫어 보는 대단한 변호사처럼 느껴졌다.

"율희요?"

혁민의 물음에 강순자는 그냥 혼잣말이었다고 사과를 하고는 무슨 일이 있었는지 짧게 설명했다. 혁민은 이야기를 듣고 율희라면 당연히 그렇게 했을 것이라고 생각했다. 그녀는 원래 그런 사람이었으니까.

비틀거리면서 가고 있는 아주머니를 그냥 지나치지도 않았을 것이고, 사정 이야기를 들으면 어떻게든 도움을 주려고 했을 것이다.

그리고 박 회장이라는 사람에 대해서 상당한 분노를 느꼈다. 조금 잘살게 되었다고 해서 조강지처를 버리겠다는 거 아닌가. 그것도 제대로 돈도 주지 않고서.

"그런데 여기 비용이 비싸다고 해서……."

혁민은 물끄러미 강순자를 쳐다보았다. 워낙 마음도 여리고 딸에 대한 애착도 강해서 쉽지 않은 싸움이 될 것 같았다.

"한 가지만 여쭤보겠습니다. 지금 상황을 바꾸고는 싶으신 겁니까?"

혁민은 강순자가 너무 소극적이라고 생각했다. 이기고 싶은 의지조차 없으면 그건 해보나 마나다. 이길 수가 없다. 그래서 이런 질문을 한 거였다.

"왜 나라고 그런 생각을 하지 않았겠어요. 하지만 나한테는 아무것도 없어요. 아는 게 많은 것도 아니고, 도와줄 사람도 없어요. 게다가 가진 돈도 없고요. 나도 이런 거 정말 지긋지긋하다고요. 남편하고 시댁 식구들한테 구박받고 무시당하면서 사는 거 정말 어떤 건지 당해보지 않은 사람들은 몰라요. 몰라……."

혁민은 고개를 끄덕였다. 그런 마음가짐이 있다면 가능성은 있었다. 사실 가진 게 없는 사람이 가진 게 많은 사람을 이긴다는 건 무척 어려운 일이다. 튼튼한 갑옷에 강력한 무기와 방패까지 가지고 있는 사람과 맨주먹으로 싸우는 사람. 누가 이길 확률이 높겠는가.

그래서 자신 같은 사람이 필요한 것이다. 그런 사람들을 대신해서 싸워줄 사람이. 혁민은 결심을 굳히고 말했다.

"원래는 이런 식으로 사건을 맡지는 않지만, 이번에는 특별 케이스로 생각하겠습니다. 착수금과 성공 보수를 모두 후불로 받겠습니다."

"후불이요? 그렇게도 해주시나요?"

강순자는 의아하다는 듯 물었다. 사실 누가 그런 식으로 일하겠는가. 하지만 혁민은 뭐가 문제냐는 듯 말했다.

"그럼요. 특별한 경우에 한해서이기는 하지만 가능합니다. 대신 성공 보수는 조금 비쌉니다."

혁민은 싱긋 웃으면서 말했다.

"이 사건 제가 맡겠습니다."

*　　　*　　　*

혁민은 본격적인 조사에 착수했다. 그런데 사건을 살피다가 빵 터지고 말았다.

"뭐야, 이 아저씨였어?"

인연이란 게 엮이려고 하면 이런 식으로도 엮이는 모양이었다. 처음에는 대수롭지 않게 생각했었는데, 어쩐지 사진이 눈에 익었다. 그래서 가만히 생각해 보니 바로 강순자 아주머니의 남편이 바로 혁민이 증거로 활용한 블랙박스의 주인이었다.

"어쩐지 볼 때부터 재수가 없더라니. 그런데 이 양반 아주 웃기네. 진짜 바람을 피우는 건 자기면서 말이야……."

하기야 처음 봤을 때도 좀 뻔뻔하다 싶었다. 잘난 척도 많이 하고 뭘 그렇게 큰소리를 쳐 대는지. 그리고 생각을 해보니 조금 이상하게 생각했던 부분들이 이해가 되었다.

혁민이 찾아갔을 때 박 회장은 이혼을 생각하고 물밑에서 준비를 하고 있을 때였다. 아내에게 사람을 붙여서 한참 누구를 만나는지 조사를 하던 시기. 뭔가 약점을 잡아서 이혼하려는 속셈으로 말이다.

그런데 그런 상황에서 자신의 불륜이 먼저 터져 버리면 어떻게 되겠는가. 상황이 무척 곤란해진다. 그래서 그렇게 순순히 블랙박스를 넘겨준 거였다. 만약 그런 게 아니었더라면 아내가 그런 걸 알든 말든 개의치 않았을 것이다.

"별거한 지 4년이 넘었으니까 아예 신경을 쓰지도 않았던 거고."

불륜에 민감한 사람은 간혹 영상을 지우기도 한다. 아내가 혹시라도 확인하면 큰일이 나는 거 아니겠는가. 물론 이 시기는 블랙박스 자체가 흔한 물건은 아니라서 여자들은 그런 걸 잘 몰랐지만.

하지만 아내가 그런 걸 볼 염려가 전혀 없었으니까 그런 걱정을 할 필요가 없었다. 그래서 과시도 할 겸, 차 안에서 벌어지는 걸 촬영도 할 겸 해서 블랙박스를 단 거였다. 화질이 가장 좋은 최고급으로.

물론 그 부분은 결사적으로 박 회장이 막아서 혁민도 보지 못했지만, 앞뒤 내용을 보면 대충 알 수 있지 않겠는가.

"자존심은 강하고, 호탕하고 외부 활동에 신경을 많이 쓰시네. 모임도 많이 참석하고 운동도 좋아하고. 어이구, 골프가 싱글이면 돈깨나 버렸겠는데?"

승부욕도 강하고 지는 건 싫어하는 성격. 그리고 생각보다 재산도 많고 인맥도 화려한 인물이었다.

"마호가니로 사무실을 도배할 만했네……."

혁민은 박 회장이 밖으로 보이는 모습에 상당히 집착한다는 느낌을 받았다. 젊은 애인이 있어서 몸 관리 좀 하고 으스대는 그런 졸부인 줄 알았더니 그런 것보다는 조금 더 깊은 내면에 있는 욕망 때문인 것 같았다.

"자수성가했지만, 아직 자신이 상류층이 아니라고 생각하는 건가?"

예전에야 어떻게든 블랙박스만 확보하면 되는 거였으니까 강하게 압박하면 되는 거였지만, 이제는 의뢰인을 위해서 그를 상대해야 한다. 드러난 약점은 누구나 다 아는 거다. 당연히 상대방도 대책을 세울 터.

그러니 그 사람 자체를 알고 이해해야 한다. 그래야 그가 어떤 생각을 하고 있고, 어떤 것을 좋아하고 싫어할지를 파악할 수 있다. 그러면 잘 드러나지 않는 약점도 발견할 수 있다.

하지만 그런 일은 이렇게 몇 가지 정보만 보아서는 알 수 없는 일. 앞으로 직접 겪으면서 데이터를 축적하고, 그에 따라서 대응 방법을 찾을 것이다. 어차피 법적인 다툼으로는 한계가 있다. 빠르고 효과적으로 승부를 내려면 법적인 것 말고도 다른 게 더 필요했다.

"얼레? 하치훈이 이걸 맡고 있어?"

혁민은 조금 놀랐다. 태경에서 담당하고 있다는 건 알고 있었지만, 설마하니 하치훈이 이 사건을 담당하리라고는 생각지도 않았으니까. 하치훈은 이런 사건을 직접 챙길 급이 아니었다. 현재 진행하고 있는 굵직굵직한 사건만 해도 시간이 부족한 그런 사람이었다.

"뭔가 있는 건가? 수백억 원대 자산가이니까 그럴 수도 있기는 하지만……."

그래도 그가 이혼 전문 변호사도 아니고 좀 이상하다는 생각이 들었다. 게다가 하치훈은 상대하기 그리 녹록한 상대가 아니다. 지금까지 상대한 자들과는 급 자체가 다른 인물. 게다가 법조계에 인맥도 막강하다.

특히 법원 쪽에는 상당한 영향력을 미칠 수 있다. 부장판사까지 하다가 나온 인물이었으니까.

"이거 쉽지 않겠는데? 그리고 좀 아깝기도 하지……."

하치훈은 여러모로 쓸모가 많은 인물이었다. 그는 혁민을 아주 가깝게 생각하고 있었다. 잘 부탁하면 그의 인맥을 활용할 수 있게 해줄 정도로. 그건 보험 같은 거였다.

실력으로 싸우는 거야 어떤 사람이랑 붙어도 자신 있었지만, 다른 힘을 사용하면 곤란할 수도 있지 않겠는가. 그러니 그럴 때는 자신도 다른 힘을 사용해야 한다.

그때 하치훈의 인맥, 사법개혁 모임의 김문환이나 고인수 같은 사람의 힘이 필요한 거였다. 그러니 가능하면 척을 지지 않는 정도에서 마무리되는 게 좋았다. 하지만 가장 우선은 무조건 의뢰인!

"일단 부딪쳐 보고 생각은 그다음에 해야겠다. 이거 변수가 너무 많아서 지금은 생각을 해봐야 소용없겠어."

모든 일은 신중하게 계획을 세우고 진행하는 게 좋다. 준비가 탄탄할수록 성공 확률이 높으니까. 하지만 때로는 무조건 몸으로 부딪쳐 봐야 할 때도 있다. 그리고 그게 바로 지금이었다. 혁민은 의뢰인 강순자와 태경으로 가서 이야기를 나누어보고 결정하기로 마음먹었다.

혁민은 하치훈의 사무실로 향하면서 강순자에게 신신당부했다.

"제가 좀 평소와는 다르게 행동을 할 건데요. 놀라거나 그러지 마세요. 원래 제가 그런 식으로 사건을 하는 스타일이거든요."

"아이구, 변호사님이 알아서 해주세요. 그런데 정말 양육권은 제가 갖게 되는 거죠?"

"그럼요. 그런데 아주머니는 가능하면 이야기를 하지 마시구요. 하더라도 저하고 잠깐 상의하고 그다음에 하세요. 알았죠?"

"그럼요 그럼요. 그렇게 할게요."

강순자는 전에 왔을 때는 정말 삭막하고 숨 막히는 곳이라는 생각이 들었는데, 오늘은 변호사와 함께 와서 그런지 훨씬 마음이 편했다. 그리고 앞쪽에 율희라는 아가씨의 모습도 보였다.

그 아가씨 모습을 보니까 마음이 더 포근해졌다. 변호사와도 아는 사이인지 살짝 눈인사를 하는 게 강순자의 눈에 보였다. 그리고 도착한 곳이 하 변호사의 사무실 앞. 막상 하 변호사의 사무실에 도착하니 강순자는 다시 가슴이 떨리기 시작했다.

혁민은 옆을 돌아보면서 가볍게 웃었다. 그리고 강순자의 손을 살짝 잡았다. 강순자는 두툼한 남자의 손과 다정한 미소가 이렇게까지 든든한 것이라는 걸 오랜만에 느꼈다.

남편에게서 받은 건 멸시뿐이었다. 가끔 만나는 친구도 만나면 친근하고 편하기는 했지만, 든든하다는 느낌을 아니었고.

강순자는 자신보다 스무 살 넘게 어린 이 남자가 적어도 이 순간만큼은 오빠처럼 느껴졌다. 자신이 가장 믿고 의지했지만, 5년 전에 죽은 자신의 오빠 같은 느낌이었다.

"아이고, 회장님. 여기서 또 뵙네요?"

혁민은 문을 열고 들어가서는 크게 웃으면서 이야기했다. 그러고는 박 회장에게 쑥쑥 다가가더니 손을 내밀었다.

박 회장은 혁민이 너무 거침없이 다가오자 깜짝 놀라서 뒤로 조금 물러섰다.

"커허험!! 크흠, 크흠."

박 회장은 귀신을 본 것 같은 표정을 하더니 계속 헛기침을 해댔다. 그리고 혁민을 아예 외면하는 것도 아니고 아는 척을 하는 것도 아닌 아주 어색한 표정과 몸짓을 보여주었다. 그런 배역을 맡은 연기자라면 누구라도 참고하고 싶을 만한 아주 오묘한 표정과 몸짓이었다.

"아이고. 손이 덜렁덜렁 혼자 있으니까 참 부끄럽네. 무거운 차 타고 다니시다 보니까 손까지 무거워지셨나."

차 이야기가 나오자 박 회장은 마지못해 혁민과 악수를 했다. 능글능글한 혁민이야 전에도 겪어보지 않았던가. 여기서 계속 버티고 있으면 무슨 말을 할지 모르는 그런 놈이었다. 그래서 혁민을 노려보면서 억지로 악수를 했다.

하지만 혁민은 노려보는 박 회장의 표정 같은 건 신경 쓸 필요도 없다는 듯 악수만 하고는 고개를 홱 돌렸다. 그가 고개를 돌린 곳에는 하치훈이 있었는데, 하치훈은 혁민이 강순자와 함께 들어오자 놀란 눈치였다.

"아이고, 하 변호사님도 잘 계셨죠? 가끔 연락한다고 하면서도 그게 잘 안 되네요. 손가락 몇 번 놀리면 되는데 그게 뭐가 어려운지……."

혁민의 너스레에 하치훈도 가볍게 웃으면서 악수를 했다.

"자네 소식은 종종 듣고 있네. 그런데 뜻밖이군. 이 사건을 맡았다니 말이야."

"아이고, 이분이 말입니다. 제가 아주 자알 아는 사람하고 친분이 있어서요. 제가 도저히!! 절대로!! 거절할 수 없는 그런 사람이거든요. 그래서 제가 이분 변호를 맡게 되었습니다."

혁민은 '도저히'와 '절대로'를 아주 강하게 강조하면서 말했다. 거짓말은 아니었다. 율희는 혁민에게는 그러고도 남음이 있는 사람이었으니까. 혁민은 잘 부탁한다고 고개를 숙였다. 하지만 숙인 고개를 보았다면 하치훈은 기겁을 했을 것이다. 입가에는 싸늘한 미소가 달려 있었고, 눈은 번득이고 있었으니까.

하지만 아무것도 모르는 하치훈은 입맛만 다시고 있었다. 골치가 아프게 되었다는 생각을 하면서. 혁민의 실력이야 하치훈도 잘 알고 있다. 그러니 혁민이 마음먹고 달려들면 아주 골치 아픈 싸움이 될 것이다.

"변호사가 동행한다는 이야기는 듣지 못해서 그런데 우리끼리 잠시 이야기를 해도 될까?"

"아이구, 그럼요. 당연하죠. 그러면 저희는 잠깐 비어 있는 소회의실에 가 있겠습니다. 아예 얘기 끝나면 그쪽으로 오시죠."

혁민은 자기 회사인 것처럼 이야기하더니 강순자를 데리고 밖으로 나가 버렸다.

그러자 박 회장이 하치훈에게 물었다.

"하 변호사. 저 새끼 뭐야? 아는 놈이야?"

"예, 잘 알죠. 이거 골치 아프게 됐네요."

하치훈은 자기 쪽 라인인데 사정이 있어서 태경에 오지 않고 밖에서 활동 중인 변호사라고 소개했다.

"아니, 같은 라인이면 그냥 얘기하면 되는 거 아냐?"

"그게 좀……."

사실은 다른 변호사였으면 아무런 걱정을 말라고 장담했을 것이다. 자신의 밑에 있는 변호사들이야 이런 경우 말 한마디면 상황이 깨끗하게 정리될 테니까. 하지만 혁민은 조금 경우가 달랐다.

라인이라고는 생각하고 있지만, 그게 아주 명확한 건 아니었다. 그냥 그렇다고 여기고는 있지만, 지금 생각해 보니 딱히 이런 일이 있을 때 확실하게 오더를 내릴 수 있을 정도는 아니었다.

"아니 라인이라면서 그 정도 영향력도 없는 겐가? 이거 하 변호사 실망인데?"

"경우가 좀 특이해서 그렇습니다. 그리고 워낙 괴팍한 친구라서… 그런데 안면이 있는 것 같던데 언제 만난 적이 있으십니까?"

하치훈은 노련하게 화제를 돌렸다. 자신이 혁민을 왜 통제하기 힘든지에 대해 말하는 건 너무나도 구질구질한 일이었다. 그런 정도는 슬쩍 넘어갈 수 있을 정도의 경륜과 경험이 하치훈에게는 있었다.

이번에는 오히려 박 회장이 당황했다. 혁민과 알게 된 경위를 뭐라고 하겠는가. 애인과 모텔에 갔는데 거기에 찍힌 블랙박스 영상이 필요해서 찾아온 혁민. 생각만 해도 자존심 구기는 일이었다.

"하긴 괴팍하긴 하더군. 그런데 저 친구가 변호를 맡게 되면 그렇게 문제가 되나?"

박 회장도 은근슬쩍 화제를 넘겨 버렸다. 곤란한 질문은 못 들은 척하면서 넘어가는 게 최고다. 그것도 상대방이 반드시 대답할 수밖에 없는 질문을 덧붙여서. 박 회장과 하치훈은 서로 이야기를 하면서 그런 상대의 사정을 알았다. 하지만 그런 거야 알면서도 서로 넘어가는 거다.

"저 친구가 실력 하나는 최곱니다. 실전에 아주 강한 타입이라고 할까요."

"그래? 그래도 설마하니 하 변호사 같은 베테랑이 애를 먹을 정도는 아니겠지?"

"설마 그 정도겠습니까. 세월의 무게란 게 생각보다 무겁다는 거 잘 아시지 않습니까."

하치훈과 박 회장은 서로 마주 보면서 허허 웃었다.

"제가 일단 따로 이야기를 해보죠."

하치훈은 박 회장에게 잠시 기다리라고 한 후에 혁민과 강순자가 기다리고 있는 소회의실로 향했다.

"잠깐 나랑 이야기 좀 하지?"

"예, 그러시죠."

하치훈은 혁민만 따로 불러내서 바로 옆 회의실로 데리고 갔다. 그리고 단도직입적으로 물었다.

"자네, 이 사건 꼭 맡아야겠나?"

"저도 가능하면 이러고 싶겠습니까. 하지만 저도 이번에는 어쩔 수가 없네요. 제가 생명의 빚을 진 사람의 부탁이어서 말이죠. 이게 생명의 무게라는 게 워낙 무거운 거라서……."

혁민은 자신도 무척 곤란하다는 표정을 지으며 말했다. 그리고 모두 진실이었기 때문에 전혀 거리낌 없이 이야기했다.

하치훈도 다른 핑계를 댔으면 어떻게든 자신의 체면을 세워 달라고 이야기를 했을 텐데, 생명의 빚을 진 사람이라고 하니 뭐라고 할 수가 없었다. 게다가 그냥 대충 입에서 나오는 대로 말하는 것 같지도 않았고.

"그러면 얼마를 원하는 건가?"

"원래대로라면 반반 아닙니까. 제가 대충 알아보니까 결혼했을 당시에는 두 분 모두 무일푼이나 다름없었더군요. 하지만 양육권 문제가 있으니 양육권을 갖는 대신 40% 정도면 적당하지 않을까요? 뭐 자세히 살펴봐야 알 수 있겠지만, 의뢰인은 그 정도면 만족하겠다고 하더군요."

하치훈은 어처구니가 없어서 말을 꺼내지 못했다. 만약 이 이야기를 박 회장에게 했다가는 두들겨 맞지 않으면 다행일 것이다.

"이봐. 자네 지금 나하고 장난하자는 건가? 사업을 통해서 벌어들인 게 대부분이니 특유재산으로 보아야지. 특유재산을

제외하면 실제로는 얼마 되지 않는다는 거 잘 알 텐데?'

이혼할 때 재산 분할의 대상이 되는 건 원칙적으로 부부가 혼인 생활 중에 협력해 이룬 재산이다. 그리고 특유재산이란 혼인 전부터 가진 고유재산과 혼인 중 자기의 명의로 취득한 재산을 말한다.

"특유재산이라도 분할의 대상이 되지 않는 건 아니죠. 잘 아실 텐데요?"

혁민은 가볍게 웃으면서 별거 아니라는 듯 툭 말을 내뱉었지만, 하치훈은 느낄 수 있었다. 정혁민이 쉽게 물러서지 않을 거라는 사실을.

"이거 참. 그러면 시간을 갖고 협의를 해야겠군. 서로의 입장 차이가 너무 크니까 말이야."

"아무래도 그래야 할 것 같습니다. 그래도 서로 진솔하게 이야기를 나누다 보면 합의점을 찾을 수 있지 않겠습니까."

둘은 서로 다른 생각을 하면서 웃었다. 하치훈은 한 10%까지는 주어야 할지도 모르겠다는 생각을, 혁민은 자세히 털어보면 자신이 말한 퍼센트보다 더 받을 수 있지 않을까 하는 생각을 했다.

'아주머니. 세상은 착하게만 산다고 되는 게 아닙니다. 그런데 갑자기 평생 살아온 성격을 바꿀 수도 없는 일일 테고. 일단은 제 방식대로 가겠습니다.'

*　　　*　　　*

"뭐? 다른 변호사를!! …소개해 줬다고?"

여직원은 깜짝 놀라서 소리를 질렀다. 율희 옆자리에 앉아 있는 여직원은 '변호사를' 까지 말하고서는 자신의 목소리가 너무 컸다는 걸 알아챘다. 주변에서 자신을 바라보는 시선을 느낄 수 있었으니까.

그래서 그 뒷말은 거의 속삭이듯 말했다. 하지만 율희는 그게 무슨 문제라도 있는 것이냐면서 대답했다.

"예. 왜요?"

"왜냐니. 그거 회사에서 알면 당장 잘린다고. 이거라고 이거."

여직원은 손으로 목을 긋는 시늉을 해 보였다. 하지만 율희는 신경 쓰지 않는다는 표정으로 오물오물 밥을 먹었다. 여직원은 기가 막힌다는 듯 속삭였다.

"야, 너는 걱정도 되지 않아?"

"뭐가요? 제가 잘못한 것도 아닌데요."

율희는 그저 자신은 아픈 것 같은 사람이 있어서 좀 도와주었고, 어려운 사정을 이야기하길래 자신이 아는 한도 내에서 가장 좋은 방법을 말해준 것뿐이라고 했다.

"어려운 사람을 도와주는 게 그렇게 문제가 되는 거예요?"

"상대가 우리 로펌 고객이잖아. 윗분들이 아시면 가만히 있지 않을 거라니까."

율희는 고개를 갸웃거리면서 말했다.

"전 언니가 왜 그러는지 잘 모르겠어요. 그러면 어려운 사람, 억울한 일 당한 사람 봐도 그냥 입 다물고 있어야 하는 거예요?"

"응? 아니 뭐 그렇게 말하니까 좀 그렇긴 한데……."

여직원은 헷갈린다는 표정이었다. 분명히 그런 사람이 있으면 도와주는 게 당연한 건 맞다. 하지만 현실에서야 어디 그렇던가. 이런저런 이유로 그런 사람들을 그냥 구경만 하거나 외면하기 일쑤다.

그런데 율희가 그런 이야기를 하니 사실 조금 찔리기는 했다. 하지만 그건 이상적인 이야기이고 현실은 다르다. 그런 이야기를 하려는데 율희가 먼저 조곤조곤 말을 했다.

"회사에도 쓰여 있잖아요. 인간의 자유와 권리를 보호하고 향상시키며, 법을 통한 정의의 실현을 위하여 노력한다."

"어? 너 그거 어떻게 다 외우고 있어?"

회사에 붙어 있는 액자에 있는 구절이었다.

"그냥 저 말이 좋아서 계속보다 보니까 저절로 외워지던데요? 그리고 아버지가 늘 하시던 말씀하고도 비슷했고요."

"아니 그건 그런데~ 에이, 그래도 변호사 이야기는 하지 말았어야지."

"언니는 정말 가까운 사람이 소송을 당했어요. 그것도 억울한 일로요. 그런데 상대가 우리 로펌 고객이라고 해서 그 사람이 물어봐도 알려주지 않을 거예요?"

율희는 초롱초롱한 눈을 빛내면서 물었고, 여직원은 쉽게 대답하지 못했다. 정말 친한 사람이라면 상대가 로펌 고객이라도 분명히 말을 해줄 것 같았다. 만약 알고 있다면 어떤 변호사를 찾아가는 게 가장 좋은지 말이다.

"뭐… 정말 친한 사람이라면 알려야 주겠지… 에이, 그런데 그건 정말 친할 때 얘기고."

"그러면 친한 사람은 알려줘도 되는 거고 그렇지 않은 사람은 알려주면 안 되는 거예요?"

여직원은 괜히 말을 꺼냈다는 생각을 했다.

'얘가 무슨 질문이 이렇게 많아? 니가 에디슨이냐?'

하지만 생각을 많이 하게 하는 그런 질문이기는 했다. 이야기를 듣다 보니까 정말 그 정도는 이야기를 해줘도 되는 게 아닌가 하는 생각마저 들었다. 하지만 그건 아니라는 생각이 들었다.

"니가 소개를 해줬다고 해서 문제가 해결되는 건 아니야. 오히려 문제가 더 커질 수도 있는 거잖아. 그리고 그것 때문에 니가 욕을 먹을 수도 있다고."

"그렇지 않을 변호사분이라서 소개해 준 거예요. 믿을 수 없는 사람을 소개할 수는 없는 거잖아요. 그 변호사분이라면 잘하실 거예요. 그래서 소개했어요."

율희는 한 치의 흔들림도 없이 이야기했다. 혁민이라면 사건을 잘 살피고 올바르게 해결하리라 생각해서 소개한 것이니 당연히 거리낌이 없었다.

여직원은 알 수 있었다. 율희는 자신이 생각했던 것같이 착

하고 여리기만 한 순둥이가 아니었다는 사실을. 착하고 순수
하기는 했지만, 신념과 가치관은 확고한 아이였다.

'사실 일과 시간 끝나고 벌어진 일이니까 개인적인 일이잖
아. 그리고 그냥 변호사 한 명을 소개해 준 것뿐이고. 회사에
해를 끼치기 위해서 그랬다기보다는 그냥 호의로 말을 해준
거니까… 아닌가? 결과적으로 회사에 손해가 가면 문제가 되
는 건가?'

여직원은 생각하는 걸 포기했다. 잘못 같기도 했고, 아닌 것
같기도 했다. 자신이 쉽게 판단할 수 없는 그런 문제였다. 하
지만 한 가지는 확실했다. 이게 알려지면 율희에게 좋을 게 없
다는 것. 그건 분명했다.

"얘. 아무튼, 이건 어디 가서 얘기하지 마. 이거 알려지면 너
정말 큰일 난다."

"알았어요, 언니. 신경 써줘서 고마워요."

율희는 방긋 웃으면서 말했다. 여직원은 피식 웃었다. 이럴
때 보면 또 정말 애기 같은 그런 아이였다. 그런데 오늘 이야
기를 해보니 생각하는 깊이가 남달랐다.

'역시 사람은 지내봐야 아는 거구나.'

민주엽은 조직에서 팽당한 인물이다. 그러지 않을 수도 있
었다. 그냥 모른 척하기만 했으면 계속 조직에서 일할 수 있었
을 것이다. 하지만 조직의 이익도 중요하지만, 양심을 버리지
못했던 인물. 절친한 친구인 장중범이 억울한 일을 당했을 때,
그걸 눈감을 수 없었다.

그래서 결국 조직에서 나와야 했지만, 민주엽은 그걸 후회하지는 않았다. 그리고 그 후로도 계속해서 장중범의 가족을 돌보았다. 같이 생사를 넘나들면서 등을 맡겼던 동료에 대한 최소한의 의리라고 생각하면서.

그런 민주엽의 딸인 율희가 어려서부터 들었던 이야기가 뭐겠는가. 양심에 따라 행동하라는 거였다. 그러니 율희의 성격이 그런 건 당연한 거였다.

"에휴, 그래. 그래도 진짜 조심해. 너 이 회사 들어온 지 이제 겨우 일 년 정도 되었는데, 해고당하면 어떻게 하니. 아버지도 여기 취직한 거 좋아하셨다면서."

"아버지는 사정 아시면 당연히 잘했다고 하실 거예요. 제가 여기서 잘리더라도요."

여직원은 못 말리겠다는 듯 피식 웃고는 같이 식사를 했다.

하지만 그 이야기를 옆자리에서 유심히 듣고 있던 직원이 한 명 있었다. 그녀는 슬그머니 자리에서 일어나더니 식당 밖으로 나갔다.

*　　　*　　　*

―야. 니 덕 좀 봤다. 건수가 생각보다 크던데? 그 꽃장어 새끼 많이도 해먹었더라.

"꽃장어요?"

―꽃뱀 등쳐 먹는 새끼들을 꽃장어라고 하거든.

혁민도 처음 듣는 말이었다. 꽃뱀 사건은 잘 다루지 않았기 때문에 잘 모르는 것일 수도 있고, 널리 알려진 이야기가 아니기 때문이기도 할 것이다.

이야기를 들어보니 어설프게 활동하는 꽃뱀이 있으면 오히려 목표로 삼아서 잡아먹는 인간들이 있다고 했다. 그리고 그 꽃뱀을 이용해서 돈벌이하면서 부려먹고. 그런 특성으로 보면 기둥서방과 좀 비슷한 것 같기도 했다.

그리고 이번에 잡은 꽃장어는 그런 놈 중에서도 대어라는 거였다. 밑에 거느리고 있는 실장과 꽃뱀들도 많았고, 그만큼 해먹은 것도 많았으니까. 오죽했으면 검찰에서 꼴통으로 찍힌 차동출이 윗선에 불려가서 칭찬까지 들었겠는가.

─검찰 방송에서도 인터뷰한다. 일반인은 아무도 안 보는 방송이기는 하지만, 그래도 방송에서 인터뷰하는 게 어디냐. 안 그래? 그리고 혹시 알아? 아나운서가 나한테 한눈에 훅 갈지?

"검찰 방송이란 게 있었어요?"

혁민은 알고는 있었지만 차동출을 놀리느라 일부러 모르는 척했다.

─있어, 그런 거. 하기야 넌 모르겠다. 워낙 알려지지 않아서.

차동출은 다른 건 있으면 자신에게 연락하라고 신신당부했다. 이번에 손맛 좀 제대로 봤다면서.

─역시 그런 새끼들을 잡아 처넣어야 속이 시원하단 말이

야. 공연히 투닥투닥한 사건이나 시시한 건 영 체질에 맞지를 않아요. 아! 맞다. 야, 내가 한잔 살 테니까 날만 잡아. 내가 이번에는 정말 제대로 살 테니까.

"술은 됐구요. 나중에 제가 필요한 거 있으면 얘기할게요. 그때 모른다고 하면 안 됩니다. 알았죠?"

—야, 이 새끼야. 날 뭐로 보고. 내 신조에 어긋나는 것만 아니면 뭐든 다 들어준다. 말만 해. 말만.

차동출은 기분이 좋은지 통화를 하면서 계속해서 웃어댔다. 혁민도 만족스러웠다. 깔끔하게 일망타진한 데다가 차동출에게 커다란 빚까지 씌워놨으니 언젠가는 유용하게 써먹을 수 있을 것이다.

통화하는 동안 강순자는 옆에서 신기한 표정으로 혁민을 쳐다보았다. 검사하고 격의 없이 통화하는 걸 보니 자신과는 다른 세상에 사는 사람처럼 보인 것이다. 그리고 범죄 조직을 소탕했다느니 이런 말이 들리니 어쩐지 혁민이 대단한 사람처럼 보였다.

물론 그런 게 아니더라도 지금까지 보여준 모습만 하더라도 정말 든든하고 대단한 변호사라는 걸 알 수 있었지만, 오늘 일로 그런 생각이 더욱 단단하게 굳어졌다. 그래서 혁민이 무슨 소리를 하더라도 일단은 믿음이 갔다. 그게 자신이 알고 있는 사실과 다르더라도 말이다.

"정말요? 제가 설사 불륜이라고 하더라도 상관이 없다고요?"

강순자는 의아하다는 듯 고개를 갸웃거렸다. 자신이 알고 있는 것과는 조금 달랐기 때문이었다. 자신은 불륜한 사람이 재산을 덜 받는다고 알고 있었기 때문이었다.

그게 강순자의 상식이었고 그게 틀릴 것이라고는 상상조차 하지 않았던 모양이었다. 나쁜 짓을 했으니 그만큼 돈도 못 받는 게 당연하지 않으냐고 생각했었다. 그래서 불륜이라고 이혼하자고 했을 때 이러다가 정말 무일푼으로 쫓겨나면 어떻게 하나 하는 생각도 한 거였다.

"그거는요, 이혼의 책임이 누구에게 있는지를 따질 때나 살피는 거고요. 재산 분할은 그거하고는 전혀 상관없어요."

사람들이 흔히 잘못 알고 있는 것 중 하나였다. 이혼의 사유를 제공한 측, 즉 불륜과 같은 잘못을 한 쪽이 재산을 나눌 때도 손해를 본다는 생각을 생각보다 많은 사람이 가지고 있었다.

혁민은 재산 분할은 부부 공동으로 모은 재산을 나누는 것이라고 설명했다. 그리고 그것을 나눌 때는 여러 가지를 살펴보지만, 거기에 불륜은 고려 대상이 아니라고 설명했다. 강순자는 처음 듣는 이야기라면서 신기해했지만, 혁민의 말을 철석같이 믿었다.

"그러니까 겁먹으실 필요 하나도 없어요. 아셨죠?"

"아유, 변호사 선생님이 어련히 알아서 해주시려고."

강순자는 혁민의 손을 잡으면서 자신은 아무것도 모르니 알아서 잘해달라고 이야기했다. 혁민은 지금과 같이 그 액수가 클 때는 첨예한 다툼이 있고, 정말 깊은 상처까지도 건드릴 수 있으니까 그건 각오해야 한다고 말했다.

"그게 다 조금이라도 더 많은 금액을 가져가기 위해서 그런 거거든요. 그런데 걱정하지 마세요. 아마도 같이 맞받아치면 자존심 강한 박 회장님이 더 견디기 힘들 테니까."

당연한 일 아니겠는가. 누가 박 회장에게 싫은 소리 하는 사람이 있겠는가. 그러니 오히려 수모를 당했을 때 충격이 큰 법이다. 강순자 아주머니야 평생을 구박받으면서 살았다. 그런 거에 대한 내성은 마스터 급이다.

혁민은 사무실로 가서 이야기를 나누기 전에 몇 가지 이야기를 해주었다.

"단순한 전업주부로 집안일만 한 경우에는 대부분 3분의 1 정도의 기여분을 인정받습니다."

"그러면 변호사 선생님이 사십 퍼센트나 이야기한 거는 좀 많은 거 아닌가요?"

혁민은 웃으면서 고개를 저었다.

"정확한 비율을 알기 위해서는 아주 자세히 들여다봐야겠지만, 제 판단으로는 적어도 이 정도는 받을 수 있다고 봅니다. 그리고 무언가가 더 있을 것 같더군요."

혁민은 그러니까 자신 있게 이야기하라고 했다.

"재산이야 그렇게까지 많지는 않아도… 그것보다 우리 지연이는 어떻게 되는 건가요?"

"그 부분도 아주머님이 유리하죠. 요즘은 아이 의사도 많이 물어보거든요."

아이는 확실히 강순자의 편이었다. 둘 중 한 명하고 살아야 한다면 누구랑 같이 살겠느냐고 물어보면 어머니인 강순자라고 항상 대답했다. 그렇다고 아버지인 박 회장을 증오하거나 하지는 않았지만 그래도 어머니를 더 좋아하는 건 확실했다.

"그래도 애가 아빠도 좋아해요. 가족이 같이 있었으면 좋겠다고 얘기하거든요."

강순자는 어떻게 애가 결혼할 때까지만이라도 같이 살 방법이 없겠느냐고 물었다.

"정 원하신다면 그런 방법을 찾아는 보겠지만, 아마도 쉽지 않을 것 같습니다. 하지만 그걸 원하신다면 염두에는 두고 있죠."

그리고 같은 시간 하치훈은 박 회장과 자신의 사무실에서 혁민과 강순자가 오기를 기다리고 있었다.

"오늘은 뭐가 좀 되는 건가?"

"그럴 확률은 아마 거의 없을 겁니다."

"에잉. 그러면 뭐하러 시간 낭비를 하고 그러나."

"다 필요해서 하는 거죠."

하치훈은 지그시 웃으면서 말했다.

"변호사가 끼어들었으니 저희도 준비를 제대로 해야 합니다. 지금까지 모은 자료가 있기는 하지만, 상대도 준비할 테니 보강을 해야죠. 어차피 협의에서 끝날 것 같지는 않으니까 말이죠."

"그래? 하기야 그렇긴 하지. 이봐 하 변호사."

"예, 회장님."

"이번에 아주 제대로 맛을 보여주라고. 세상에는 어찌 해보려고 해도 안 되는 게 있다는 걸 보여주란 말이야. 가능하겠지?"

하치훈은 가볍게 웃으면서 말했다.

"안 그래도 그럴 생각입니다. 원래 보리는 겨울에 한 번 밟아줘야 잘 크는 법이거든요,"

둘이 이야기를 하는데 박 회장이 갑자기 핸드폰을 꺼냈다. 그러고는 안경을 올리더니 무언가를 적기 시작했다. 한참을 그렇게 하더니 하치훈에게 미안하다며 양해를 구했다.

"이거 애가 뭘 보내서."

"따님하고 문자는 자주 하시죠?"

"하 변호사 얘기한 대로 신경 좀 쓰고 있지. 그런데 애하고 얘기하니까 좋기는 허구만."

하치훈은 빙긋 웃었다. 자신의 주문대로 박 회장이 잘 따라주고 있었기 때문이었다. 이런 게 나중에 소송하게 될 때 아주 유용한 자료로 쓰이게 될 것이다. 그리고 둘이 이야기를 나누려는데 문이 열리고 혁민과 강순자가 들어왔다.

"어이고, 이거 또 뵙습니다. 오래 기다리게 한 건 아닌지 모르겠네요."

"괜찮습니다. 이쪽으로 앉으시죠."

혁민은 자리에 앉자마자 대뜸 이야기했다.

"어제 특유재산이라고 얘기를 하셨는데, 제가 살펴보니까 재미있는 게 있더군요. 아, 맞다. 박 회장님은 별로 재미없으시겠구나."

혁민의 너스레에 강순자는 재미있다는 듯 웃었고, 하치훈은 흥미가 동한다는 표정이었다. 도대체 어떤 이야기를 할지 궁금하다는 그런 표정이었다. 그리고 박 회장은 짜증이 목구멍까지 치밀었지만 참는다는 표정이었다.

"아이고, 짧은 시간에 뭘 그렇게 많이 옮기셨대? 일도 바쁘셨을 텐데⋯⋯."

그 말에 박 회장의 표정이 확 구겨졌다.

혁민은 유심히 박 회장의 표정을 관찰했다. 그리고 확신할 수 있었다.

'빼돌린 게 확실하군.'

혁민이 장중범에게 조사를 의뢰하기는 했지만, 장중범이 제 아무리 실력이 좋다고 하더라도 그걸 하루 만에 파악하는 게 가능할 리가 있겠는가. 상대도 바보가 아닌 이상 대충 쓱 봐도 티가 날 정도로 일처리를 하지는 않았을 텐데 말이다.

'자존심 강한 놈들은 이래서 요리하기가 쉽단 말이야.'

혁민이 상대를 떠보기 위해서 건드려 본 거였다.

사실 확인하지 않아도 뻔한 이야기이기는 했다. 이런 식으로 진행하는 게 거의 공식화되어 있으니까.

하지만 확인도 할 겸, 상대를 흔들기도 할 겸 해서 미끼를 쓱 던져 본 거였다.

그리고 혁민의 생각대로 박 회장은 미끼를 물고서는 파닥거리고 있었다.

박 회장은 무척이나 짜증 난다는 표정을 하고 있었는데, 하치훈이 고개를 돌려 사무실 안을 살피다가 박 회장이 어떻게 하고 있는지를 보았다.

"크흠, 크흠."

하치훈은 재빨리 헛기침해서 신호를 보냈다. 박 회장의 표정이 너무 티가 난다는 걸 알려준 거였다. 상대가 알고 있는지 아닌지는 모르겠지만, 이렇게 티를 내서야 자백하는 꼴 아닌가.

박 회장도 하치훈의 신호가 무슨 뜻인지를 알아채고는 곧바로 표정 관리에 들어갔다.

"허허, 그게 무슨 말인가? 나는 도통……."

정말 짧은 순간이었다. 몇 초도 되지 않는 시간. 하지만 유심히 관찰하고 있었던 혁민에게는 의미 있는 반응을 관찰할 수 있는 충분한 시간이었다.

"아이고, 사업하시는 분이시라 그런지 연기는 서투시네. 처음부터 그러셨으면 자료가 잘못된 것인가 하고 생각할 수도 있었을 텐데… 뒤집어져서 다 보인 카드 다시 엎어봐야 뭐……."

혁민은 쯧쯧 하고 혀를 차면서 이야기했다. 아무렇지 않은 듯한 표정을 지었던 박 회장의 얼굴이 다시 구겨졌다. 그는 자신의 심기를 살살 긁어대는 혁민 때문에 아주 미칠 지경이었다. 정말 다리라도 부러뜨리라고 조폭들에게 청부라고 하고 싶은 심정이었다.

'아우, 저 어린노무 변호사 새끼. 씨발 정말 패 죽여 버릴 수 없나?'

박 회장은 정말 할 수만 있다면 그렇게 하고 싶다고 생각하면서 살짝 이를 갈았다. 하지만 저 변호사가 정말로 그 사실을 알고 있다고 생각하니 불안했다.

'아니, 가만있어 봐. 저 새끼가 변호를 맡은 게 어제잖아. 그런데 그 사실을 알아냈다고? 그게 가능해?'

헷갈렸다. 도저히 알아낼 수 없을 것 같기는 한데, 젊은 변호사의 얼굴은 너무나도 자신만만했다. 마치 모든 걸 알고 있다는 듯한 그런 표정이었다. 그래서 더욱 헷갈렸다.

'그리고 저 여편네 표정은 왜 또 저런 거야? 왜 기분 나쁘게 실실 쪼개?'

강순자는 흐뭇한 표정으로 혁민과 귓속말을 주고받으면서 고개를 끄덕이고 있었다. 자신감 있게 말하는 투나 자료가 있다고 하는 변호사야 그렇다고 쳐도 자신의 아내까지 무언가 알고 있는 것 같으니까 박 회장은 더욱 불안해졌다.

사실 강순자는 혁민의 말이 진실인지 아닌지 몰랐다. 그저 혁민이 믿음직스럽다는 생각에 흐뭇해하고 있는 거였다. 하지만 그런 사실을 모르는 박 회장에게는 모든 것이 다 혼란스럽기만 했다.

"어떻게 그쪽으로 심도 있는 대화를 조금 더 나눠볼까요? 원래 이런 건 파고들어야 제맛 아닙니까."

혁민은 여전히 웃는 얼굴로 말을 툭툭 내뱉었고, 박 회장의 표정은 더욱 일그러졌다. 하지만 이번에는 하치훈이 그 말을 받았다.

"그런 근거 없는 이야기는 쉬는 시간에나 하고, 지금은 우리 이야기에 집중합시다."

하치훈도 여유 있게 받아쳤다. 이런 정도는 문제도 아니라는 듯. 혁민이 어떤 식으로 나와도 전부 대응할 수 있다는 듯한 그런 표정이었다. 그제야 박 회장의 표정도 조금 밝아졌다.

"근거라. 사실 근거라는 게 참 쉬우면서도 어려운 거긴 하죠. 뭐 좋습니다. 이 문제는 나중에 마르고 닳도록 이야기할 것 같으니까 지금은 지금까지 해왔던 이야기에 집중하죠. 어떤 거부터 먼저 할까요? 재산 분할? 양육권?"

혁민은 빙긋 웃으면서 말했고, 박 회장은 여전히 능글맞은 혁민의 모습을 노려보면서 테이블 아래 있는 손을 으스러질 정도로 꽉 쥐었다.

그리고 본격적인 대화가 시작되었다.

*　　　*　　　*

양측은 여전히 입장 차이를 좁히지 못했다. 혁민은 재산 분할에 관련된 부분을 집중적으로 공격했지만 하치훈은 호락호

락하지 않았다. 이야기를 듣다가 양육권으로 화제를 돌리고는 그걸 가지고 강순자를 흔들어댔다.

두 변호사는 웃으면서 차분하게 이야기를 나누었지만, 의뢰인인 박 회장과 강순자는 그걸 옆에서 보고 있으면서 손에 땀이 날 정도로 긴장감이 맴돌았다.

아마 그 안에 얼마나 날카로운 수 싸움과 법리적인 공방이 오갔는지를 알았으면 훨씬 더 흥미진진했겠지만, 둘에게는 그런 정도의 법적 지식까지는 없었다. 하지만 그런 두 사람이 보기에도 무척이나 흥미진진한 대결이었다.

"이봐, 하 변호사. 괜찮겠나?"

협의가 별다른 성과 없이 끝나고 혁민과 강순자가 나가자 박 회장은 불안한 표정을 하고는 이야기했다. 하 변호사가 저런 애송이 정도는 찍소리도 못하게 눌러줄 줄 알았는데 전혀 그렇지 못했다.

"회장님. 상대는 아마 넘겨짚고 있는 걸 겁니다. 어제 사건을 맡았는데 벌써 그런 사실을 알고 있다는 게 어떻게 가능하겠습니까?"

하치훈은 대답 대신 박 회장의 재산 은닉 문제를 언급했다. 자신이 혁민을 압도하지 못한 걸 은근슬쩍 다른 문제에 가져다 붙인 것이다.

"하지만 정말로 그럴 수 있다는 것도 생각해야 하지 않나. 이건 심각한 문제라고. 가능성이 없는 건 아니지 않으냐 말이야. 말은 어제 맡았다고 했지만, 그전부터 움직이고 있었다거나, 아니면 내부에서 누군가가 정보를 주었다거나."

보통이었다면 박 회장도 노련하게 맞받아쳤겠지만, 지금은 그러지 못했다. 박 회장 입장에서는 불안할 수밖에 없는 일이었다. 그런 사실이 드러나면 자신에게는 치명적인 약점이 된다. 그렇게 되면 자신의 재산을 훨씬 많이 주어야 하니 신경을 안 쓰려야 안 쓸 수가 없었다.

"정말로 전부터 준비하고 있었거나, 내부에서 누군가 자료를 넘겨주었다면 그럴 수 있겠지요. 하지만 그런 건 아닐 테니 일단 진정하시는 게 좋겠습니다."

"그걸 확신할 수 있나?"

"상대가 한 말을 잘 생각해 보시지요. 구체적인 걸 언급한 적이 없습니다. 그냥 재산을 빼돌렸다. 옮겼다. 그런 정도입니다. 그런 거야 누구나 다 할 수 있는 말 아닙니까."

하치훈은 만약 상대가 정말 확실한 증거를 가지고 있었으면 조금 더 구체적으로 이야기했을 것이라고 했다. 예를 들면 차명 계좌라거나 부동산이라거나. 박 회장은 고개를 끄덕였지만, 여전히 의문이 남아 있었다.

"그걸 이야기하면 우리가 무슨 조치를 할까 봐 그런 게 아닐까?"

"백 퍼센트는 아니지만 그럴 확률보다는 일단 건드려 보는 것 같습니다. 그래서 우리가 어떻게 나오는지 보려는 것이죠."

하치훈은 지금은 아무런 움직임 없이 가만히 있는 게 좋다고 이야기했다. 그리고 그 부분은 자신이 조금 더 알아볼 테니

염려하지 않아도 된다고 박 회장을 다독였다.

"최악의 경우, 소송에 들어가더라도 뭐가 걱정이십니까. 제가 사건을 맡으면 되는 거 아닙니까."

하치훈은 자신이 알아서 할 수 있다는 자신감을 내보였다. 아주 자연스럽지만 단단하고 견고한 자신감. 박 회장은 그런 모습에서 든든함을 느꼈다.

"게다가 오늘 이야기를 하면서 몇 가지 소득도 있었습니다."

"그런가? 어떤 소득이?"

"사모님이 얼마나 따님을 사랑하는지 절절하게 느낄 수 있더군요."

박 회장은 고개를 갸웃거렸다. 그거야 처음부터 알고 있었던 일인데 왜 새삼스럽게 말을 꺼내느냐는 그런 표정이었다.

"보시면 아실 겁니다. 방법은 여러 가지가 있는데, 어떤 걸먼저 사용하고 나중 사용하느냐의 문제 정돕니다. 문제는 상대도 회장님의 약점을 집요하게 노릴 것이라는 건데……."

혁민의 이야기가 나오자 박 회장은 이를 살짝 갔았다. 얼마나 느물느물하게 자신을 괴롭히는지 정말 진절머리가 날 정도였다.

"저기, 하 변호사. 그 정혁민이라는 친구 진짜 좀 어떻게 할수 없나? 이거 같이 이야기하다가는 내가 돌아버릴 것 같아."

"저도 그 친구가 그 정도인지는 이번에 처음 알았습니다. 앞으로는 가능하면 제가 직접 상대하도록 하죠."

솔직한 이야기로 하치훈은 지금까지 일하면서 그런 스타일의 변호사는 처음 본 것 같았다. 자신도 가끔 혁민의 말을 듣다 보면 짜증이 나서 울컥하는 경우가 있었다. 그러니 박 회장이야 오죽했겠는가.

"제발 좀 그렇게 해주게. 정말 내가 살다 살다 그런 인간은 처음 보네, 처음 봐."

박 회장은 혀를 내두르면서 고개를 저었다. 그런데 그때 장 변호사가 문을 열고 들어왔다. 장 변호사는 하치훈에게 다가가더니 귓속말로 무언가를 속삭였다. 그리고 하치훈은 눈살을 살짝 찌푸렸다.

"누가 알고 있나?"

"그게, 이미 이야기가 퍼져서……."

"일단은 입단속하고 더는 퍼지지 않게 하게."

"예, 알겠습니다."

장 변호사가 나가자 박 회장은 무슨 일이냐고 물었다. 하치훈은 잠시 고민하다가 박 회장과 연관이 된 문제라 입을 열었다.

내부적인 문제라서 이야기를 안 하는 게 좋을 수도 있었지만, 박 회장은 태경과 오랫동안 거래를 해서 아는 사람이 많았다. 그러니 혹시라도 다른 사람의 입을 통해서 말이 들어가는 것보다는 자신이 직접 말하는 게 좋다고 생각한 것이다.

"저번에 사모님 몸이 좀 안 좋으셨던 적이 있지 않습니까."

"있었지. 아마 그 변호사 새끼하고 같이 오기 바로 전날이었지?"

"예, 그런데 그날 직원 한 명이 사모님에게 정혁민 변호사를 소개한 것 같습니다."

"뭐?"

박 회장은 자리에서 벌떡 일어섰다. 그런 개차반 변호사를 소개한 것이 다른 사람도 아니고 태경의 직원이라니. 박 회장은 씩씩거리면서 방 안을 돌아다니다가 거칠게 항의했다.

"아니, 이거 너무한 거 아닌가? 이게 지금 말이 되느냐고. 어떻게 내 돈을 받으면서 그 여편네한테 그런 변호사를 붙여줄 수가 있는 거야? 어?"

가뜩이나 정혁민에게 악감정이 있는 박 회장이라 항의가 무척 거셌다.

"잠깐 고정하시지요. 제가 설명을 드리겠습니다."

하지만 감정이 격앙되었는지 박 회장은 좀처럼 흥분을 가라앉히지 못했다. 혁민에게 당한 게 워낙 많았던 터라 쌓인 울분이 한꺼번에 터져 나온 거였다.

하치훈은 진땀을 흘리면서 박 회장을 말렸고, 한참이나 어르고 달랜 후에야 방 안이 조용해졌다.

"아직 사실관계도 정확하게 파악이 되지 않은 사안입니다."

사실 율희가 그랬다는 건 이미 확인된 후였다. 하지만 하치훈이 한 말은 율희를 보호하려고 한 말이 아니었다. 어떻게든 그런 일이 없었다고 하고 넘어갈 수 있으면 그러는 게 좋았다. 그래서 일단은 시간을 벌기 위해서 그러는 거였다.

"만약 사실로 밝혀지면 당장 잘라 버리게. 아니야, 아니야. 그 정도로는 안 되지. 손해배상도 해야지."

박 회장은 여전히 씩씩대면서 말했다.

"당연히 사실이면 응분의 조처를 할 것입니다."

하치훈은 그 문제 말고 앞으로 어떻게 할 것인지를 의논하자고 제의했고, 박 회장도 그 말에 동의했다. 사무직 여직원 문제보다는 수백억 원이 걸린 자신의 재산 문제가 훨씬 중요했으니까.

그리고 같은 시각, 혁민은 강순자와 자신의 사무실에서 이야기를 나누고 있었다.

"변호사님, 정말 대단하신 분 같네요. 남편 변호사분이 굉장히 높은 분이라고 하던데……."

"지금부터가 시작이라고 생각하시면 됩니다. 제대로 된 건 시작도 하지 않았으니까요."

"아유, 저는 그 인간 벌레 씹은 표정 본 것만 해도 그냥 시원하네요. 오늘은 밥 안 먹어도 배가 부를 것 같아요."

"그래도 식사는 하셔야죠. 이런 경우 따님이 힘들어할 수 있으니까 신경 더 써주시고요."

강순자는 그러겠다고 하고는 갑자기 생각난 듯 질문을 던졌다.

"변호사 선생님, 그런데 정말 그 인간이 재산을 빼돌렸나요?"

혁민은 어떤 식으로 대답할지 고민하다가 사실 그대로 이야기하는 것보다는 약간 꾸미는 편이 더 좋다고 생각했다. 혹시라도 누군가가 아주머니에게 정보를 빼내려고 할 수도 있으니까.

"그럼요. 상당히 많은 금액을 이미 빼돌려 놓았어요."

"아이구, 그 인간 내가 그럴 줄 알았다, 그럴 줄 알았어. 이 노무 영감탱이."

아주머니는 흥분해서는 주먹을 흔들어댔다. 거의 30년 가까이 뒷바라지를 한 조강지처에게 한다는 짓이 고작 이런 거라고 생각하니 울화가 치밀었던 것이다. 되지도 않는 약점을 잡아서는 이혼하자고 하고, 돈 주기 싫어서 수작을 부리고. 그러니 유순한 성격의 강순자도 화를 낼 수밖에.

"변호사 선생님, 그 인간 이번에는 꼬옥 정신 차리게 해주세요. 지가 인간이면 어떻게 그럴 수가 있어요. 정말 세상에 정의가 살아 있다는 거 꼭 보여주세요."

혁민은 희미하게 웃으면서 이야기했다.

"아주머니, 제가 그렇게 할 겁니다. 그런데요, 정의나 그런 거 너무 믿지 마세요. 힘없는 정의는 무능이에요. 힘이 없으면 아무것도 할 수 없어요."

강순자가 무슨 잘못이 있는가. 그저 남편하고 아이 뒷바라지한 것밖에 없었다. 그런데도 이런 꼴을 당하고 있지 않은가. 정의? 허울 좋은 이름이다. 정의도 그걸 쟁취할 힘이 있을 때나 가치가 빛나는 것이다.

힘없는 정의는 무능이고, 정의 없는 힘은 폭력이다. 혁민도 이런 이야기를 하는 게 참 싫었지만, 어쩌겠는가. 세상이 그 모양인 것을.

"변호사 선생님 말씀이 맞는 것 같네요. 힘이 없으면 정말 아무것도 할 수 없는 것 같아요. 그래서 더 가슴이 아프네요. 힘이 없는 사람들이 어려운 경우가 더 많은데 말이에요."

혁민은 분위기가 너무 우울해지자 화제를 돌렸다.

"앞으로는 남편분을 더욱 압박할 겁니다. 사실 재산을 빼돌리는 행위는 중대한 범죄거든요. 강제집행면탈이나 재산 은닉으로 형사 고소를 하겠다고 하면서 상황을 풀어나갈 겁니다."

혁민은 재산을 빼돌렸을 때 처벌해 달라고 하는 방법에는 그런 것들이 있다고 설명해 주었다. 그리고 강순자의 손을 쥐면서 말했다.

"마음 굳게 먹으셔야 합니다. 제가 강하게 나가는 만큼 상대도 강하게 나올 거니까요."

*   *   *

"저기, 변호사님……."

율희의 옆자리에서 일하는, 그리고 식사 중에 율희가 강순자 아주머니를 도와주었다는 이야기를 들은 여직원은 주저하다가 입을 열었다. 어떻게 된 일인지 율희의 이야기가 로펌에 알려졌기 때문이었다.

율희는 정말 착하고 좋은 아이였다. 여직원은 계속해서 율희와 같이 일하고 싶었다. 그런데 그날도 이야기했듯이 그 사실이 알려진 이상 회사에 있기 어려울 것 같았다. 그래서 어떻게 방법이 없을까 고민하다가 율희가 강윤태 변호사와 친하다는 걸 생각해 냈다.

하지만 일개 여직원이 재벌가의 자제이고 촉망받는 변호사에게 쉽게 말을 할 수 있겠는가. 마침 서류를 전달할 일이 있어서 왔지만, 말을 꺼내지 못하고 끙끙댔던 것이다.

"예? 무슨 할 말이라도 있습니까?"

강윤태는 자신에게 서류를 전달한 여직원이 머뭇거리면서 말을 하지 못하자 물었다. 보아하니 무언가 이야기하고 싶은 게 있는 눈치였기 때문이었다. 다른 사람의 생각을 잘 읽는 편인 윤태 아닌가. 강윤태는 상대의 상태를 쉽게 읽어냈다.

"편하게 얘기하세요. 제가 다른 건 몰라도 이야기는 잘 들어주는 사람 아닙니까."

강윤태는 편안하고 부드러운 미소를 보이면서 이야기했다. 직원들 사이에서도 매너 좋고 성품이 온화하기로 소문난 강윤태였다. 그런 강윤태가 부드럽게 이야기를 하니 여직원도 마음이 한결 편해졌다. 그래서 용기를 내서 입을 열었다.

"저기… 사실은 율희가요……."

그녀는 자신이 알고 있는 이야기를 말했다. 그런데 이야기를 듣고 난 강윤태의 반응이 좀 의외였다.

"그런가요? 그런데 그게 왜 문제가 되는 거죠?"

강윤태는 이해할 수 없다는 표정으로 물었다. 여직원은 뭐라고 설명을 해야 할지 몰라 쩔쩔맸다.

"그게… 우리 로펌 입장에서 보면 좋지 않은 일을 했다고 볼 수도 있고…….'"

"글쎄요… 도덕적으로야 문제가 될 수는 있을지 몰라도, 징계를 받을 만한 사안은 아니라고 보는데요? 사실 도덕적으로도 문제가 되는지도 좀 의문이군요."

강윤태는 율희다운 행동이라고 생각했다. 어렸을 때부터 어떤 성격인지 잘 아는 강윤태가 아닌가. 그런 상황이었다면 율희는 당연히 그렇게 행동했을 것이다.

게다가 율희도 사람의 마음을 잘 읽어내는 아이 아닌가. 자신과 비슷한 아이. 강윤태는 대충 어떤 일이 있었는지 상상이 되었다.

"걱정하지 마세요. 아마도 다른 변호사분들도 다 비슷하게 생각하고 있을 겁니다. 아무런 문제가 되지 않을 겁니다."

법조인이라면 모두가 비슷한 생각을 하리라 강윤태는 생각했다. 변호사들이라면 당연히 리걸 마인드로 모든 상황이나 현상을 파악한다. 율희의 행동은 법적으로는 아무런 문제도 되지 않는 행동. 그러니 별다른 일은 없으리라 생각한 거였다.

"정말이요? 아! 다행이다. 예, 알겠습니다."

여직원은 조금 다른 의미로 받아들였다. 강윤태가 알아서 힘을 써주겠다는 식으로 생각한 것이다. 여직원 생각으로는 율희는 당장 내쫓겨도 이상하지 않았으니까.

그리고 실제로 그 문제를 가지고 신경을 곤두세우고 있는 건 하치훈뿐이었다. 다른 것보다 박 회장이 난리를 피우는 게 짜증스러웠고, 정혁민이 변호를 맡아서 일이 어려워진 게 못마땅했다.

"제가 입단속을 해보려고는 했지만, 워낙 많은 사람이 알고 있는 터라……."

장 변호사가 송구하다는 듯 이야기했다. 혁민에게 크게 당하고 나서 약간 타격을 받기는 했지만, 그래도 장 변호사의 위치는 흔들리지 않았다.

변호사라고 모든 소송에서 이길 수는 없는 일이다. 그리고 사실 항신정밀 전 사장의 사건은 회사 쪽에서 정보가 새 나간 것이 결정적이었다. 그래서 내부적으로도 어쩔 수 없었다는 게 중론이었다. 그래서 전 사장도 아무런 항의도 못 한 거였고.

그래서 장 변호사는 여전히 하치훈의 심복이었고, 태경에서도 내로라하는 변호사 중 한 명이었다.

"골치 아프게 되었군. 대표 쪽에서 알면……."

하치훈이 입단속을 하라고 한 건 이 사실이 대표 쪽으로 들어가지 못하게 하라는 의미였다. 로펌의 대표와 하치훈은 치열한 권력 다툼을 하고 있었다. 그리고 지금까지는 하치훈 쪽에서 기세 좋게 밀어붙이고 있었다. 하지만 상대를 완전하게 쓰러뜨리지는 못했다.

상대는 이를 갈면서 반격의 기회만 엿보고 있는 상황. 이런 때 무언가 빌미를 줄 수 있는 여지를 주면 안 되는 법이다. 그런데 같은 라인이라고 생각했던, 그리고 까마득하게 어린 후배와 소송이 붙었다. 게다가 그 변호사를 소개해 준 여직원 역시 하치훈 라인이라고 여겨지는 강윤태와 친밀한 사이이고. 상대편에서 보기에 이건 아주 흥미로운 일이었다.

감각이 좀 있는 사람이라면 잘하면 뭔가 터뜨릴 수 있다는 그런 느낌이 팍팍 올 것이다. 이건 하치훈 라인이 그렇게 공고하지 않다고 말하기에도 적합했고, 균열이 생기고 있다고 이야기하기 좋은 먹잇감이 아닌가.

그래서 하치훈은 여직원의 일에 신경을 쓰는 거였다. 그것이 빌미가 되어서 무슨 일이라도 날까 싶어서. 자신이 강윤태를 데려오면서 대표를 공격했듯 말이다. 그리고 이번 사건은 무슨 일이 있어도 압도적으로 밀어붙여서 끝내리라 마음먹고 있었다. 공연히 다른 말이 나오는 걸 애초에 막아버리기 위해서.

"다른 사람들 반응은 어때?"

"다들 신경 쓰지 않는 눈치입니다. 사실 떠들 만한 일이 아니기도 하고, 또 자기들과는 상관없는 일 아닙니까."

"허허, 이거 참 곤란하군. 그렇다고 가만히 둘 수도 없는 일이고……."

하치훈은 아주 곤혹스러웠다. 율희라는 직원을 가만히 두면 박 회장이 가만히 있지 않을 것이고, 그렇다고 율희라는 직원을 해고하자니 로펌 대표가 걸렸다. 어떻게든 꼬투리를 잡아서 자신을 공격할 테니까.

"박 회장을 봐서라도 내보내야 하지 않겠습니까? 뭐 손해배상 같은 거야 말도 안 되는 소리지만 말입니다."

"누가 그걸 모르나. 말처럼 녹록하질 않으니 그러는 게 지……."

내보내려고 하면 방법이야 얼마든지 있을 것이다. 하지만 자신에게 아무런 피해 없이 내보내야 해서 문제라는 거였다. 하치훈은 아무래도 그러는 게 쉽지 않을 것이라는 생각이 들었다.

그리고 참 이상하게도 불길한 예감은 항상 현실로 다가온다. 이번에도 그랬다.

"강 변호사. 내가 자네하고는 이야기도 별로 나눠본 적이 없는 것 같아서 불렀네. 할아버님은 여전하신가?"

"예, 정정하십니다."

강윤태는 로펌 대표가 부름을 받고 온 길이었다. 사무실에는 대표와 대표의 브레인이라고 불리는 왕 변호사가 앉아서 이야기를 나누고 있었다. 나이가 일흔이 가까운 백발의 대표는 허허 웃으면서 윤태에게 차를 권했다.

처음에는 신변잡기 이야기를 좀 나누다가 곧 본론으로 들어갔는데, 그들이 이야기한 건 바로 율희의 이야기였다.

"예? 그 여직원을 미담 주인공으로요?"

강윤태는 놀란 표정으로 로펌 대표를 쳐다보았다. 로펌 대표는 율희를 미담의 주인공으로 사보에 기사를 내는 게 좋겠다고 말했다.

"그래. 내 자네가 그 직원하고 잘 아는 사이라고 해서 불렀네. 성품이 어떤지 그런 걸 좀 들어보려고 말이야. 내가 그 이야기를 듣고는 아주 감동했어요."

강윤태는 율희에 관해서 아는 대로 말했다. 순수하고 다른 사람 어려운 일 있으면 그냥 지나치지 못하는 사람이라고.

"그래, 아주 보기 드문 젊은이 아닌가. 몸이 불편한 사람을 그렇게 나서서 도와주었다니 말이야. 요즘 사람들이 어디 그런 거에 신경이나 쓰던가. 그냥 모르는 척하고 지나가지."

"맞습니다, 대표님. 요즘 같은 세상에 그런 사람 보기가 어디 쉽겠습니까."

그리고 대표는 마음 씀씀이가 아주 훌륭하다면서 연신 칭찬을 했다. 하지만 강윤태는 고개를 갸웃거렸다. 자신도 율희의 행동은 훌륭했다고 생각하지만, 이렇게 대표까지 나서서 말할 정도의 일은 아니었기 때문이었다.

강윤태는 두 사람을 슬쩍 살폈다. 웃으면서 대화를 나누고 있는 두 사람. 윤태는 그들이 겉으로는 그럴듯한 말을 하고 있지만, 속으로 원하는 건 따로 있다는 게 보였다. 아주 친숙한 모습이었다. 이런 식의 모습은 어렸을 때부터 주변에서 숱하게 보아왔으니까.

"그런데 왕 변호사. 이 사실이 다른 고객들에게 알려지면 조금 불쾌하게 생각하지 않으려나? 오해할 수 있는 여지가 있을 것 같은데."

대표가 조금 걱정이 된다면서 이야기했다. 그러자 곧바로 왕 변호사가 말을 받았다.

"그럴 리가 있겠습니까. 어차피 우리 로펌에서는 받을 수 없는 사건이었습니다. 쌍방대리에 해당하니까 말입니다."

"그거야 그렇지."

변호사는 아주 당연하게도 양쪽을 모두 대리할 수 없게 되어 있다. 다툼이 있는 양쪽을 모두 변호한다는 게 어디 말이나 되는 이야기인가. 그런 걸 쌍방대리 금지의 원칙이라고 한다.

그리고 같은 변호사는 아니더라도 같은 로펌에서 양쪽을 대리하는 것도 원칙상 쌍방대리에 해당한다고 보았다.

"경험 많은 사람들은 다들 그런 경험이 있을 겁니다. 로펌에서 맡고 있는 사건이라 다른 변호사를 소개해 준 경험."

그런 경우가 왜 없겠는가. 사건을 맡아줄 수 없겠느냐고 연락을 받고 알아보니 로펌의 다른 변호사가 맡고 있는 사건인 경우도 있었다. 그런 경우에는 다른 변호사를 소개해 준다.

사실 당사자인 박 회장이야 펄펄 뛸 문제기는 했지만, 그거야 하치훈의 일 아닌가. 대표는 오히려 박 회장이 더 난리를 쳐서 문제가 더 커졌으면 좋겠다는 생각을 속으로 하고 있었다. 그리고 그걸 위해서라도 절대로 율희라는 여직원을 내보낼 수 없었다.

"저도 그런 경우가 두어 번 있었습니다. 우리 강 변호사는 아직은 그런 적이 없었겠지?"

"예. 저야 아직 경험이 일천해서······."

강윤태는 그렇게 대답하면서 앞에 있는 대표와 옆에 있는 변호사를 살폈다. 그들은 어떻게든 율희의 일을 알리고 싶어서 환장을 한 사람처럼 보였다. 점잖게 이야기하고 있지만, 강윤태에게는 꿈틀거리는 그들의 욕망이 보였다.

'왜 그런 거지? 왜 이렇게 율희의 일을 부각시키려고 하는 거지?'

분명히 노리는 건 따로 있다는 건 알겠는데, 그게 뭔지는 잘 생각나지 않았다. 윤태는 그런 생각을 하면서 주로 이야기를 듣고 있었고 둘은 대화를 계속해서 나누었다.

"소송의 정보를 넘긴다거나 고객과 적대적인 사람을 변호한다거나 하면 큰 문제지. 아니면 소송을 맡은 변호사가 고객과 적대적인 사람에게 변호사를 소개했다거나. 하지만 소송과는 상관없는 사람이 변호사를 소개하는 정도야 뭐가 문제겠는가."

대표의 말에 왕 변호사가 맞는 말이라며 웃음소리를 냈다. 대표는 말을 하다가 기분이 좋아졌는지 웃으면서 말을 이었다.

"밖에서는 해고를 당할 거니 뭐니 하는 이야기가 들리는 것 같더군. 크게 오해하고 있는 모양이야. 일반 회사도 아니고 로펌에서 일을 감정적으로 처리할 리가 있겠는가? 법대로 해야지, 법대로."

"대표님 말씀이 맞습니다. 법적으로는 아무런 문제가 없습니다."

눈치 빠른 왕 변호사는 말을 받았고, 대표는 만족스럽다는 듯 고개를 끄덕였다.

"그리고 대표님. 이 기회에 직원들에게 제대로 교육을 시키는 게 어떻겠습니까?"

"교육을?"

"예. 그래도 로펌 직원인데 이렇게 사리 판단을 못 해서야 어디 되겠습니까. 그러니 어떤 행동이 문제가 되는 것이고, 어떤 행동은 그렇지 않은 것인지 제대로 교육을 하는 게 좋겠습니다."

"그거 아주 좋은 생각이군. 강윤태 변호사는 어떻게 생각하나?"

대표가 말을 꺼내자 강윤태는 고개를 들고 대표를 바라보았다. 그리고 어떤 식으로 대답해야 할지 잠시 생각하다가 입을 열었다.

"저도 좋은 생각인 것 같습니다. 로펌의 이미지를 생각해서라도 이런 이야기는 알리는 게 좋을 것 같습니다."

강윤태는 율희가 한 행동은 정의를 지키는 따스한 손길이라고 말했다.

"허어~ 정의를 지키는 따스한 손길이라. 그것 참 좋은 표현이군."

대표는 가뜩이나 기득권만 비호하는 타락한 로펌처럼 이미지가 각인되는 게 마음에 들지 않았는데 강윤태의 말이 아주 마음에 들었다. 대표의 얼굴에 정말 환한 웃음이 피어났다.

"강 변호사는 시인 같구먼. 흔한 단어의 조합 같은데 가슴에 와 닿는 그런 느낌이 있어."

"사보에 올리는 기사 제목으로도 좋을 것 같습니다."

"아니야, 아니야. 사보로 끝내기에는 좀 아까워. 뭔가 더 좋은 게 있지 않을까?"

대표는 정의를 지키는 따스한 손길이라는 말이 무척이나 마음에 드는 모양이었다. 그리고 대표의 브레인이라고 불리는 왕 변호사가 아이디어를 내놓았다.

"프로보노 케이스 중에서 적당한 사례를 모아서 언론에 알려도 좋을 것 같습니다."

대표가 왕 변호사를 손가락으로 가리키면서 고개를 끄덕였다. 바로 그거라는 듯이.

"그렇지. 바로 그거야. 괜찮은 사례를 전부 모아서 아예 언론에 주자고. 이번 일을 포함해서 말이야."

강윤태는 다 똑같다고 느꼈다. 자신의 집이나 아버지의 회사나 이곳이나. 다들 가면을 쓰고 살아가고 있었다.

'그래도 여기는 좀 다르지 않을까 했는데…….'

하기야 조직이 있는 곳이라면 어디나 비슷하지 않겠는가. 그리고 강윤태는 몇 가지 사실을 느꼈다.

'하기야 대표 정도 되는 인물이면 평판이나 명성에 신경을 쓰는 게 당연하지.'

대표는 돈이나 권력은 충분히 가지고 있는 사람이다. 더 많은 돈이나 권력을 원하기도 하지만, 그 위치에 있는 사람들은 그런 것보다는 사람들에게 존경받기를 원한다. 그래서 대표가 로펌의 이미지에 그렇게 신경을 쓰는 것이다.

그리고 율희를 계속 부각시키려는 게 하치훈을 견제하기 위함이라는 것도 알 수 있었다. 율희가 계속 근무하게 되면 박 회장은 펄펄 날뛸 테고 하치훈은 곤란해지는 거니까. 대표는 그것보다 조금 더 집요하게 수를 쓸 생각이었지만, 강윤태는 그것까지는 알지 못했다.

"그건 그렇고, 기회가 되면 자네 부친하고 식사를 한번 하고 싶은데 가능하겠나?"

대표는 진짜 본론을 꺼냈다. 강윤태는 이게 자신을 부른 진짜 목적이라는 걸 알 수 있었다.

'그러니까 율희 일을 키워서 하치훈을 견제하고, 로펌 이미지도 좋게 만든다. 그리고 율희와 친분이 있는 나와 이야기를 하면서 자연스럽게 명현그룹에 선을 넣는다.'

강윤태는 대표가 정말 능구렁이라는 걸 알 수 있었다. 한 가지 일을 가지고 세 가지로 활용하고 있었다. 자신은 이런 권력 다툼에는 관심 없었다. 하지만 대표가 이렇게 나왔는데 거절할 수도 없는 일.

"제가 말은 해보겠습니다."

강윤태는 그렇게 말하고는 잠시 후 대표의 사무실에서 나왔다. 정말 권력의 정점에 서 있는 사람은 뭐가 달라도 다르다고 생각하면서. 그리고 걸어가면서 하치훈이라는 이름이 붙어 있는 사무실을 보니 여러 생각이 들었다.

그런데 강윤태가 하치훈의 사무실 앞을 지날 때 익숙한 목소리가 들렸다. 바로 정혁민의 목소리였다.

"회장님, 베풀면서 좀 사시지요. 그래야 아름다운 세상 되지 않겠습니까. 회장님이 그렇게 나오시면 아름답지 못한 곳에 가시게 될 거라니까요. 말을 해도 믿질 않으시네… 전에도 그러시더니… 진짜로 조상 중에 누가 계신가……."

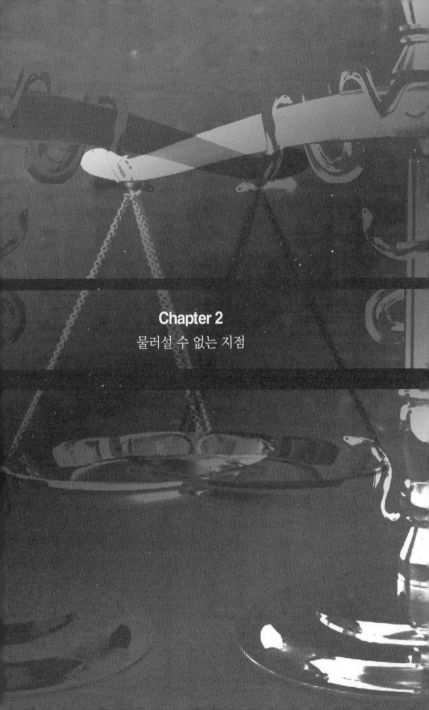

Chapter 2

물러설 수 없는 지점

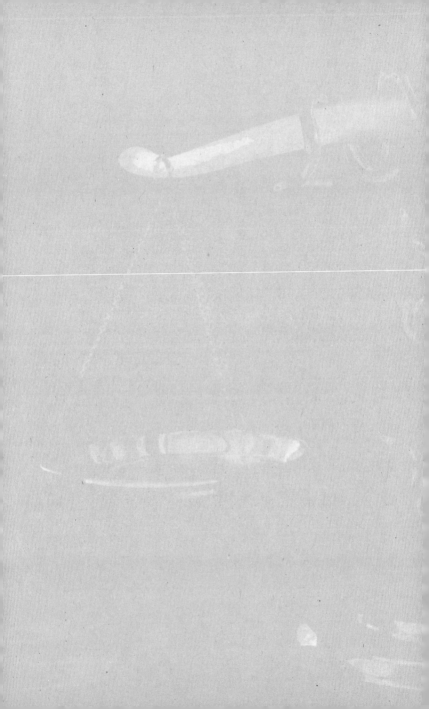

하치훈은 율희라는 여직원과 관련된 이야기를 듣고는 깜짝 놀랐다. 어떻게 조용히 내보낼까 궁리 중이었는데 갑자기 사보에 기사가 실린다고 하니 어떻게 놀라지 않을 수 있겠는가. 백번 양보해서 로펌에 계속 다니게 한다고 하더라도 이런 식으로 사람들의 입에 오르내려서는 안 되는 일이었다.

그리고 사실 징계도 말이 되지 않는 일이기는 했지만, 이런 식으로 기사가 나는 것도 어처구니없는 일이었다. 일반적이지 않은 일. 그렇다는 건 무언가 다른 힘이 작용했다는 뜻이다.

"아니, 그게 무슨 말이야? 설마?"

"예, 대표 쪽에서 움직인 것 같습니다."

장 변호사의 대답을 들은 하치훈은 입맛을 다셨다. 방금 녹

차를 마셔서인지 입안에 쓴맛이 남아 있는 것 같았다.

'대표가 이렇게 당하고만 있지는 않으리라 생각은 했지만……'

하치훈은 머리가 지끈거림을 느꼈다. 이 사실을 박 회장이 알면 얼마나 펄펄 뛰겠는가. 그리고 그걸 해결해야 하는 건 자신의 몫이다. 게다가 대표 쪽에서는 이 기회를 놓치지 않을 것이고.

"무슨 말이 돌고 있겠지? 그동안 당한 게 있으니 얼씨구나 하고 움직였을 테니까."

"그게……"

장 변호사는 쉽게 입을 떼지 못했다. 하치훈의 앞에서 말하기 곤란한 이야기들이 돌고 있었기 때문이었다.

"괜찮아. 설마 내가 듣기 좋은 얘기가 돈다고 생각하겠나. 이야기해 보게."

"제가 알아보니까……"

당연히 좋지 않은 말들이 돌고 있었다. 정혁민 변호사와 같은 사건을 놓고 다투는 걸 봐라. 하치훈은 데리고 있는 사람 관리도 제대로 못 한다. 사실은 라인이라고 하는데 하치훈이 하는 말이다. 영향력이 그렇게 강하지 않다. 라인이라는 것도 전부 부풀려진 거다.

"게다가 강윤태도 사실은 라인이 아니라는 말까지……"

"뭐? 누가 그래?"

다른 말은 그러려니 하던 하치훈이 강윤태와 관련된 이야기에는 즉각적으로 반응했다. 강윤태의 이야기는 다른 말과는 차원이 다른 것이기 때문이었다.

강윤태는 개인이 아니었다. 로펌에서 명현그룹을 상징하는 인물이다. 다른 소문이야 크게 신경 쓰지 않아도 되었지만, 강윤태와 관련된 이야기는 헛소리라는 걸 확실하게 보여주어야 했다.

명현그룹은 대한민국에서도 손가락 안에 들어가는 거대 그룹이다. 그런 그룹을 고객으로 가지고 있느냐와 그렇지 않으냐는 이루 말할 수 없을 정도의 차이가 난다.

"강 변호사 지금 어디 있나? 지금 좀 보자고 하지. 그리고 오늘이나 내일 저녁에 식사 약속도 잡고."

"저, 부장님. 그게……."

장 변호사는 아주 난처한 표정을 지어 보였다.

"또 왜? 무슨 일인지 빨리 말을 해, 이 사람아. 지금 그렇게 시간 끌 때인 줄 알아?"

하치훈은 언제가 여유가 넘치던 평소와는 다르게 얼굴을 붉히면서 장 변호사를 채근했다. 그만큼 상황이 좋지 않다는 증거였다. 원래 평소에 악한 사람은 거의 없다. 궁지에 몰려야 본성이 나오는 법. 하치훈도 심리적으로 몰리니 평소와는 다른 모습이 나온 거였다.

"지금은 법원에 가 있는데 오늘 저녁에 약속이 있답니다. 강 변호사의 부친과 대표님 식사 약속이 있어서 거기에 가야 한다고……."

"뭐? 누구하고 누가 만나?"

하치훈은 자신이 너무 방심하고 있었다고 자책했다. 로펌의 대표와 명현그룹의 왕회장은 서로 원수지간이나 마찬가지인 사이다. 하치훈은 자존심 강한 대표가 절대로 먼저 굽히고 들어가지는 않으리라 생각했다.

그런데 대표가 머리를 썼다. 설립자인 왕회장이 아닌 지금 전반적으로 그룹을 관리하고 있는 강윤태의 부친, 즉 왕회장의 아들에게 손을 내민 것이다. 그렇다면 이야기가 다르다. 대표가 연배도 위이고 직접적인 원한 관계가 없으니 만나는 게 그리 부담스럽지는 않을 것이다.

"이런. 이거 이대로 있다가는 큰일 나겠어."

댐이 무너지는 것도 작은 균열 때문이다. 대표가 그동안 쌓아온 것이 있어서 하치훈의 공격을 버틸 수 있었지만, 하치훈의 조직은 그 정도로 탄탄하지는 않다. 이런 식으로 흔들어 버리면 곁가지들이 우수수 떨어질 것이다.

이렇게 하고는 팔다리를 자르려고 할 것이고. 그러니 그전에 어떻게든 방법을 찾아야 한다. 대표를 흔들고 빼온 사람은 분위기를 봐서 언제든 갈아탈 수 있는 사람들이다. 자신의 실리만 찾아서 움직이는 그런 사람들이니까.

"내일 강 변호사하고 약속을 잡게. 그리고 지금 강 변호사가 들어갈 만한 사건이 혹시 있나? 기업 쪽 관련해서."

"외국계 기업에서 의뢰를 한 건이 하나 있습니다. 인수합병 건인데 지금 팀을 꾸리고 있으니 거기 넣으면 좋을 것 같습니다."

"그래? 마침 잘되었어. 그리고 말이야……."

하치훈은 가볍게 주먹을 쥐어 입가에 가져다 대고는 입술을 톡톡 두들겼다. 그리고 눈을 가늘게 뜨고는 생각을 하다가 말했다.

"팀이 만들어지면 전담해야 할 직원도 있어야 하겠지?"

"예. 규모에 따라서 다르기는 하지만, 지금 꾸리는 팀 규모라고 보면 통상적으로 두 명 정도는 붙습니다."

"그러면 율희라는 여직원을 아예 거기다가 넣어버리자고."

태경은 이 건물만 사용하는 게 아니다. 규모가 꾸준히 늘어서 근처에 있는 건물에 사무실이 두 곳이 더 있었다. 팀이 꾸려지면 다른 건물에 공간을 마련할 것이다.

"아, 그렇게 되면 일단 박 회장과 그 여직원이 마주칠 일은 없겠군요."

"그렇지. 일단 눈에 보이지 않으면 나을 거야. 그리고 강 변호사가 우리 쪽 사람이라는 것도 은연중에 보여줄 수 있는 것이고."

다른 건 몰라도 강윤태는 반드시 자신의 품에 있어야 했다. 그의 배경이 얼마나 대단한가. 그러니 이번 기회에 확실히 자기 사람이라는 걸 보여주어야 했다.

"강 변호사가 기업 관련 소송에 관심이 많았지?"

"예. 다른 것보다 M&A 관련 소송이나 국제적인 기업과 연관된 건에 관심이 많았습니다."

하치훈은 그 정도로 진행하게 되면 일단 문제가 확산되는 걸 막을 수는 있으리라 보았다.

"좋아. 그렇게 하면 일단 단도리는 되는 셈이고. 그러면 이번 이혼 건만 빨리 처리하면 되는 건가?"

하치훈은 이혼 사건이 생각보다 중요하게 되었다고 생각했다. 가뜩이나 사람들이 수군거리고 있는데, 만약 정혁민에게 밀리기라도 한다면 그날로 끝장이 날 수도 있다.

"그런데 도대체 그 목숨을 빚졌다는 사람은 누구야? 이런 건 그냥 적당히 협의해서 끝내면 서로 좋잖아."

정혁민은 목숨을 빚졌다는 사람 때문에 적당히 할 수가 없다고 거듭 이야기했다. 사실 그런 정도라면 일을 허투루 할 수는 없을 것이다. 하지만 하치훈은 그것이 율희라는 사실은 꿈에도 생각하지 못하고 있었다.

상식적으로 생각해 봐도 율희는 이제 해가 바뀌어 스물한 살이 되었다. 그리고 혁민과 율희는 최근에나 좀 알게 되었다고 했다. 나이로 보나 둘의 관계로 보나 목숨을 빚지고 그럴 수 있는 상황이 아니었다. 그러니 강순자의 친인척 중에 누군가가 있다고만 생각하고 있었다.

"어쨌든 빨리 마무리를 해야겠어. 길게 끌면 끌수록 손해야."

*　　　*　　　*

"일단 재산 분할을 받으면 경제력은 문제가 되지 않겠죠?"
"그런데 제가 별다른 직업이 없어도 괜찮을까요?"

강순자는 오로지 양육권만 걱정했다. 딸아이가 아버지에게 가서 새엄마 밑에서 클 걸 생각하면 잠이 오지 않는다고 했다. 혁민은 그럴 일은 없을 테니 걱정하지 말라고 했는데, 그래도 걱정이 끊이질 않는 모양이었다.

"제가 보니까 살림도 잘하시고 재산 관리도 잘하셨던데요."

강순자는 야무진 구석이 있어서 허투루 돈을 쓰는 걸 아주 싫어했다. 혁민이 알아보니 강순자는 직접 돈을 쓰지는 못했지만, 계획을 세우고 관리하는 건 엄청나게 꼼꼼하게 했다. 그건 남편인 박 회장도 인정했다.

"제가 보기에는요 사실 지금처럼 재산을 모을 수 있었던 건 아주머니 덕분이 커요."

박 회장은 굉장히 공격적인 사람이어서 투자도 굉장히 과감하게 했다. 그래서 손해를 본 경우도 많았다. 게다가 과시욕도 무척 강했다. 부인에게는 박했지만, 자신은 돈을 펑펑 쓰고 다녔다.

"법원에서는요 아이가 누구에게 가야 좋을지를 판단하는데 안정적인 환경을 중요시하거든요. 아이가 누구에게 가야 스트레스 받지 않고 클 수 있는지를 봐요. 그래서 제가 지금 집은 꼭 받으려고 하는 거고요."

혁민은 재산 분할에서 지금 사는 집은 무조건 강순자에게 돌아가게 하려고 했다. 아이가 계속 커왔던 환경에서 크는 게 여러모로 좋기 때문이었다.

과시욕이 강해서 돈을 마구 쓰는 아버지. 게다가 새엄마 밑에서 커야 하고. 그런 환경과 지금까지 계속 같이 살았던 어머니.

군이 말하지 않아도 법원이 어디를 선택할지는 뻔한 거였다.

하지만 하치훈도 그런 점을 잘 알고 있다. 그런데도 계속해서 양육권을 걸고넘어진다는 건 무언가 있다는 것이다.

"그런데요, 변호사님. 만약에 양육권이 그 인간한테 넘어가면 다시 찾아올 수는 있나요?"

"그럴 일은 없다니까요, 아주머니. 무슨 걱정이 그렇게 많으십니까."

"그렇긴 하지만… 그래도 그냥 걱정이 되네요. 선생님도 조심하세요. 그 인간이 아주 흉악한 인간이에요. 제가 나쁜 짓 하는 것도 많이 봤어요."

강순자는 돈 떼먹은 것부터 시작해서 남편이 한 나쁜 행동을 이야기했다. 아마도 강순자가 아는 건 아주 일부분일 것이다. 이번 건만 봐도 알 수 있지 않은가. 박 회장은 법을 이용해서 자기 잇속을 챙기는 데 아주 익숙한 사람이다. 하지만 그런 정도는 혁민도 질리도록 겪어보았다.

"그럴 일은 없겠지만, 궁금해하시니까 알려는 드릴게요. 한 번 친권이나 양육권이 지정되면 어지간해서는 바꿀 수가 없어요. 그냥 상황이 조금 변한 정도로는 법원이 바꿔주질 않거든요."

혁민은 약간의 문제가 있는 정도로는 양육권을 되찾아올 수 없다고 했다.

"반대로 말하면 아주머니가 이번에 친권하고 양육권을 갖게 되면 안심해도 된다는 이야기가 되겠죠?"

"아! 그러네요. 그 말을 들으니까 안심이 되네요."

이야기하는 사이에 어느새 태경이 있는 건물에 도착했다. 둘은 익숙한 길을 따라 걸어 하치훈의 사무실로 향했다.

'어? 율희가 안 보이는데?'

가면서 항상 보였던 자리에 율희가 없었다. 혹시 자리를 옮겼나 싶어서 근처를 둘러보았지만, 그녀의 모습은 보이지 않았다. 혁민은 살짝 미소를 지었다.

'해고된 건가? 나를 소개한 일이 알려져서 말이 많다고 하더니… 그러면 이제 우리 사무실로? 이거 보람 씨한테 빨리 알아보라고 해야겠다. 공연히 다른 일자리 알아보기 전에 우리 사무실로 오라고 해야지.'

혁민은 희희낙락하면서 걸었다. 이쪽 사정이 어떤지는 보람을 통해서 파악하고 있었다. 박 회장이 난리를 칠 테니 어차피 나와야 할 것 같아서 이번에야말로 같은 사무실에서 일하겠다고 기대하고 있었다.

"변호사님? 안 들어가세요?"

"예? 아, 들어가야죠. 그럼요. 들어가야죠."

상대방에게는 악마 같지만 율희와 관련된 일에만 엮이면 약간 바보 같아지는 혁민이었다. 혁민은 강순자의 말에 정신을 차리고 하치훈의 사무실로 들어갔다. 그런데 안에는 박 회장의 모습은 보이지 않았다.

"오늘은 박 회장님 몸이 좀 안 좋으시다고 해서 우리끼리 이야기를 해야겠어요."

"아, 그러셨군요. 진작 연락을 주셨으면 제 의뢰인도 그냥 쉬셨어도 되었을 텐데……."

"그러고 싶었는데, 저도 방금 연락을 받은 터라서……."

하치훈은 그렇게 이야기했지만 이미 어제 결정된 일이었다. 박 회장은 이제는 죽어도 저 새끼하고는 얼굴을 마주하지 않겠다고 말했다. 얼마나 시달렸으면 나중에는 조폭을 사서 저 새끼 담가 버리겠다는 말까지 했다.

하치훈은 공연히 이런 때 말썽 일으키지 말라고 잘 다독였고. 그러다가 잘못 걸리면 재산 분할에도 악영향을 미칠 수 있다면서. 그래서 오늘부터는 가능하면 박 회장은 나오지 않는 것으로 했다.

"그러면 바로 시작하죠. 시간 끌 것 없이."

하치훈이 연락을 하지 않은 데는 다 이유가 있었다. 오늘은 강순자를 흔들어야 하니 강순자가 빠지면 곤란했기 때문이었다.

"일단 이거부터 보시죠."

하치훈은 프린트한 종이를 넘겼다. 혁민과 강순자는 무슨 내용인지 궁금해하면서 종이를 받아들었다. 거기에는 박 회장과 딸인 박지연이 문자와 메신저를 한 내용이 있었다.

혁민은 이런 게 무슨 소용이 있겠느냐는 생각을 하면서 훑어보았다. 그리고 별다른 내용은 없었다. 다만 내용만 보면 자주 연락하고 상당히 친밀하게 지내는 것처럼 보였다.

'생각보다 준비한 게 오래되었나 본데?'

전에는 연락을 아주 가끔 했었는데, 1년 정도 전부터는 제법 자주 연락을 주고받았다. 그걸로 보아 박 회장이 상담을 받은 게 그 즈음인 것 같았다.

'처음에야 그냥 조언을 구한 정도였겠지. 이혼하려고 하는데 어떻게 하는 게 좋겠냐고.'

하치훈은 이혼 사유가 있어야 하니까 조사를 좀 하겠다고 했을 것이다. 그리고 만약을 대비해서 이런 것도 미리 준비하라고 했을 테고.

'하여간 법을 잘 아는 놈들이 더하다니까. 이러니까 잘 모르는 사람들은 꼼짝도 못 하고 당하는 거지.'

혁민은 옆을 슬쩍 보았는데 강순자는 오히려 흐뭇한 표정으로 내용을 보고 있었다. 딸이 아빠와 연락을 하면서 많이 밝아진 게 생각나서 그런 거였다. 그런데 혁민은 내용을 살피다가 흠칫 놀랐다.

거기에는 엄마가 아저씨 만나러 나갔다는 내용, 집에 혼자 있다는 내용, 혼자 밥 먹는다는 내용이 따로 정리되어 있었다. 그것도 아주 형광펜으로 밑줄까지 좍좍 그어져 있었다.

혁민은 눈살을 찌푸리면서 하치훈을 쳐다보았다. 그러자 하치훈은 여유로운 미소를 지으면서 팔짱을 끼고 등을 기댔다.

"아주 흥미롭지 않습니까? 법원으로 가면 할 이야기가 많을 것 같은데……."

강순자는 아직 그 부분까지 읽지 못해서 무슨 말을 하는지 모르는 눈치였다. 강순자가 종이를 뒤적였는데, 혁민은 그 종이를 움켜쥐고 구겨 버렸다. 강순자가 읽어서 좋을 게 없었기 때문이었다. 내용은 자신이 대충 알려주면 그만이었다.

'이 새끼들이 할 게 있고 하지 말아야 할 게 있는 거지. 어린 애를 데리고 장난질을 쳐?'

*　　　*　　　*

"어느 정도까지 생각하고 계십니까?"

하치훈은 박 회장에게 물었다. 상대를 몰아붙이는 이유는 빨리 협상을 마무리하기 위함이다. 방금 한 방 세게 먹였으니 제안을 할 차례이다. 그런데 하치훈은 상대방이 아닌 다른 이유로 골머리가 아팠다.

박 회장의 말이 자꾸만 이랬다저랬다 해서 그런 것이다. 어느 정도까지는 양보할 수 있다고 정확하게 이야기를 해주어야 협상이 될 텐데 그 수치가 상황에 따라서 자꾸만 변했다.

"하 변호사. 십이 퍼센트 정도면 괜찮을까?"

"회장님. 원하시는 수치를 얘기해 주시면 제가 어떻게든 협상을 해보겠습니다. 그런데 그 수치가 자꾸 변하면 저도 좀 곤란합니다."

하치훈의 말에 박 회장이 겸연쩍게 웃었다.

"허허, 자꾸 헷갈리게 해서 미안하군. 그런데 이게 참 그러네. 한 푼이라도 적게 주어야 할 것 아닌가. 그래서 자꾸 따져보게 되는데 상황이 변할 때마다 마음이 자꾸 변한단 말이야."

박 회장의 마음을 모르는 건 아니었지만, 이래서는 협상이 될 수가 없다. 기껏 협상해 놓았는데, 박 회장의 마음이 또 바뀌어서 퍼센트를 더 낮추라고 하면 다시 협상해야 한다. 그리고 그러는 사이에 다른 무슨 일이 있을지도 모르고.

"회장님. 이런 협상은 단숨에 밀어붙여서 마무리하는 게 좋습니다. 상대방이 어떻게 나올지 모르는 일이니 말입니다. 까마득한 후배이기는 하지만 정혁민 변호사는 절대로 방심할 수 없는 사람입니다."

정혁민의 이름이 나오자 박 회장은 몸을 부르르 떨었다. 박 회장은 자존심이 엄청나게 강했다. 빈손에서 자수성가해서 지금의 부를 거머쥐었으니 자부심이 있을 만도 하지 않은가.

그리고 누가 박 회장에게 싫은 소리를 하겠는가. 기업의 대표이자 잘나가는 사업가인데 말이다. 그런데 그런 그가 사람을 제대로 만난 것이다. 박 회장은 혁민에게 워낙 호되게 당해서 트라우마가 생길 지경이었다.

"그래. 빨리 끝내게. 십 퍼센트로 하고. 거기까지는 내 양보하지."

"알겠습니다. 제가 바로 협상에 들어가겠습니다."

"그래, 물 들어왔을 때 노 저어야지."

박 회장은 정혁민을 더는 보고 싶지 않다는 듯 진저리를 치며 말했다. 하치훈은 고개를 끄덕이며 알았다고 말했다. 그 정도면 상대도 받아들이지 않을까 하는 생각을 하면서.

"그러면 금명간 좋은 소식 기다리겠네."

박 회장은 웃으면서 악수를 하고는 사무실에서 나갔다. 하치훈은 이번에 협상을 마무리하고 빨리 태경 내부의 일에 집중해야겠다고 생각했다. 대표가 반격을 해오는 걸 어떻게든 차단하고 수습하는 게 중요했으니까.

"한 십오 퍼센트 정도였으면 상대도 쉽게 받아들였을 것 같은데… 어쩔 수 없지. 그래도 양육권 문제를 그렇게 흔들어놓았으니 겁을 집어먹었을 거야. 그러니 이 타이밍에 치고 들어가야지."

하치훈은 정혁민에게 전화를 하기 위해서 핸드폰을 꺼냈다. 하지만 누군가에게서 전화가 오는 바람에 전화를 걸지는 못했다. 하치훈은 혼자만 있는 사무실이었음에도 슬쩍 주변을 살피고는 전화를 받았다.

"예, 선생님."

—어떻게 진척은 좀 있나?

"그게… 워낙 흔적을 찾기 어려워서… 좀처럼 단서를 찾을 수가 없습니다."

—그래도 반드시 찾아야 해. 백 선생은 시한폭탄이야. 그걸 그대로 둘 수는 없는 일!

전화를 통해 들려오는 목소리를 무척이나 단호했다. 그리고 하치훈은 무척이나 공손한 자세로 그의 목소리를 듣고 대답했다.

"실력이 좋은 자들이 계속 뒤지고 있으니 발견할 수 있을 겁니다."

—그건 그렇고, 윤 회장 건은 신경 쓰고 있겠지?

"물론입니다. 변호사 두 명을 전담으로 붙여놓았습니다."

대기업 총수인 윤 회장은 얼마 전 실형을 선고받고 교도소에 있었다. 아는 사람들은 다 아는 사실이지만, 이런 거물들은 대부분의 시간을 감방이 아닌 다른 곳에서 보낸다.

감방도 독방을 사용하고, 일과 시간에는 감방이 아닌 접견실에 있다. 일반 면회는 횟수와 시간에 제한이 있다. 하지만 변호사 접견은 시간제한이 없다. 그래서 그 점을 악용하는 것이다.

하치훈이 이야기한 두 명의 변호사는 오전과 오후로 나누어서 윤 회장을 접견한다. 그러면 윤 회장은 하루 종일 접견실에서 책도 보고 집필도 하고 회사 돌아가는 내용도 듣고 심지어는 지시나 결재까지도 한다.

변호사는 들은 내용을 그대로 기업의 이사진에게 전달만 하면 되는 것이다. 한 명이 계속 하기 어려우니 보통 두 명이 하게 되는데, 그걸 오전반과 오후반이라고도 부른다.

—각별하게 신경 쓰라고. 우리 쪽에 힘이 될 사람이니.

"여부가 있겠습니까. 조금의 불편함도 없게 하고 있습니다. 이번에 특별 면회도 진행할 예정입니다."

특별 면회. 사실 이런 제도가 있다는 걸 모르는 사람도 많다. 왜냐하면, 교도소 민원실에 가도 신청을 할 수 없고, 홈페이지로도 접수할 수 없기 때문이다. 신청은 오로지 전화로만 받는다.

일반 면회는 교도관 입회하에 칸막이를 사이에 두고 마이크로 대화를 한다. 모든 상황이 CCTV로 촬영되고 음성도 모두 녹취가 된다. 하지만 특별 면회는 다르다. CCTV도 없고 녹취도 되지 않는 거실 같은 방에서 이루어진다. 그래서 특별 면회를 장소변경접견이라고도 한다.

소파와 탁자가 있는 편안한 장소. 교도관도 입회하지만 대부분 슬쩍 비켜준다. 미리미리 밖에서 다 손을 쓰는 것이다. 그리고 특별 면회를 결정하는 건 교도소장이다. 쉽게 말해서 교도소장에게 말발이 먹힐 정도의 사람들만 특별 면회를 할 수 있다는 뜻이다.

하치훈은 윤 회장이 충분히 만족하고 있다고 이야기했다.

—좋군. 그건 그렇고 태경에서의 일은 어떻게 되어가나?

"지금 대표가 여간내기가 아닙니다. 워낙 강하게 버티고 있어서 단시간에는 어려울 것 같습니다."

그러자 전화기에서 코웃음 소리가 들렸다.

—당연한 일이지. 그런 조직의 우두머리 자리를 어디 나이롱뽕으로 딴 줄 아나? 노회한 인간이니 정신 바짝 차리라고.

"예. 지금 최선을 다하고 있습니다."

—그 부분은 내가 좀 도움을 주지. 그 인간 아주 흥미로운 비리가 하나 있는데 내가 보내줄 테니까 작품 한번 만들어보라고.

하치훈은 쾌재를 불렀다. 선생님이 주는 소스라면 아주 굵직한 사건일 것이다. 그러니 조금만 주무르면 대표에게 큰 타격을 줄 수 있는 그런 걸 만들 수 있을 것이다. 하치훈은 아마도 국정원을 통해서 받은 자료일 것이라고 생각했다.

"아, 그러면 정말 큰 도움이 될 것 같습니다. 제가 이번에는 반드시 끝장을 보겠습니다."

—그래야지. 태경은 앞으로 우리에게 큰 힘이 될 테니 빨리 접수하는 게 좋아. 하지만 다른 것보다 가장 중요한 건 백 선생을 찾는 거라는 거 잊지 말도록.

"알겠습니다. 좋은 소식 조만간 전해 드릴 수 있을 겁니다."

하치훈은 통화를 마치고도 여전히 흥분이 가라앉지 않는 얼굴이었다. 이번에야말로 대표를 몰아내고 자신이 태경의 대표가 될 것이라고 생각하니 가만히 앉아 있을 수가 없었던 것이다.

같은 시각 혁민은 그렇게 흥분하고 있는 하치훈의 이름을 연신 내뱉으면서 고민에 빠져 있었다.

"하치훈… 하치훈……."

혁민은 손가락으로 테이블을 두드리면서 중얼거렸다.

"그냥 버리기에는 조금 아까운 카드인데……."

이번 사건을 맡았을 때 하치훈과 척을 질 생각은 없었다. 하지만 상황이 좀 묘해졌다. 워낙 상대가 거칠게 나오는지라 강순자 아주머니에게 유리하게 판을 이끌고 가려면 하치훈과 척을 질 수밖에 없을 것 같았다.

하지만 하치훈과는 어떻게든 끈을 이어놓고 싶었다. 아직 제대로 써먹지도 못한 카드여서 너무 아까웠다.

"빨대만 꽂아놓고 아직 단물도 제대로 빨아먹지 못했는데……."

하지만 모든 것을 다 가질 수는 없는 법이다. 인생은 언제나 선택이다. 그리고 무언가를 선택할 때 그 사람의 가치관이 작용하는 것이다.

"좋아, 어쩔 수 없지. 하치훈을 버린다."

혁민은 아깝지만 그렇게 하기로 마음먹었다. 그리고 박 회장은 형사 고소까지도 할 생각이었다. 문제는 태경의 힘이 워낙 강해서 고소해도 무마할 가능성이 있다는 거였다.

"일단 사람을 좀 만나봐야겠어."

혁민은 자신이 연락할 수 있는 사람 가운데 가장 고위직이 누구인가 생각해 보았다. 제대로 잡아넣으려면 죄를 입증하는 것만으로는 부족하다. 참 어처구니없는 현실이지만, 현실이 그러니 어쩌겠는가. 그 현실에 적응해야지.

"고인수 기획조정실장이라… 그래, 사법개혁 모임 사람들과 만난 지도 좀 되었으니 이 기회에 한번 봐야겠다."

혁민은 곧바로 핸드폰을 들었다.

＊　　　＊　　　＊

"이거 내가 너무 기다리게 한 거 아닌가?"

자전거에서 내리면서 고인수의 친구인 부장검사가 혁민을

알아보고 이야기했다.

"아닙니다, 교수님."

혁민은 일산에 있는 사법연수원에 와 있었다. 법무부 기획 조정실장인 고인수에게 연락했더니 이곳에서 보자고 했다. 마침 친구와 만나기로 약속이 되어 있었는데, 소개도 할 겸 해서 같이 보자는 거였다.

고인수의 친구는 부장검사였는데, 지금 사법연수원에서 연수생들을 가르치고 있었다. 그리고 일요일인 오늘, 그는 사법연수원에서 빌려주는 자전거를 타고 공원을 돌다가 돌아오는 길이었다.

둘이 잠깐 이야기를 나누고 있는데, 고인수가 도착했다. 친구인 둘은 크게 반가워하면서 가볍게 포옹을 했다.

"잠깐만 기다리라고."

부장검사는 숙소에서 옷을 갈아입고는 나왔고, 곧바로 술집으로 이동했다.

"요즘은 예전하고는 달라. 이제는 성적 상위자 중에서 로펌으로 바로 가는 녀석들도 있다니까. 보통은 국제업무나 인수합병 관련한 일 쪽으로 관심이 있더라고. 이 친구처럼 개인 사무실을 내는 건 나도 처음 봤지만 말이야."

부장검사의 말을 고인수가 받았다.

"선택의 기준이라는 게 시대에 따라서 항상 변하는 거 아닌가. 왜 예전 5공 때는 사법연수원 수석이 검사를 지원하기도 하고 그랬고."

"그거야 자기 말 잘 듣는 검사를 만들어서 밀어줬으니까 그랬지."

부장검사는 못마땅하다는 듯 투덜거렸다. 그러면서 술을 마시기 시작했는데, 둘은 검사답게 술을 잘 마셨다.

혁민은 눈치를 보다가 슬쩍 질문을 던졌다. 외압 같은 것에 흔들리는 게 아직도 있어서 국민들이 검찰이나 법원을 신뢰하지 못한다는 이야기를.

"하아~ 이거 참. 이제는 그런 건 정말 없어져야 하는데 말이야."

부장검사는 정말 낯부끄러운 일이라면서 탄식을 내뱉었다. 혁민은 이어서 그런 외압을 받아도 가장 흔들리지 않고 일처리를 할 검사를 꼽자면 누가 있겠느냐고 물었다.

"뭐 여러 명 있지만, 그래도 차동출이만 한 놈이 있겠나. 그녀석은 그딴 얘기 들어오면 오히려 잡아넣겠다고 난리를 칠걸?"

부장검사가 이야기하자 고인수가 크게 웃으면서 말을 받았다.

"자네 차동출이 왜 또라이라고 불리는 줄 아나?"

혁민은 윗사람 말 잘 듣지 않고 소신대로 움직여서 그런 줄 알고 있었다. 그런데 고인수는 재미있는 이야기를 해주었다.

"차동출이가 검사로 처음 와서는 말이지……."

정의감에 불탔던 차동출은 검사로 처음 출근해서 맡은 사건을 조사하면서 피의자를 아주 쥐 잡듯이 잡았다. 그리고 자백을 받고 사건을 해결했는데, 그것만으로는 성이 차지 않았던 모양이었다.

그래서 여죄를 털기 시작했다. 피의자는 회사를 운영하고 있었는데, 워낙 차동출이 끈덕지게 닦달을 하니 나중에는 지쳐서 자신이 뇌물을 준 걸 털어놓았다.

"문제는 말이야, 그 뇌물을 받은 게 시청의 고위직 공무원이었단 말이지."

차동출은 곧바로 그 고위직 공무원을 잡아 왔다. 그리고 뇌물 받은 건에 대해서 조사를 시작했다. 그리고 밤늦게 자백을 받아냈다.

"그러고는 차동출이는 보람찬 하루를 보냈다고 생각하면서 집으로 간 거지. 룰루랄라 하면서 말이야. 이런 맛에 검사 하는구나 하면서."

사회 정의를 구현했다는 뿌듯한 마음에 집에 가면서 술까지 한잔하고 들어갔다고 했다. 그리고 차동출은 다음 날 약간 늦게 출근했다.

그런데 출근을 해보니 검찰 분위기가 아주 어수선했다. 사실 어수선한 정도가 아니라 난리가 난 거였다. 갑자기 시청의 고위 공무원이 잡혀갔으니 시청에서는 어떻게 된 일이냐고 차장검사에게 문의를 했단다.

그래서 차장검사가 모든 검사에게 전부 확인을 했는데, 데려간 사람이 아무도 없다는 거였다. 분명히 이 검찰청에서 데려갔다는데 말이다. 그래서 검찰을 사칭한 범죄가 아니냐는 말까지 나왔단다.

"그런데 차동출이 한 삼십 분 정도 늦게 출근해서는 차장검사님한테 가서는 자기가 했다고 말한 거야. 아주 자랑스럽게 말이지."

원래 그런 고위직을 잡아올 때는 부장검사, 차장검사의 결재를 받고 움직여야 한다. 그런데 신출내기였던 차동출은 그걸 모르고 그냥 무작정 잡아 온 것이다.

"그리고 차장검사님이 뭐라고 하니까 죄가 있어서 잡아왔다고 한 거지. 그게 뭐 잘못된 거냐면서. 그때 차장검사님이 한숨을 푹 내쉬면서 그러셨지. '아, 어쩌다가 저런 또라이 새끼가 내 밑으로 왔냐' 이렇게 말이야."

그 이후로 차동출을 사람들이 모두 또라이라고 부르게 되었다는 거였다. 그 후로도 고위직이든 흉악한 조폭이든 차동출은 가리지 않았다. 그에게 걸리면 끝까지 물고 늘어졌다. 그래서 개또라이, 상또라이 같은 별명으로 불렸다.

'하기야 차동출만 한 사람이 없기는 하지. 그럼 사건이 차동출에게 가도록 해야 하는데……'

사건이 들어오면 차장검사가 각 부로 사건을 배정한다. 그러면 부장검사가 각 검사에게 사건을 나누어 준다. 혁민은 어떻게 하면 박 회장의 사건을 차동출이 맡게 할 수 있을까 생각했다.

*　　　　*　　　　*

"정 변호사. 이 정도에서 마무리하는 게 어떻겠나. 이 정도면 서로 할 만큼은 한 것 같은데……."

"글쎄요… 아무래도 그건 좀 어렵겠습니다."

하치훈의 제안에 혁민은 곤란하다는 표정을 지어 보였다.

"허허, 이거 참……."

하치훈은 어떻게든 빨리 이 일을 마무리하고 싶었다. 변호사를 하다 보면 상대 변호사가 까마득하게 후배인 경우도 있기는 하다. 하지만 자기 사람이라고 생각하고 있는 후배하고 이런 식으로 맞부딪친다는 건 모양새가 좋지 않았다.

그리고 정혁민이 뛰어난 인재라는 걸 잘 알고 있었기 때문에 어떻게든 껴안으려고 하는데, 문제는 이 친구가 그렇게 만만한 게 아니라는 거였다.

'아직 패를 다 보여주지 않았다 이거구만.'

혁민도 박 회장의 핸드폰에 있는 메시지를 보아서 어떤 주장을 펼지 알고 있을 것이다. 가정에 소홀한 점이 있었고, 아이를 잘 돌보지 못했다는 식으로 공격할 것이다. 하지만 그걸 알고 있음에도 주눅이 들었거나 힘들다고 생각하는 눈치가 아니었다.

물론 자신도 패를 전부 깐 건 아니었다. 결정타를 날릴 수 있는 무기야 아직 손에 쥐고 있다. 가능하면 그것까지는 사용하고 싶지 않은 그런 방법이었으니까. 하지만 그건 상대도 마찬가지인 듯했다.

그런 하치훈의 생각을 읽기라도 했다는 듯 혁민은 씨익 웃으면서 입을 열었다.

"십 퍼센트라고 이야기하시고 계시지만 계산 방법이 저와는 차이가 좀 있더군요."

혁민은 자료를 내밀었다. 자료는 무척이나 두툼했는데, 친절하게도 보아야 할 부분에는 형광펜으로 표시가 되어 있었다.

"보시면 아시겠지만, 박 회장 개인의 소극적 재산을 재산 분할의 대상에 포함하셨더군요. 일단 그건 제외해야겠습니다."

단어만 보면 무언가가 있을 것 같지만, 소극적 재산은 간단하게 빚을 말한다. 재산 분할은 부부 공동으로 이룩한 재산을 나누는 것이다. 공동으로 이룩한 것이라면 실질 재산이라고 할 수 있는 적극적 재산뿐 아니라 채무인 소극적 재산도 나누어야 한다.

박 회장은 부동산과 같은 적극적 재산은 가능한 한 재산 분할에서 제외하려고 했고, 자신의 빚은 슬그머니 끼워 넣었다.

"어디 보자… 흠… 자네가 주장한 바가 타당한 것도 있기는 한데, 법리적으로 따져 봐야 할 것도 있는 것 같지 않나?"

사실 누구나 알 수 있는 문제만 있다면 변호사가 왜 필요하겠는가. 하지만 세상일은 그렇게 정확하게 나뉘지 않는 게 훨씬 많다. 해석하기에 따라서 이렇게 볼 수도 있고, 저렇게 볼 수도 있는 그런 문제들 천지다.

"글쎄요. 지금 여기 있는 소극적 재산을 혼인 생활을 영위하기 위해서 형성된 채무라고 법원에서 인정해 줄까요? 판사를 설득하려면 논문 쓰는 정도로 준비하셔야겠는데요?"

하치훈의 눈썹이 살짝 올라갔다. 혁민이 자신에게까지 이렇게 강하게 나올 줄을 몰랐기 때문이었다. 이런 파이터 기질을 좋아해서 혁민을 품에 두려는 것이었지만, 그 주먹이 자신을 향하니 상당히 짜증스러웠다.

"게다가 공유 재산을 박 회장의 특유재산이라고 주장한 케이스도 여럿 있더군요."

박 회장은 재산은 모두 자신의 명의로 해놓았다. 그리고 부부가 같이 모은 재산을 사업에 투자하고는 나중에 회사로부터 얻은 이익은 자신의 재산이라고 주장하고 있었다. 투자는 공동재산으로 하고 얻은 이익은 박 회장만의 재산이 되고.

"흐음… 이것도 살펴봐야 할 것 같군……."

하치훈도 이것까지는 몰랐는지 제대로 답변하지 못하고 어물쩍 넘겼다. 그리고 신경 써서 자료를 살폈는데, 대충 봤는데도 확실히 문제가 될 수 있는 부분이었다.

'확실히 보통내기가 아니야. 흐음, 이거 봐! 이거! 법리적인 부분 메모한 내용이 이렇게 깔끔할 수가 있나. 허어, 정말 난놈은 난놈이야.'

형광펜으로 밑줄이 그어진 부분에는 간혹 간단하게 메모가 되어 있기도 했는데 정말 명확했다. 그 부분에 반론을 제기할 생각을 해 보았는데 만만치 않았다.

간명하게 정리한다는 건 결코 쉬운 일이 아니다. 내용도 충실하게 파악하고 있어야 하고, 법리적으로도 이해도가 높지 않으면 절대로 할 수 없는 일이다.

영화를 보고 몇 줄로 정리한다고 생각해 보라. 누구나 끄적일 수는 있다. 하지만 누가 보더라도 고개를 끄덕일 수 있을 정도로 명쾌하게 정리하는 건 쉽지 않은 일이다. 그런데 지금 혁민의 메모가 바로 그랬다.

'이 녀석은 꼭 잡아야 해.'

하치훈은 절대로 혁민을 놓칠 수 없다고 마음을 먹었다. 하지만 지금은 그것보다는 이 사건을 빨리 마무리하는 게 중요했다. 태경이라는 거대한 조직을 집어삼키는 게 훨씬 더 중요한 일이었으니까.

"하지만 소송까지 가면 양육권도 장담할 수 없을 텐데? 의뢰인의 의중은 어떤가?"

하치훈은 가능하면 대화로 풀 수 있으면 풀고 싶었다. 그리고 혁민도 강순자의 의중 이야기가 나오자 조금은 걸리는 게 있었다. 강순자가 지금 엄청나게 불안해하고 있기 때문이었다.

강순자에게 있어서 딸과 헤어진다는 건 있을 수도 없는 일이다. 그리고 지금까지는 그럴 걱정을 전혀 하지 않았다. 누가 보더라도 딸이 자신과 같이 있는 게 당연해 보였으니까. 하지만 일전에 보여준 메시지 때문에 크게 흔들리고 있었다.

"마음이 편할 리 있겠습니까."

혁민은 솔직하게 말했다. 무조건 아니라고 하는 것만이 능사가 아니다. 무조건 공격적으로만 나가는 건 오히려 위험할 수 있다. 협상할 때도 템포를 조절하고 강약을 조절해야 한다.

"그러니까 이 정도에서 마무리하자고. 내가 박 회장과 이야기를 해서 자네가 주장한 그 부분까지 포함해서 십 퍼센트로 이야기를 해보지."

하치훈은 크게 인심 쓴다는 듯 말했다. 사실은 법적으로 따져도 박 회장에게 불리한 부분이라서 어차피 양보해야 할 부분이었지만, 혁민을 생각해서 그러는 것처럼 포장하면서 이야기를 했다. 하지만 혁민은 고개를 저었다.

"십 퍼센트는 좀 아닌 것 같습니다."

혁민은 일반적으로 전업주부의 경우 재산 분할에서 삼분의 일 정도를 인정받는다면서 십 퍼센트는 말도 되지 않는다고 이야기했다.

"그러니까 삼십 퍼센트 정도는 받아야 한다 이건가?"

"아니요. 저는 사십 퍼센트 이상은 받아야 한다고 봅니다."

"뭐?"

하치훈은 깜짝 놀랐다. 삼십 퍼센트라고 하면 어떻게든 협상을 해서 대충 이십 퍼센트나 십 퍼센트 후반에 맞출 수 있겠다 싶었다. 박 회장을 설득하는 게 쉽지는 않겠지만, 혁민을 두어 번 만나게 하면 승낙할 것 같았다.

혁민이라면 이를 가는 박 회장 아니던가. 그런데 사십 퍼센트 이상이라고 하면 이건 말이 완전히 다른 거였다.

"자네. 이혼 소송에 대해서 잘 모르는 것 아닌가? 현실적으로 볼 때 그렇게까지 받는 건 쉽지 않아."

"재산 분할은 재산 형성의 기여도나 여러 측면을 고려해서 판단하는 거 아닙니까. 저는 절반까지도 가능하다고 보고 있습니다. 아니, 그 이상도 받아낼 수 있다고 생각합니다."

하치훈은 크게 숨을 쉬면서 혁민을 바라보았다.

'뭔가 있군.'

전업주부가 재산의 절반 이상을 가져간다? 극히 이례적인 경우에나 가능한 일이었다. 그런데도 이런 이야기를 한다는 건 극히 이례적으로 인정할 만한 무언가를 가지고 있다는 뜻이다. 어차피 협상하다 보면 패를 까야 하는데 당장 있어 보이려고 허튼소리를 하는 건 아닐 것이다.

'이 녀석. 도대체 뭘 가지고 있는 거냐?'

하치훈은 갑갑함을 느꼈다. 이제야 좀 협상이 진행되나 싶었는데, 다시 원점이었다. 이제는 상대가 받아치는 걸 막아야 할 순서였다. 그리고 그게 무언지는 모르겠지만, 상당히 강한 패를 쥐고 있는 것 같았다.

재산 은닉이나 강제집행면탈은 아닐 것이다. 고의로 재산을 빼돌렸다는 걸 증명하기란 쉽지 않은 일이다. 박 회장이 어떤 사람인가. 그런 일을 어수룩하게 처리하겠는가. 그러니 그건 법정으로 가도 자신 있었다.

"그러면 이렇게 하지."

하치훈은 이 상태로 계속 간다는 건 의미가 없다고 생각하고 제안을 던졌다.

"나도 박 회장을 설득해야 하니 자네가 그렇게 주장하는 근거가 뭔지 이야기하게. 그래야 이야기가 진전될 것 아닌가."

"알겠습니다. 제가 내용을 정리해서 보내드리죠."

혁민은 혁민대로 협상하면서 답답함을 느꼈다. 상대를 제대로 요리하려면 느물거리면서 상대를 도발해야 한다. 그런데 아무래도 상대가 대선배이다 보니 그게 쉽지 않았다.

하치훈이야 어차피 버리기로 한 카드. 그가 어떤 감정을 가지는지는 별로 중요하지 않았다. 상대편 변호사인데 공격을 할 수도 있는 일 아닌가. 그리고 이야기를 하다 보면 조금 거친 말이 오갈 수도 있는 것이고.

하지만 가뜩이나 돈 밝히고 싸가지 없는 변호사라는 소문이 돌고 있는 판에 위아래도 없이 날뛰는 놈이라는 말까지 돌면 곤란했다.

'일반인들에게 어떤 소문이 나는지야 상관없지. 하지만 법조계에서 좋지 않게 찍히는 건 곤란해. 법원이나 검찰에서 도움을 받아야 하는 일도 있으니까.'

그래서 아주 점잖게 대화를 하려니 입이 근질근질했다.

'그냥 확 들이받아 버려?'

혁민은 피식 웃었다. 예전과는 성격이 많이 바뀌었다는 생각이 들어서였다. 예전 같았으면 이 정도 선배면 정말 깍듯이 모셨을 것이다. 하지만 이제는 내 사람이라는 생각이 들지 않으면 그냥 적당히 이용할 대상으로만 보였다.

혁민은 확실하게 차동출에게 사건이 갈 수 있는 방법만 찾으면 바로 실행에 옮겨야겠다고 다짐했다. 다른 건 몰라도 애를 이용하는 건 용서할 수 없었다. 박 회장에게는 아이조차 목적을 위한 수단인지 모르겠지만, 누군가는 갖고 싶어도 가질 수 없었던 간절한 존재다.

"그러면 정리가 되는 대로 보내주게. 서로 방법을 찾아보자고. 그리고 자네도 협상할 생각이 있다면 의견 차를 좀 좁힐 수 있게 신경을 쓰고."

"알겠습니다. 그럼 자료를 보내면서 제가 연락을 드리죠."

그렇게 둘은 헤어졌고, 바로 그날 혁민은 자료를 보냈다. 하지만 하치훈이 기대하고 있는 아주 특별한 내용은 없었다.

"아직은 패를 까지 않겠다 이거군."

그런데 자료를 살피면서 하치훈은 무척이나 놀랐다. 소송이란 게 그냥 법을 알면 되는 게 아니냐고 말하는 사람도 있을 것이다. 하지만 그렇게 단순하다면 변호사 간에 차이가 있을 리가 없다.

소송에서 이기려면 법적 구성을 잘해야 한다. 그런데 혁민이 보내온 자료를 보니 이것만 가지고도 사십 퍼센트 가까이 재산 분할을 받을 수 있을 것처럼 보였다. 정말 시시콜콜한 부분까지 후벼 파서 강순자의 몫을 챙기고 있었다.

그리고 당연히 박 회장에게 불리한 부분은 전부 지적하고 있었다. 하치훈은 자료를 보면서 혁민에 대한 욕심이 무럭무럭 커지는 걸 느꼈다.

"왜 승승장구하는지 알겠어. 자료만 봐도 어느 정도 급인지가 보여. 판사가 보면 정말 좋아하겠는데? 이렇게 명쾌하게 정리가 되어 있으니 말이야."

그리고 이게 끝이 아니라는 사실도 알 수 있었다. 자신과 마찬가지로 가장 결정적인 패는 손에 움켜쥐고 아직 오픈하지 않고 있었다.

"끝까지 가야 하는 건가?"

하치훈은 박 회장에게 어떻게 이야기를 꺼내야 할지 고민이 되었다. 사십 퍼센트 이야기를 하면 기겁을 할 테니까 말이다. 아마도 고래고래 소리를 지를 것이다. 절대로 그만큼은 줄 수 없다고.

"피곤하군. 장 변호사가 왜 그렇게 정 변호사를 싫어하는지 조금은 알 것 같아. 그래서 더 탐나기도 하고."

가장 상대하기 싫은 적이 아군이 되면 더할 나위 없이 든든한 법 아닌가. 그리고 지금 정혁민의 나이가 겨우 서른하나다. 지금도 저 정도인데 앞으로는 어떻겠는가.

"그래. 어떻게든 내가 품고 있어야 직성이 풀리겠어. 저런 놈은 놓칠 수 없지."

그리고 하치훈이 그런 생각을 하고 있다는 걸 전혀 모르는 채 혁민은 고인수와 함께 김문환을 만나고 있었다.

"축하드립니다, 부장님."

"허허, 고맙네, 다들."

김문환은 드디어 고등법원 부장판사가 되었다. 사실은 벌써 그 자리에 올랐어도 올랐어야 할 사람이었지만, 여러 역학관계 때문에 이제야 그 자리에 오른 것이다.

"고등법원 부장판사가 좋기는 하구먼. 이래서 다들 이 자리에 올라가려고 하나 보네."

김문환은 가볍게 웃으면서 이야기했다. 고등법원 부장판사가 되면 대우가 확연히 달라진다. 일단 방에 양탄자가 깔린다. 그리고 기사가 딸린 차가 제공된다. 고등법원 부장판사면 차관급이니 어쩌면 당연한 일이다.

고등법원 부장판사부터 고위 법관이라고 말하는데 고위 법관의 수는 전체 법관 수의 0.5% 정도이다. 사법연수원에서도 성적 상위자가 대부분 법관이 되니 정말 법조계에서 가장 정점이라고 할 수도 있는 위치이다.

수많은 고시생 중에서 사법시험에 합격해서 사법연수원에 가고, 거기서 또 치열한 경쟁을 통해서 법관이 된다. 그리고 법관 중에서도 극소수만이 오를 수 있는 자리.

"여기에 오니까 좋은 것도 있지만, 공평한 판결을 내려야 한다는 중압감은 더 커지는 것 같더군. 그렇지 않으면 이 자리가 불편해서 앉아 있을 수가 있겠나."

"부장님은 항상 공평한 판결을 하시지 않습니까. 지금처럼만 하시면 될 겁니다."

"허허. 나라고 어떻게 실수를 안 하겠나. 돌이켜 보면 아쉬운 판결이 여럿 있어."

말은 그렇게 했지만, 그래도 가장 공정한 판결을 내리는 판사 중 한 명이 김문환이라는 사실을 모르는 사람은 없었다. 자리에는 예닐곱 명이 있었는데, 사람들은 자리를 옮겨 식사를 했다.

"판사는 항상 두려워해야 해. 내가 혹시라도 잘못 판단하는 게 아닌가 고민하지 않으면 자신의 힘에 취하게 되니까 말이야."

김문환의 이야기에 다들 고개를 끄덕였다. 혁민은 이야기하는 도중에 기회를 보다가 말을 꺼냈다. 법적으로 해결하려고 해도 중간에 장난치는 사람들이 있어서 곤란한 경우가 있다고. 고소해도 검사 선에서 잘릴 수가 있어서 골치가 아프다고.

"어쩌겠나. 현실이 그런 것을. 그래도 예전보다는 많이 나아지지 않았나. 차츰 좋아지겠지."

김문환은 혀를 차면서 그렇게 말했다. 그러고는 그런 일이 있으면 선배들에게 이야기하라고 말했다. 빼달라거나 하는 봐달라고 하는 거야 못 해주지만 공정하게 해달라는 부탁은 얼마든지 들어줄 수 있으니까.

혁민은 고개를 끄덕이며 미소 지었다. 그 정도는 충분히 가능한 사람들이었으니까.

'그러면 차동출한테 사건이 가도록 하는 건 해결이 되었고……'

＊　　　＊　　　＊

"이건 아니지."

박 회장은 흥분해서 소리쳤다. 자신이 왜 값비싼 하치훈을 변호사로 고용했겠는가. 그만큼 돈값을 하기 때문에 그런 것이다. 그런데 대충 몇 푼 쥐어주고 이혼하려고 했던 마누라에게 지금 자기 재산의 거의 절반 정도를 주어야 한다고 말하고 있는 게 아닌가.

처음에는 하치훈답지 않게 농담을 한다고 생각했다. 십 퍼센트 언저리에서 이야기되고 있었는데, 갑자기 사십 퍼센트 이야기가 나오니 그걸 진지하게 받아들일 사람이 어디 있겠는가. 하지만 하치훈의 표정은 심각했다.

"이렇게까지 되지는 않겠지만, 혹시나 해서 미리 말씀드려 두는 겁니다. 이게 법리적으로 상당히 까다로운 문제라서… 게다가 상대는 아직 패를 가지고 있는 모양이고 말입니다."

"그런 거야 내가 알 게 뭐야. 난 법은 잘 모른다고. 그러니까 하 변호사에게 일을 맡기는 거 아닌가. 그런데 내 돈 받으면서 일처리를 이렇게 하면 어떻게 하나?"

박 회장은 좀처럼 분을 가라앉히지 못했다. 하기야 생돈이 백억 원 단위로 나가게 생겼는데 흥분하지 않을 수 있겠는가. 그리고 그런 점을 잘 알기 때문에 하치훈도 뭐라고 대꾸하기가 곤란했다.

물론 저렇게 되지는 않을 것이다. 하지만 이런 식으로 한 번은 건드려 주고 넘어가야 한다. 이렇게 될 수도 있다는 인식을 심어주어야 일하기가 편하다. 당장에는 욕을 좀 먹기는 하겠지만 말이다.

"하 변호사. 겨우 이 정도였어?"

박 회장은 어지간해서는 화를 삭일 생각이 없어 보였다.

"어차피 소송으로 가면 적어도 삼십 퍼센트 이상 주어야 한다는 건 아시잖습니까."

"알지. 알다마다. 그래서 내가 자네 조언을 듣고 일을 진행한 거잖아. 그런데 왜 지금 와서 말이 바뀌냐고. 말이!"

하치훈은 한숨을 내쉬면서 박 회장에게 차를 권했다. 그리고 혁민이 보낸 자료를 앞에 놓고 이야기를 시작했다.

"잘 아시겠지만, 저쪽 변호사가 만만치 않은 사람입니다. 실력도 좋지만, 정보 수집력도 뛰어나고 무엇보다 아주 끈덕지거든요. 싸움닭 같은 기질이 있지요."

"크흠… 싸움닭보다는 구렁이나 너구리 같더만……."

혁민의 이야기가 나오자 박 회장은 헛기침을 했다. 정말 다시는 보고 싶지 않은 사람이었기 때문이었다. 어찌나 능글능글하게 괴롭히는지 정혁민과 만나고 나면 그날은 밥이 잘 넘어가지 않을 정도였다.

"아마 소송으로 가면 삼십 퍼센트는 확실하게 챙길 수 있다는 걸 알고 있을 겁니다. 문제는 양육권인데……."

"그래. 양육권을 가지고 밀어붙이라고. 마누라는 애 없으면 못 산다니까."

"물론 그렇게 할 겁니다. 문제는 상대도 다른 카드를 가지고 있으니 그걸 염두에 두시라는 겁니다."

하치훈은 아무래도 협상을 빨리 끝내려면 다 같이 만나서 이야기를 한번 해보는 편이 좋을 것 같다고 말했다. 변호사끼리만 이야기하니 결론을 내기가 어렵다면서.

"만나라고? 꼭 그래야 하나?"

박 회장은 혀를 차면서 고개를 갸웃거렸다. 가능하면 그러고 싶지 않았으니까. 하지만 하치훈은 어차피 한두 번은 봐야 한다고 강조했다.

"어차피 사모님을 공략해야 합니다. 그러니 힘들더라도 자리를 마련하는 게 좋지 않겠습니까. 상대 변호사만 찔러서는 협상이 마무리될 수가 없습니다."

"그렇긴 한데……."

하치훈은 빨리 자리를 마련하자고 은근히 부추겼다. 그러는 데는 협상을 진척시키려는 목적도 있었지만, 다른 목적도 가지고 있었다.

'의뢰인도 길들이기를 할 필요가 있지.'

박 회장의 기를 좀 죽여놓을 필요가 있다고 하치훈은 생각했다. 그러려면 혁민을 이용하는 게 가장 좋았다. 박 회장이 지금 가장 피하려고 하는 게 바로 혁민이었으니까.

그러니 자리를 자꾸 만들자고 하는 것이다. 그래야 혁민에게 된통 당할 테고, 그러면 자신이 왜 필요한지를 톡톡히 느낄 수 있을 것이다.

"어떻습니까? 제가 약속을 잡을까요?"

"흐음… 어쩔 수 없지. 날 잡게. 대신!"

박 회장은 강한 어조로 이야기했다.

"빨리 마무리될 수 있게 하게. 빨리 말이야. 그리고 내가 이십 퍼센트까지는 양보하지. 그 이상은 안 돼."

하치훈은 그 선에서 어떻게든 해보겠다고 하고는 자리를 마무리했다. 하지만 박 회장이 나가자 다른 말을 중얼거렸다.

"아무래도 그 정도에서는 어려울 것 같은데⋯⋯."

하지만 자신이 아무리 이야기를 해봐야 소용없다. 그것보다는 혁민에게 한번 당하면 정신이 번쩍 들 것이다. 그것보다 조금 더 쥐서라도 빨리 마무리를 하고 싶다는 생각이.

"하여간 유능한 친구는 유능한 친구야⋯⋯."

그런 생각을 가지고 있을 때, 노크를 하더니 장 변호사가 들어왔다. 그런데 장 변호사의 표정이 좋지 않았다.

"부장님. 움직임이 심상치가 않습니다."

"무슨 움직임이?"

"저희 쪽과 긴밀하게 협조하기로 했던 사람 중에 대표 쪽에 붙을 생각을 하는 사람들이 좀 있는 모양입니다."

역시나 우려했던 바가 현실로 나타나고 있었다.

"일단 접촉해서 시간을 끌어. 조금만 지나면 큰 변화가 있을 거니까 후회하지 말고 기다리라고 말이야."

"하지만 그렇게 하려면 뭐라도 던져 줘야 하지 않겠습니까. 그냥은 좀⋯⋯."

어차피 잇속을 챙기는 사람들은 이익에 따라서 움직인다. 당연히 무언가 얻는 게 있어야 방향을 바꿀 것 아닌가.

"일단 두고 보라고 해."

"그러면 시간을 오래 끌 수는 없을 겁니다."

"그래도 그렇게 해. 두고 보면 안다고. 조만간 큰 걸 터뜨릴 테니까. 대신 이 말이 대표에게 흘러들어 가지 않게 조심하고."

상대가 눈치채고 무슨 수작을 부리면 여러모로 골치 아프다. 아무런 방비도 하지 못하고 있을 때 들이쳐야 가장 큰 효과를 볼 수 있는 법.

"이거 참. 피곤하군. 갑자기 일이 사방에서 터지니 정신을 차릴 수가 없어."

소송을 맡은 것도 있었지만, 그건 그다지 신경이 쓰이지 않았다. 여태껏 수도 없이 해왔던 일이니까. 하지만 유난히 혁민과의 협상은 심력이 많이 소모되었다. 거기다가 대표를 속아내는 일까지 진행하려니 몸이 한 세 개쯤 되었으면 좋겠다는 생각이 들었다.

"그러면 제가 돌아다니면서 일단 그렇게 막아보겠습니다."

"그래. 자네가 좀 수고하게. 아마 오래 걸리지 않을 거야. 이번에야말로 대표를 끌어내릴 수 있을 테니 잘 단속하라고."

그렇게 이야기를 하고는 하치훈은 밖으로 나가는 장 변호사에게 인사도 하지 않고는 자리에 털썩 주저앉았다. 갑자기 피곤이 몰려왔기 때문이었다.

"체력 관리도 좀 해야겠어. 이거 계속 책상머리에만 앉아 있으니 하루가 다르게 체력이 떨어지는 느낌이야⋯⋯."

벌써 사십 대 후반. 삼십 대에는 일 년이 다르게 체력이 떨어지는 것 같았는데, 사십 대가 되니 하루가 다르게 몸 상태가 달라지는 것 같았다.

"정말 이번 주에는 어디 수목원 같은 데라도 다녀와야겠어.

도무지 쉴 틈이 없으니……."

하지만 그 말이 끝나기가 무섭게 그의 전화가 울렸다. 어지 간해서는 받지 않으려고 했지만, 절대로 그럴 수가 없는 전화 였다.

"예. 선생님. 어쩐 일이십니까."

—자네 조심해야 할 것 같아.

"예? 갑자기 그게 무슨 말씀이십니까."

—정혁민이라는 변호사 말이야. 이번에 박 회장 잡아넣으려 고 줄을 댈 모양이야.

하치훈은 고개를 갸웃거렸다. 정혁민이 따로 그럴 만한 연 줄이 있나 싶었기 때문이었다.

—사법개혁 모임에 친분이 있는 사람이 몇 있어. 차동출과 도 친분이 두텁고, 그 친구 지도 교수가 김태구 아닌가. 그 연 줄로 고인수하고도 알고 지내는 사이고.

"아. 그렇습니까. 그쪽에서 움직이면 골치가 아픈데……."

—제대로 잡아넣으려고 하는 모양이야. 고소하고 차동출한 테 배정이 되도록 힘을 쓸 생각인 것 같더군.

"차동출이요?"

하치훈은 한숨을 푹 내쉬었다. 그쪽 사람들은 약이 잘 통하 지 않는 사람들이다. 차동출은 그중에서도 아주 특별한 인물 이었다. 게다가 범죄자라고 하면 무슨 수를 써서든 잡아넣으 려고 눈이 시뻘게져서 덤벼드는 놈이다.

그리고 하치훈과도 몇 차례 인연이 있다. 아주 아름답지 못한 인연이.

―그쪽 정보는 내가 빨리 캐치할 수 있으니 이렇게 알려주는 거야. 그러니 알아서 잘해봐.

"알겠습니다. 신경 써주셔서 감사합니다."

하치훈은 정말 다행이라고 생각했다. 정말로 혁민이 고소하고 차동출에게 배정되면 얼마나 골치가 아픈 일인가. 물론 항소해서 어떻게든 무마할 수는 있겠지만, 대표와 주도권을 놓고 일전을 벌이려는 때에 그런 일이 터지면 엄청난 악재이다.

새까만 후배에게 당하는 꼴 아닌가. 그러면 사람들이 뭘 믿고 자신을 따르겠는가. 그래서 하치훈은 어떻게든 빨리 협상을 마무리해야겠다고 다짐했다.

*   *   *

"따님하고 아주 사이가 좋으신가 봅니다. 문자나 메신저도 자주 하시고."

"커흠……."

혁민은 만나자마자 선수를 쳤다. 원래도 이런 식으로 나갈 생각이었지만, 이곳에 오기 전에 강순자와 딸인 박지연이 언쟁하는 걸 보아서 혁민은 마음이 더 좋질 않았다.

박 회장은 그런 혁민이 무척이나 불편했지만, 대꾸하지는 않았다. 하지만 혁민은 박 회장이 그러거나 말거나 자신이 할 말을 계속했다.

"그런데 제가 법적으로 검토를 해보니까 아무래도 회장님이 양육권을 가지고 가는 건 어렵겠더군요."

혁민이 전체 대화의 주도권을 가지고 끌고 가고 있었고, 다른 사람들은 그의 이야기를 듣는 모양새였다. 하치훈도 일단 이야기를 들어보자는 자세를 보였다.

"다른 거야 그렇다 치고, 요즘은 법원에서도 자녀의 의사를 무척 중요하게 생각하거든요. 그런데 따님이 어머니와 함께 살기를 원한다네요. 아주 당연하게 말이죠."

혁민이 말을 이어가려고 하는데 이번에는 하치훈이 나섰다.

"그거야 알 수 없는 거 아닌가. 아이들 마음이야 하루에도 열댓 번은 더 변하는 거니까."

하치훈은 어머니가 있는 앞에서 물어보면 어떤 아이가 다른 말을 하겠느냐면서 웃었다. 그러면서 강순자에게 이야기했다.

"사모님. 지금 아이도 많이 불안해하죠?"

하치훈의 이야기에 강순자는 혁민의 눈치를 살폈다. 대답을 해도 되는지 묻는 그런 눈치였다. 그것만으로도 하치훈은 대략 상황을 짐작할 수 있었다.

사실 이런 상황에서 아이가 멀쩡하다면 그게 더 이상한 거 아니겠는가. 부모가 이혼하겠다고 하고 있으니 아이는 많이 불안한 상태일 것이다.

"이거 길게 끌면 아이한테도 좋을 게 없을 것 같아서 제가 제안을 드리겠습니다."

혁민은 그 이야기를 듣고는 어처구니가 없었지만, 일단은 듣고 있었다. 무언가 큰 배려를 하는 듯 이야기했지만, 다시 말하면 협박을 하는 거 아닌가. 하지만 강순자는 하치훈이 무슨 말을 할지 궁금한지 엄청나게 집중하고 있었다.

"일단 양육권과 친권은 사모님이 갖는 걸로 하죠."

강순자는 활짝 웃었다. 당연히 그걸 원하고 있었으니까. 하치훈은 그런 반응을 확인하고는 바로 말을 이었다.

"그리고 지금 집하고 동대문에 있는 건물 하나를 드리죠. 시가로 오십억 원 정도는 나가는 건물이고 장소도 괜찮으니 아마도 평생 먹고사는 데는 지장이 없을 겁니다."

하치훈은 현재 각 층에 세 들어 있는 현황을 보여주었다. 보증금과 한 달에 세가 얼마나 나오는지까지 기록되어 있었다.

강순자는 그걸 보더니 마음이 흔들렸다. 그 정도 금액이면 먹고사는 건 문제가 아니었고, 저축을 해도 상당한 금액을 할 수 있을 것 같았기 때문이었다. 막연하게 건물을 준다거나 하는 말보다 숫자가 적혀 있으니 느낌이 훨씬 강하게 다가왔다.

"어떻습니까? 그 정도면 두 분이 살기에 충분하지 않습니까?"

강순자는 혁민을 쳐다보았다. 어떻게 하면 좋겠느냐는 눈빛으로. 혁민은 잠시 기다리라고 하고는 하치훈이 넘긴 자료를 살펴보았는데, 그사이에 하치훈은 강순자에게 말을 걸었다.

"사모님. 이 제안을 거절하면 소송으로 갈 겁니다. 양육권! 소송해 봐야 알죠. 재산 분할도 마찬가지입니다. 해봐야 압니다."

거기까지 말한 하치훈은 강순자에게 조금 다가가서는 위에서 내려다보면서 말했다.

"하지만 그 시간 동안 아이는 어떻겠습니까. 그러니 이 정도에서 마무리하시죠. 욕심은 수많은 고통을 불러들이는 나팔이라는 말도 있습니다."

강순자는 크게 흔들렸다. 사실 재산에 욕심이 없다고 한다면 그건 거짓말일 것이다. 하지만 엄청난 걸 바라는 건 아니었다. 적어도 딸과 함께 살면서 부족하지 않을 정도는 있어야 한다고 생각했다. 게다가 딸도 자신과 함께 살게 된다. 이 정도면 괜찮은 게 아닌가 싶었다.

게다가 여기서 더 많은 걸 원하면 상대도 독하게 나오겠다는 하 변호사의 말이 두려웠다. 딸이 계속 괴로워하는 걸 상상하니 견딜 수가 없었다. 그래서 혁민의 팔을 슬쩍 잡아끌었다. 이 정도면 괜찮다는 말을 하기 위해서였다.

하지만 혁민은 잠시 생각하더니 강순자를 바라보면서 이야기했다.

"만약 만족하기 때문에 그만두는 거라면 그렇게 하시죠. 하지만 두려워서 그만두는 거라면 다시 생각해 보시는 게 좋습니다."

혁민은 조용히 말했다.

"행복은 불행을 피한다고 해서 얻을 수 있는 게 아닙니다."

혁민의 말에 강순자는 생각을 해보았다. 왜 하 변호사의 말을 받아들이려고 했는지. 그리고 알 수 있었다. 자신은 겁이

낫던 거였다. 그래서 피하려고 했던 것이다. 혁민은 강순자의 표정이 변하는 걸 보고 있다가 이야기했다.

"걱정하지 마세요. 어차피 오래 걸리지 않을 겁니다."

그러고는 고개를 돌려 박 회장을 바라보면서 말했다.

"아이고오!! 회장님!! 이거 엄청 실망하셨나 보네. 역시 회장님은 연기 안 하시길 잘하셨어요. 그렇게 바로 얼굴에 티가 나니까 힘들어요. 연기가 그게 보통 어려운 게 아니거든요. 그런데 말이죠, 그렇게 얼굴에 티가 잘 나시는 분이 도박은 왜 하셨대?"

혁민의 말에 박 회장의 얼굴이 또 일그러졌다.

＊　　　＊　　　＊

자수성가. 굉장히 좋은 말이다. 그리고 자수성가한 사람이 대단한 사람임은 틀림없고. 물려받은 재산 없이 자기 힘으로 큰 재산을 모은다는 게 어디 그렇게 쉽겠는가. 하지만 그런 사람이라고 모두 옳은 건 아니다.

부지런하고 긍정적인 사고방식을 가지고 있고. 좋은 측면도 분명히 있다. 하지만 혁민이 보아온 바로는 독선적이라 다른 사람의 말을 잘 듣지 않는 경우가 많았다. 무조건 자기가 옳다고 생각하는 것이다.

왜냐하면, 지금까지 그렇게 생각하고 살아왔는데 계속 성공했으니까. 그리고 거기에 덤으로 자신이 하면 뭐든지 다 잘될

줄 안다. 그래서 그런 사람들이 의외로 도박에 빠지기 쉬운 것이다.

"설사 도박을 했다고 하더라도 그게 지금 이 일과는 크게 상관이 없을 텐데?"

하치훈이 제동을 걸고 나왔다.

"물론… 뭐 일반적인! 일반적인!! 경우에는 그렇겠죠."

혁민은 '일반적인' 이란 부분을 아주 힘주어 말했다. 사실 도박과 같은 것이 이혼 사유는 될 수 있지만, 재산 분할 비율을 정하는 결정적인 사유는 되지 않는다. 하지만 박 회장의 경우는 조금 달랐다. 도박으로 부부의 공유 재산을 날렸기 때문이었다.

보통은 이런 사실을 알기란 쉽지 않은 일이다. 그리고 보통은 알려고 하지도 않는다. 재산 목록을 보고 문제가 되는 건 없는가 확인하는 정도일 것이다. 그보다 조금 더 신경을 쓴다고 한다면 빼돌려진 재산이 있는가 찾는 정도일 것이고,

하지만 혁민이 찾은 그런 사실을 알기 위해서는 거기에서 훨씬 더 세심하고 깊이 들어가야만 알 수 있다.

'백 선생에게 배운 게 도움이 되었어.'

이유가 없는 결과는 없다. 갑자기 재산이 생기거나 처분했을 때는 다 이유가 있는 것이다. 그리고 그런 게 빈번한 시기에는 분명히 무언가가 있었던 거다. 박 회장은 지금은 좀 덜한 것 같지만, 한때 상당히 도박을 즐겼던 것 같았다.

왜 그렇지 않겠는가. 사업은 잘되고 돈은 넘치고. 남자다운 호기로움도 가득한 사람. 주변에서 가만히 놔두질 않았을 것

이다. 게다가 상류층으로 대접받고 싶어 하는 욕구도 강하고 말이다.

살살 회장님이라고 부르면서 좋은 데 데리고 다니면서 꼬드 기면 넘어오는 건 순식간이다. 적당한 미모의 여자를 붙여서 말이다.

혁민은 불어난 재산은 신경 쓰지 않았다. 재산을 처분한 부분만 집중적으로 팠다. 그래서 빼돌렸거나 아니면 지금과 같이 도박하다가 날린 게 있다는 걸 파악한 것이다.

"계산은 정확하게 해야죠. 다 큰 어른들이 더하고 빼는 것도 제대로 못 해서야 되겠습니까. 곱셈도 아니고."

박 회장은 숨만 거칠게 쉬었다. 도박으로 날린 재산을 생각 하니 분통이 터지기도 했고, 말하는 게 정말 성질을 뻗치게 해서 그렇기도 했다. 이제는 아주 더하기 빼기도 못하는 사람 취급을 하는 거 아닌가. 그렇다고 나는 곱셈도 잘한다고 외칠 수도 없는 일이고.

"그것보다 사모님 생각은 어떠십니까?"

하치훈은 강순자에게로 화살을 돌렸다. 대충 혁민의 말에 넘어간 듯 보였지만, 확실하게 의사표시를 하지는 않았다. 지금 분위기를 반전시키려면 적의 가장 약한 부분. 바로 강순자를 노려야 한다.

"이름이 지연이던가요? 평소와는 다르게 조금 우울해하지 않던가요? 이게 대인관계나 학교생활에도 문제가 될 수 있습니다."

하치훈은 마치 아이를 걱정해서 이야기한다는 투로 말했고, 강순자의 표정도 급격하게 어두워졌다. 안 그래도 요즘 아이가 신경도 날카로워졌고, 별것 아닌 일에도 예민해서 싸우게 되는 경우가 있었다.

강순자는 아이가 사춘기이고 자신도 여러 가지로 힘들어서 그렇다고 생각하고 있었지만, 사실은 이혼이라는 일 때문에 그렇다는 걸 모르지는 않았다.

"돈이 더 필요하시다면 더 드리겠습니다. 얼마나 더 필요하신지 얘기를 하세요. 대신에 빨리 마무리를 해야 합니다. 그래야 아이한테도 좋지 않겠습니까."

혁민은 하치훈의 내공도 보통이 아니라는 걸 느낄 수 있었다. 강순자의 성격상 이런 식으로 나와도 돈을 더 달라고 하기 어려웠다. 혹시라도 더 달라고 해봐야 약간 정도?

그리고 이런 식으로 말을 하니 오히려 박 회장 쪽이 아이를 더 생각하는 듯한 모양새가 되었고, 강순자 쪽이 아이는 생각하지 않고 돈을 더 받기 위해서 버티는 듯하게 보였다. 적어도 강순자는 그런 식으로 생각할 공산이 컸다.

'심리적으로 엄청난 압박을 받겠어.'

자신이 돈 때문에 아이의 행복을 저버리고 있다는 생각이 들면 엄청난 부담감이 생긴다. 그런 부담감은 정상적인 사고 방식을 못하게 만들고.

사람은 각자 가장 중요하게 생각하는 게 다르다. 어떤 사람은 돈, 어떤 사람은 권력, 명예, 정의, 친구, 연인, 자식. 다 다르다. 그리고 그것을 흔들어 버리면 그 사람은 쉽게 무너져 버린다.

'게다가 만약 거절하게 되면, 나중에 소송으로 갈 때도 유용하게 써먹을 수 있겠지. 우리는 아이를 위해서 이런 제안까지 했는데 상대가 거절했다. 뭐 이런 식으로 말이야.'

수많은 경험을 통해 체득한 노하우일 것이다. 사람의 심리나 내면에 관한 깊은 이해가 없으면 불가능한 방법.

'이래서 늙은 생강이 맵다고 하는 거지. 하지만……'

혁민도 그런 측면으로 따지자면 결코 뒤지지 않는다. 아니, 오히려 훨씬 앞선다고 볼 수도 있다. 혁민은 아주 특별한 경험을 했으니까. 혁민은 뭐라고 말할지 몰라 주저하고 있는 강순자 대신 입을 열었다.

"돈과 관련된 부분이야 법대로 하면 되는 거죠. 대한민국은 법치국가 아닙니까. 전업주부라도 삼분의 일에서 절반까지 재산 분할을 받는다는 거 아시죠?"

혁민은 돈을 요구하는 게 아니라 당연한 권리를 주장하는 거라고 말했다. 그리고 그런 당연한 권리임에도 그만큼의 금액을 주지 않으려고 하는 것이 박 회장 쪽이라는 것도 강조해서 말했고.

"돈을 중요하게 생각했다면 이렇게 협상을 했겠습니까. 당장 이혼 소송에 들어갔겠지요. 어떻게든 협의를 하려고 한 건 다 아이를 생각해서 그런 겁니다. 바로 강순자 님께서 말이죠."

혁민의 말에 강순자는 조금 안정이 되는 듯했다.

"아이가 힘들어하는 건 이혼 이야기가 나오고 나서부터 아닙니까. 그렇죠?"

"애가 괜찮다고는 하는데 그럴 리가 있겠어요. 요즘 들어서 손톱 깨무는 버릇도 부쩍 늘었고, 말도 많이 줄었어요."

혁민은 이혼 이야기를 먼저 꺼낸 쪽에 문제가 있다는 식으로 뉘앙스를 풍겼다. 그리고 곧바로 타깃을 박 회장으로 바꾸었다.

"소송에 들어가게 되면 재산 은닉에 도박까지 이야기하지 않을 수 없습니다. 아~ 아마 잘 아실 겁니다. 저 이렇게 좋지 않은 상황까지 가는 거 바라지 않는 사람이거든요."

혁민은 안타깝다는 듯 고개를 저으면서 이야기했다.

"서로 조금씩 양보해서 마무리하시죠. 회장님이 잘못한 것도 꽤 있으시니 그냥 반반 어떠십니까?"

"뭐?"

박 회장은 놀라서 소리를 질렀다. 사십 퍼센트만 해도 기절할 정도였는데, 아예 절반을 달라고 하니 기겁을 한 거였다. 하지만 혁민은 왜 그렇게 놀라느냐는 표정으로 말을 이었다.

"제가 계산 잘하거든요. 이런저런 내용 따져 보면 이 정도가 아니라 육십 퍼센트 이상 받아야 할 것 같은데, 그냥 양보해서 반땅하자는 겁니다. 아이를 생각해서라도 빨리 끝내려고 말이죠."

혁민은 계산기를 꾹꾹 누르는 시늉을 하면서 말했다. 그러고는 강순자를 쳐다보면서 말했다.

"결혼이 지옥이라고 하는 사람도 있는 것 같은데, 진짜 지옥을 안 가봐서 그런 얘기를 하는 것 같더라고요. 지옥까지는 아니더라도 교도소만 가봐도 그런 얘기 안 나올걸요?"

그러고는 혁민은 박 회장을 쳐다보면서 웃었다. 하얀 이빨을 살짝 보이면서.

*　　　*　　　*

"하 변호사. 진짜 소송으로 가면 문제가 되나?"

하치훈은 가만히 박 회장을 쳐다보았다. 혁민을 만나기 전보다는 표정이 심각했다. 그리고 목소리도 움츠러든 것이 기가 확실히 죽었다는 게 보였다.

'이 정도면 충분하겠지? 또 너무 기가 죽어버려도 곤란하고……'

하치훈은 생각하는 척하면서 일부러 시간을 끌다가 대답했다. 자신이야 급할 게 없는 상황. 상대가 자신에게 막말한 것만큼은 아니더라도, 애를 좀 태울 때는 태워야 한다. 그래야 자신이 얼마나 중요한 사람이라는 것도 깨닫고 말도 잘 들으니까.

"그건 상대가 어떻게 나오느냐에 따라 좀 다릅니다. 재산 은닉이라는 것이 고의성이 입증되어야 하는데 그게 쉽지는 않거든요."

하치훈은 그 부분은 법리적으로 자신이 해결할 수 있다고 이야기했다.

"어떤 검사가 담당할지는 모르겠지만, 제가 법적인 구성을 해서 대응하면 재산 은닉은 문제가 되지 않을 겁니다."

"그런가? 하기야 하 변호사 실력이라면 그렇겠지."

그 말을 하고는 박 회장은 호탕한 척 웃었는데, 그 소리가 그다지 크지는 않았다. 예전에 기가 강할 적에 웃던 크고 거침없는 웃음소리에 비한다면 김빠진 콜라 같은 아주 얌전한 웃음이었다.

"도박은 증거가 확실하다면 조금 문제가 될 수도 있습니다. 하지만 이건 제가 제대로 내용을 살펴보지 않아서 지금 뭐라고 얘기드리기가 좀 어렵군요."

하지만 상습적인 도박만 아니라면 집행유예 정도로 할 수도 있을 거라고 슬쩍 이야기를 흘렸다.

"하 변호사. 그럼 어떻게 하는 게 좋겠나? 그렇다고 상대방이 달라는 대로 줄 수야 없는 일 아닌가 말이야."

박 회장은 죽으면 죽었지 오십 퍼센트는 줄 수 없다고 버텼다.

'돈에 대한 욕심은 정말 대단하군.'

차라리 교도소에 가겠다는 박 회장을 보면서 하치훈은 혀를 내둘렀다. 물론 상대도 그 정도까지 바라지는 않을 것이다.

"그러면 어느 정도면 도장을 찍으시겠습니까?"

"모르겠네. 모르겠어."

박 회장은 쉽사리 대답하지 못했다. 머릿속이 복잡해서 그런 걸 명쾌하게 결정할 정신이 아니었기 때문이었다.

"일단 자네가 최대한 깎아보게. 지금은 골치가 너무 아파서 정리가 되지를 않아, 정리가. 그러니 어떻게든 깎아보라고."

그러면서 소파에 해파리처럼 늘어졌다. 온몸에 힘이 하나도 없는 사람처럼.

"그러면 제가 일단 이야기를 하고 있을 테니 정리가 되면 이야기를 해주시죠."

하치훈은 꽉 움켜쥐고 있는 카드가 있었지만, 아직은 공개하지 않아도 되겠다고 생각하고는 말을 아꼈다. 박 회장은 정말 지쳤는지 십여 분을 쉰 뒤에야 자리에서 일어났다. 그리고 좀비처럼 흐느적대면서 걸어 나갔다.

"박 회장은 내 생각처럼 되었고… 그러면 마지막 카드를 써서 마무리하면 되고……."

하치훈은 어느 정도 끝이 보인다고 생각했다. 그리고 사실 이 문제보다 대표를 쳐 내는 일에 더 신경을 쓰고 있었다.

선생님이 던져 준 내용은 그동안 권력자들과 로펌 대표의 유착관계에 관한 거였다. 각종 비리가 상세히 적혀 있었다.

사실 고위직치고 이런 비리가 없는 사람이 어디 있겠는가. 고위직에 올라갔다는 건 당연히 인맥이나 연줄을 통해서 정상적이지 않은 거래도 했다는 뜻이다. 그런 걸 하지 않고서는 그 자리에 있을 수 없는 게 지금 사회 현실이니까.

"이거 권력 지도가 좀 바뀌려고 하는가 보군……."

자신도 대표를 공격할 때 자신이 직접 나서지 않는다. 누군가를 시켜서 말을 퍼뜨리고 공격하게 한다. 그런 게 어디 자신 뿐이겠는가.

하치훈은 누군가가 로펌 대표를 이용해서 지금 정치권에 있는 몇 사람을 쳐 내려고 한다는 사실을 알 수 있었다. 하지만 상관없었다. 자신에게도 분명히 이익이 되는 일이었으니까.

"이거를 누구를 시켜서 터뜨려야 할까?"

방법은 여러 가지다. 내부에서 시작하는 방법도 있고, 외부에 던져 주는 방식도 있다. 얼마나 먹음직한 먹잇감인가. 이런 소스라면 언론과 방송에서도 눈에 불을 켜고 달려들 것이고, 검찰에서도 승진용으로 아주 알맞은 큼직한 사건이었다.

하치훈은 일단 장 변호사를 불러서 상의했다. 전달하는 것도 자신이 아니라 장 변호사를 통해서 시킬 것이니 장 변호사 정도는 이 내용을 알고 있어도 무방했다.

"이거 너무 큰 사건이 아닙니까?"

장 변호사는 거물 정치인까지 연루된 거라 문제가 되지 않겠느냐면서 물었다.

"그런 걱정은 하지 않아도 될 걸세. 그리고 문제가 되지 않는 방법을 사용하면 될 거 아닌가."

하치훈은 이건 내부보다는 외부에서 먼저 터지는 게 좋겠다고 말했다. 장 변호사도 거기에는 수긍했고.

"그런데 언론이나 방송도 부담스러워할 겁니다. 검찰도 쉽지 않을 수도 있고 말입니다. 상대도 거물 정치인인데 가만히 있겠습니까?"

"자네는 아직 정치 감각이 무르익지는 않은 것 같군."

이런 게 흘러나왔다는 건 이미 그 사람들이 정치권력에서 밀려났다는 뜻이다. 작정하고 쳐 내겠다는 더 강한 권력자의 의지.

해당하는 정치인이야 당연히 반발할 것이다. 하지만 아무리 발버둥 쳐도 벗어나지 못할 것이다. 더 강한 권력자가 그들의 손발을 묶어버릴 테니까. 하지만 장 변호사는 그런 것까지는 아직 파악하지 못한 듯했다.

하치훈은 권력 다툼보다는 법조계 일에 집중했던 친구여서 그렇다고 생각했다. 이런 쪽으로 관심을 쏟게 된 건 자신의 밑으로 들어오면서부터. 그러니 아직은 미숙한 점이 있다. 하지만 그럭저럭 자신이 써먹기에는 좋은 인물.

하치훈은 더 이상 자세한 사정은 이야기해 주지 않았다. 나중에야 모르겠지만, 지금은 장 변호사가 너무 정치 감각이 뛰어나도 곤란했다. 모든 권력이 자신에게 집중되어야 하니까.

"방송이냐 검찰이냐 그것만 정하면 될 것 같군."

"방송 쪽으로 알아볼까요? 방송에서 먼저 터지면 검찰도 손 놓고 있지는 못할 겁니다."

"그것도 나쁘지 않군."

하치훈은 방송 쪽으로 알아보라고 지시했다. 그리고 혁민과 약속을 잡기 위해서 핸드폰을 들었다. 모든 것을 마무리할 마지막 카드를 던지기 위해서.

방송의 힘은 무서웠다. 권력층과 거대 로펌 사이의 유착 관계, 그리고 거기서 벌어진 비리에 관해서 방송이 나가자 해당 인물들을 비난하는 여론은 들불처럼 번졌다.

"방송에서 생각보다 힘을 더 준 것 같습니다. 내용이 굉장히 강하던데요."

"그런가? 나는 방송은 아직 보지 못해서 잘 모르겠네만……."

하지만 보지 않아도 뻔했다. 어떤 방송국의 누가 담당했는지를 보면 대충 감이 온다. 그 사람들도 무얼 어떻게 내보내야 하는지 잘 아는 사람들이다. 언급된 인물들을 아예 끝내겠다는 권력자의 의지가 있다는 걸 알고 거기에 맞춘 것이다.

그러니 당연히 내용이 강할 수밖에. 그래서 하치훈이 아예 방송국과 전달할 사람까지 장 변호사에게 지정해 준 거 아니겠는가. 가장 확실하게 터뜨릴 수 있는 방송국과 담당자가 누구인지 확인한 후에 말이다. 원래 이런 건을 대부분 이런 식으로 짜고 치는 경우가 대부분이다.

"검찰에서 곧 조사에 착수한다고 합니다."

"이 정도로 시끄러운데 가만히 있을 수야 없겠지."

"지금부터 볼만해질 것 같습니다. 워낙 여론이 거세서 대표도 이번에는 빠져나가기가 쉽지 않을 겁니다."

장 변호사는 지금 상황이 유쾌한 듯 웃으면서 이야기했다.

그리고 지금부터 시작이라는 투의 말을 내뱉었다. 하지만 그 하치훈은 생각이 달랐다.

'한참 멀었군. 아직은 시야가 좁아.'

전쟁의 승패는 전쟁이 일어나기 전에 결정되어 있다. 이후에 벌어지는 일들은 모두 정해진 승패를 확인하는 과정에 불과하다. 지금도 마찬가지다.

대표의 몰락은 이미 결정되어 있다. 그와 연루된 정치인이 권력자에게 내쳐질 운명에 처했을 때, 대표의 운명까지도 정해진 것이다. 앞으로 검찰에서 조사를 받고 일련의 일들이 계속 일어나겠지만, 대표는 아무리 발버둥을 쳐도 벗어날 수 없다.

'개미지옥에 빠진 개미처럼 결국에는 최후를 맞이할 것이다.'

간혹 그런 예정된 운명에서 벗어나는 경우도 있다. 하지만 그런 건 극히 예외적인 경우. 영화나 드라마에서는 그런 경우가 자주 보이지만, 현실에서는 그렇지 않다. 그런 생각을 하고 있을 때 하치훈의 상념을 깨는 전화벨 소리가 울렸다.

"왕 변호사가?"

내선 전화를 받아보니 여직원의 목소리가 들렸는데, 왕 변호사가 하치훈을 만나려고 한다는 말을 했다.

─예. 지금 만나 뵐 수 있느냐고 하는데 뭐라고 할까요?

"들어오라고 해요."

하치훈은 왕 변호사를 오라고 했다. 대략 짐작 가는 바가 있었기 때문이었다.

"특별하게 더 할 이야기가 없으면 나가보게. 내일 저녁에 멤버들하고 식사하는 거 잊지 말고. 특히 강윤태 그 친구는 꼭 참석하라고 해."

"알겠습니다. 그럼 나가보겠습니다."

장 변호사는 확인해서 다시 연락하겠다고 하고는 뒤돌아 걸어갔다. 그리고 문을 나서려는데 문이 열리면서 왕 변호사가 들어왔다. 두 사람은 약간은 어색한 인사를 나누고는 각자의 길을 갔다. 장 변호사는 밖으로, 왕 변호사는 안으로.

"이거 이렇게 이야기하는 게 얼마 만인가?"

"그동안 격조했습니다, 부장님. 워낙 이런저런 일이 많아서 말이죠."

대표의 최측근이자 브레인이라고 불리는 왕 변호사. 그는 너스레를 떨면서 하치훈에게 말을 했다. 하치훈은 아주 여유로운 자세를 하고 그를 대했고.

하치훈은 대충 짐작은 하고 있었지만, 왕 변호사가 어떻게 나오는지를 살폈다. 과연 어느 정도 지금 상황을 파악하고 있는지 궁금해하면서. 하지만 왕 변호사는 장 변호사처럼 단수가 낮지는 않았다.

"언제 마작이나 한 게임 하시죠?"

"마작? 오랜만에 이야기를 듣는 것 같군."

예전에 법원에 있을 때는 하치훈도 마작을 꽤 즐겼었다. 오래전에야 따로 할 만한 여흥거리가 뭐 있겠는가. 합의부가 세

명이니 고스톱을 치거나 아니면 일과가 끝나고 마작을 하곤
했다.

주로 군법무관을 하면서 마작을 배우게 되는데, 그 당시에
는 군법무관은 일이 정말 없었기 때문이었다. 한 달에 재판이
한 건이나 있을까 하니 그 시간에 뭘 하겠는가. 그래서 주로
마작을 했다. 골프를 배우는 사람도 있었고.

"예전에 법원에 있을 때는 자주 했는데 말이야… 그런데 요
즘은 마작을 할 줄 아는 사람도 별로 없는 것 같더군."

"요즘 젊은 판사들이야 대부분 컴퓨터 게임을 하지 않습니
까. 시대가 변한 것이죠."

왕 변호사는 그렇게 자연스럽게 하치훈의 호기심을 끌어내
면서 이야기를 이어나갔다. 그리고 슬쩍 본심을 드러냈다.

"시대가 변하면 거기에 적응해야 하는 거 아니겠습니까. 시
대가 변했는데 나는 모르네 하고 예전 스타일을 고수했다가는
도태되게 마련이지요."

지금은 상황이 변했으니 거기에 맞추어 행동하겠다는 뜻.
대표 밑에 있었지만, 지금은 하치훈 쪽으로 선을 갈아타겠다
는 말이었다.

"맞는 말이야. 하긴 세상은 계속 변하게 마련이지. 흐르는
물처럼 말이야. 항상 같아 보이지만, 같은 법이 없어. 그렇지
않나."

하치훈은 느긋한 표정으로 이야기했다. 자신이 주도권을 가
지고 있으니 여유가 넘칠 수밖에.

"좋은 말씀입니다. 그래서 이야기입니다만……."

왕 변호사는 대표의 거취 문제를 이야기했다. 검찰에서 이렇게 나오고 있으니 불똥이 로펌에까지 튈 수가 있지 않으냐면서.

"개인의 문제로 인해서 로펌까지 피해가 오는 건 피해야 하지 않겠습니까."

"로펌까지 문제가 확대되는 건 좋지 않지. 그래서 자네 생각은 어떤가?"

"아무래도 부장님께서 좀 나서주셔야 하지 않겠습니까. 대표님이 지금 저렇게 된 상황에서 구심점이 될 만한 분이 부장님 말고 또 누가 있겠습니까."

"허허. 내가 무슨 힘이 있다고……."

하치훈은 손을 내저었다. 하지만 입가에 맺혀 있는 지긋한 미소와 번득이는 눈은 말과 심정이 다르다는 걸 보여주고 있었다. 왕 변호사도 의례히 하는 말인 줄을 알고 거듭 권유했다.

"이 상황을 타개할 수 있는 사람은 부장님밖에 없습니다. 확실하게 언질만 주시면 제가 빠르게 일이 처리될 수 있게 다른 사람들의 의견을 모아보겠습니다."

하치훈은 확실히 왕 변호사는 감각이 남다르다고 생각했다. 눈치도 빠르고 상황 판단력도 좋았다. 대표가 끝났다는 걸 알고서는 이렇게 자기 살길을 도모하지 않는가. 그것도 적이었던 상대에게 자신의 능력까지 어필하면서.

'확실히 장 변호사보다는 한 수 위군.'

어차피 상황이 이렇게 된 이상 자신이 나서기는 해야 한다. 하지만 자신이 대놓고 나서는 것보다는 이렇게 다른 사람, 특히 적대적 관계에 있었던 쪽에서 부탁해서 나서는 것이 모양새가 훨씬 좋다.

그리고 왕 변호사는 로펌을 위한다는 명분을 내세웠다. 자기 자신의 이익이 아니라 조직의 이익을 위해서 한다는 대의명분을 방패로 삼은 것이다.

'아무래도 대표 쪽 사람들을 자연스럽게 받아들이기 위해서는 왕 변호사를 끌어들여야겠지. 위치는 장 변호사보다는 하나 정도 아래가 좋겠어.'

그동안 자신을 위해서 일한 것도 있으니 갑자기 장 변호사보다 서열이 높아지면 곤란했다. 하지만 왕 변호사가 턱밑까지 치고 들어오면 장 변호사도 바짝 긴장할 것이다. 그리고 왕 변호사 역시 그 위치로는 만족하지 못할 테니 자신에게 충성을 바칠 테고.

그러니 그런 식으로 교통정리를 하면 적당할 듯싶었다. 마음이 그렇게 정해지자 하치훈은 바로 이야기했다.

"사건이 더 커지기 전에 나서야겠군."

"그러시는 게 좋을 것 같습니다."

"그러면 대표의 처우는 어떻게 하는 게 좋을 것 같나?"

"썩은 사과를 상자 안에 두면 다른 사과들까지 썩는 법이죠. 아깝지만 버려야 할 때도 있는 것 아니겠습니까. 다만……."

왕 변호사는 말을 잠시 멈추었다가 다시 이었다.

"그동안 회사에 이바지한 공로도 있으니 모양새는 좋게 마무리하는 게 좋지 않을까 합니다."

"아무래도 그게 좋겠지? 그러면 대표 개인의 문제로 하되 예우 정도는 해주는 선에서 정리를 해보자고."

책임은 대표가 모두 지는 것으로 하고 실질적인 권한은 모두 없애는 것으로. 대신 형식적인 예우 정도는 해주는 선에서 대표의 거취가 정해졌다.

본인이야 당연히 반발할 것이다. 하지만 전쟁의 승패는 싸우면서 결정되는 게 아니다. 결정된 사항을 확인하는 과정에 불과하다. 대표는 무슨 짓을 해도 지금 상황에서 벗어날 수가 없을 것이다.

"그러면 내가 그렇게 이야기를 해보겠네. 로펌과는 별개의 사안으로 다루어달라고 말이야. 간만에 총장님을 만나게 생겼군."

하치훈은 검찰총장과 약속을 잡아서 이야기하겠다고 말했다.

"그럼 저는 내부적인 부분을 처리하겠습니다. 앞으로는 자주 뵐 것 같습니다, 부장님."

"방문이야 항상 열려 있으니까 언제든 찾아오라고. 아! 그리고 언제 멤버 모아서 마작이나 한 게임 하지. 내가 소개를 해줄 사람도 있고 하니 말이야."

그렇게 이야기가 끝나고 왕 변호사가 밖으로 나가자 하치훈은 천장을 보면서 크게 웃었다. 정말 오랜만에 통쾌한 기분을 느꼈기 때문이었다.

"드디어 태경이……."

하치훈은 주먹을 꽉 쥐었다. 그리고 선생님에게 감사의 전화라도 드려야겠다고 생각했다.

*　　　*　　　*

"그런 수가 있었나?"

"저도 이 방법은 그다지 권하고 싶지는 않았지만, 상황이 이렇게 된 이상 어쩔 수가 없는 것 같습니다."

"괜찮네. 설마하니 무슨 일이야 있으려고. 그리고 이걸 알면 그 여편네는 분명히 손을 들 거야. 버티지 못하지. 암, 그렇고말고. 그래도 좀 그렇긴 하구만……."

박 회장은 이번에야말로 끝을 볼 수 있겠다며 말했다. 하지만 그러면서도 조금은 꺼림칙한 표정을 지었다. 아무리 이혼을 하고 양육권을 원하고 있지는 않았지만, 그래도 혈육의 정이라는 게 있지 않은가.

"어차피 마지막입니다. 여기서 어떤 식으로든 결판이 날 겁니다."

"알았네. 그러면 그렇게 하자고."

하치훈은 박 회장이 조금은 귀찮다는 생각이 들었다. 예전에야 중요한 고객이었지만, 지금은 그저 그런 잔챙이에 불과했다. 그런데도 자신의 처지를 모르고 예전과 같이 행동을 막하니 태경을 거의 손에 넣은 거나 마찬가지인 하치훈으로서는 짜증이 났던 것이다.

자신이 이번 일을 맡은 것도 박 회장이 그저 자신의 첫 고객이었기 때문에 그런 거였다. 누구에게나 처음은 있는 법이고, 처음은 누구에게나 소중한 기억 아니겠는가. 하지만 이제는 그런 과거에 너무 얽매일 필요가 없다는 걸 하치훈은 느꼈다.

'이번 일만 마무리되면 장 변호사나 다른 사람에게 넘겨야겠어. 아니, 장 변호사보다는 그보다 더 밑으로 보내야겠군. 그래야 자기 위치를 깨닫지.'

하지만 겉으로는 그런 티를 내지 않았다. 그리고 둘이 이야기를 하는 도중에 문이 열리고 혁민과 강순자가 들어왔다. 여유롭고 웃는 얼굴을 하고서. 저번에 우위를 점했다고 생각하고 있었을 테니 그런 표정을 한 것일 터이다.

'그래. 그렇게 웃고 있어라.'

태경의 대표도 그렇게 웃고 있었다. 아주 여유롭게. 하지만 결국은 자신의 발아래 쓰러졌다. 그런 거목도 쓰러뜨렸는데, 정혁민 같은 애송이야 자신의 상대가 아니라고 하치훈은 생각했다.

"자, 이제 마무리하시죠. 어느 정도 생각을 하셨습니까?"

혁민이 먼저 대화의 물꼬를 텄다. 하지만 하치훈은 말없이 그냥 빙긋 웃었다. 그리고 박 회장의 표정도 비슷했다.

'뭐지?'

혁민은 순간 싸한 느낌을 받았다. 박 회장이 거의 그로기 상태라고 생각했는데, 너무나도 멀쩡했다. 혁민은 하치훈이 아직 마지막 패를 까지 않았다는 걸 깨달았다.

"그전에 할 게 있는 것 같은데……."

하치훈은 아주 느긋하게 말했다. 태경의 일이 해결되면서 큰 짐을 덜어서인지 다른 때보다도 더 여유가 흘렀다.

"아직 제시할 카드가 있나 보군요. 들어보죠. 어떤 카듭니까?"

"아무래도 지연이 건강이 염려되어서 말이야."

혁민은 거기까지 듣고는 바로 욕이 튀어나올 뻔했다. 상대가 무슨 짓을 하려는지 느낌이 왔기 때문이었다.

"정신분석이나 심리분석을 맡겨야 할 것 같아."

혁민은 이를 갈았다. 하지만 강순자는 아직 무슨 말을 하는 건지 제대로 이해가 되지 않은 듯했다.

"예? 뭘 한다고요?"

박 회장은 퉁명스럽게 말을 내뱉었다.

"정신감정을 한다고. 애가 지금 상태가 괜찮은지 어떤지 말이야."

이혼 소송에서 그런 경우가 있다. 아이의 정신감정을 하는 것이다. 여자 쪽을 의처증이나 정신분열 환자로 몰고 가기 위함이다. 그리고 여자와 아이를 압박해서 자신에게 유리하게 협상을 이끌어낼 때도 사용하는 방법이다.

멀쩡한 성인도 부모가 이혼하는 상황이라면 정신적으로 상당한 충격을 받을 것이다. 그런데 나이가 어린아이라면 어떻겠는가.

강순자는 이야기를 듣다가 갑자기 몸을 부들부들 떨었다. 아이와 자신을 정신병자로 몰려고 한다는 생각을 하니 도저히 주체할 수 없는 분노가 끓어올랐던 것이다.

"야, 이 드러운 새끼야아아~"

강순자는 갑자기 벌떡 일어나서는 박 회장의 머리를 움켜쥐었다. 그리고 있는 힘껏 잡아당겼다. 방 안에 있던 사람들 모두가 놀랐다. 순하고 유약하게 보였던 강순자가 이렇게 나올 것이라고는 누구도 생각하지 못했기 때문이었다.

*　　　*　　　*

"이 여편네가 미쳤나. 이거 안 놔? 아!! 아!!!"

"그래 미쳤다. 죽어. 그냥 죽어, 이 인간아."

박 회장은 몸 관리를 잘해서 나이에 비해 상당히 좋은 몸을 가지고 있었지만, 머리카락을 꽉 움켜쥐고 미친 듯이 흔들어대는 강순자를 당할 수는 없었다. 하치훈도 나서서 말려보았지만, 워낙 강순자의 기세가 험악해서 소용없었다.

혁민은 그저 지켜만 보고 있었다. 저렇게 당해도 싼 놈이라고 생각하면서. 아주 심하지만 않으면 큰 문제가 되지는 않을 것이다. 그래도 나중에 이런 걸 또 핑계 삼으면 곤란하니까 잘 살펴보고는 있었는데, 머리만 잡고 흔드는지라 큰 상처가 나거나 하지는 않을 듯했다.

사태는 강순자가 양손에 한 움큼의 머리털을 쥔 채 박 회장을 노려보고, 박 회장은 박 회장대로 소리를 지르는 장면에서 마무리되었다.

"오늘은 여기까지 하죠. 얘기 더 했다가는 회장님 대머리 되시겠네요."

혁민의 말을 들은 박 회장은 씩씩대면서 혁민을 노려보았지만, 뭐라고 쏘아붙이지는 못했다. 뭐라고 해봐야 본전도 못 찾을 거라는 생각을 해서 그런 것 같기도 했고, 혁민에게 워낙 뜨거운 맛을 많이 봐서 그런 것 같기도 했다.

"그럼 상의를 해보고 제가 연락드리겠습니다."

혁민은 강순자를 모시고 밖으로 나갔다. 강순자는 건물 밖으로 나갈 때까지 머리카락을 꽉 쥔 채 놓지 않고 있었고, 눈에서는 불덩어리가 튀어나올 것 같았다. 혁민은 강순자를 집까지 데려다주었는데, 그때까지 강순자는 한 마디도 하지 않았다.

어차피 오늘은 대화가 어렵겠다고 생각하고 혁민은 조용히 있었다. 혁민은 강순자가 집에 들어가는 것까지 지켜보았는데, 집에 들어가자마자 흐느끼는 소리가 들렸다. 혁민은 착잡한 마음으로 발걸음을 옮겼다.

혁민은 거리를 걷다가 핸드폰을 들었다. 오늘 같은 날에는 누군가와 만나서 술이라도 한잔해야겠다는 생각이 들어서였다.

"차동출 검사는 무조건 제외이고……."

율희와 무언가 진전이 있었더라면 만나서 이야기하고 싶었지만, 아직은 영화 한 번 본 사이였다. 그것도 사무실 식구들하고 같이.

"이런 이야기 참 잘 들어주고 그랬는데……."

율희는 혁민이 어려운 사건이나 고민이 있으면 조용히 들어주고는 다독여 주었다. 그냥 얼굴 보면서 이야기만 해도 마음이 편해지는 그런 사람. 그리고 항상 응원하면서 기운을 북돋아주는 그런 사람이었다.

"그냥 한번 연락해 볼까?"

혁민은 율희의 연락처에 손을 대고 통화 버튼을 누를까 고민했다. 손이 계속 통화 버튼 위로 왔다 갔다 하다가 결국 누르지 못했다. 아직 스물한 살의 어린 율희와 이런 이야기를 나누는 게 좋은 것인지 잘 몰라서였다.

그것도 아직 그렇게 친밀한 사이도 아닌데 이런 기분이라고 불러내서 같이 술 한잔하자고 하는 게 좀 어색하게 생각되었다. 그래서 다른 사람을 불러내기로 했다.

"어. 여기야."

이채민 판사는 찰랑거리는 머리에 짙은 색 정장을 하고 약속 장소인 술집에 들어왔다. 혁민은 이채민을 발견하고는 손을 흔들었다.

"어쩐 일이야? 니가 먼저 술 한잔하자고 연락을 다 하고?"

도도한 얼음공주 같은 분위기는 여전했다. 혁민은 피식 웃으면서 답했다.

"그냥 기분이 울적해서. 살다 보면 그런 날도 있는 거잖아."

"너는 가끔 노인네 같은 말을 하더라."

이채민은 종업원이 메뉴판을 들고 다가오자 일단 소주부터 달라고 했다. 혁민은 어쩐 일이냐는 표정으로 물었다.

"너 소주 별로 안 좋아하잖아."

"이런 날이야 소주 마셔야지. 술은 내가 골랐으니까 안주는 니가 골라."

이채민이 자신의 기분을 생각해서 그러는 걸 보니 혁민은 오늘따라 유난히 이채민이 예뻐 보인다는 생각이 들었다. 혁민은 탕 종류 중에서 안주를 하나 고르고는 어떻게 지내는지 물었다.

"별거 있겠어? 그냥 메모지 쓰고 판결문 쓰고 문건 늦게 가져오는 거 살피고 재판하고……."

판사도 처리해야 할 업무량이 상당히 많다. 재판 하나당 살펴야 할 서류가 어마어마하다. 양쪽에서 서류를 내니 그렇지 않겠는가.

"이제는 메모지 쓰는 것도 좀 익숙해졌겠네."

"매일 하는 거니까 뭐……."

사건을 하나만 하는 것도 아니니 일일이 기억한다는 건 무리다. 그래서 판사들은 A4에 양측의 주장을 정리해 놓는데, 그걸 메모지라고 한다. 사건이 길어지면 메모지도 점점 늘어나게 되는데, 많은 경우에는 간략하게 정리한 메모지만 수십 장에 이르는 경우도 있다.

"이제는 우배석인가?"

"얼마 전부터. 식당 정하는 거 짜증 난다니까. 부장님 입맛이 워낙 까다로워서 피곤해."

합의부는 부장판사와 우배석 판사, 좌배석 판사, 이렇게 3명으로 구성되어 있다. 배석 판사 중에서 우배석 판사가 경력이 더 많은 사람인데, 총무 역할도 겸한다. 점심식사를 할 식당을 정하는 것도 우배석 판사의 몫이다.

"그런데 왜 날 부른 거야?"

이채민은 눈을 초롱초롱하게 뜨고는 물었다.

"친한 사람 중에서 니가 내 얘기를 가장 잘 들어줄 것 같아서."

대답을 들은 이채민의 입가에 옅은 미소가 걸렸다. 하지만 이어진 혁민의 말을 들은 이채민은 샐쭉한 표정을 지었다.

"검사들은 다른 사람 이야기를 잘 안 듣거든. 판사 출신이 이야기는 잘 들어주잖아."

사람마다 차이는 있겠지만, 그런 특성이 있다. 검사는 피의자를 신문할 때 자기가 하고 싶은 말만 한다. 묻고 싶은 것만 묻고 다른 말을 하려고 하면 바로 차단한다. 그런 생활을 오래하다 보면 자신도 모르게 평상시에도 그런 성향을 띠게 된다.

하지만 판사는 양측의 말을 다 들어야 한다. 그래서 사람들의 말을 경청하는 편이다. 물론 모든 검사나 판사가 다 그런 건 아니겠지만.

"니가 왜 연애를 못 하는지 알겠다. 너 사귀는 사람 없지?"

"아직은… 뭐 조만간 생기지 않을까?"

혁민은 대수롭지 않다는 투로 말했다. 하지만 그 말을 들은 이채민은 어처구니가 없다는 듯 이야기했다.

"픽이나! 이렇게 여자를 모르는데 어떤 여자가 널 좋아하겠
냐?"

혁민은 담담하게 웃었다. 이채민은 정말 좋은 여자였다. 미
모나 직업이나 나무랄 데 없고, 성격도 그 정도면 괜찮았다. 그
리고 자신과도 모든 면에서 잘 맞았다. 만약 율희가 아니었다
면 진즉 이채민과 진도가 나갔을 것이다.

하지만 다른 사람을 마음에 담고 있으면서 그럴 수는 없었
다. 그래서 지금도 혹시라도 오해할까 봐 일부러 거리를 두는
거였다. 혁민은 재빨리 화제를 바꾸었다.

"재판 중에 뭐 기억에 남는 거 있었어?"

"기억에 남는 거?"

"그래. 아주 특이한 사건이었다거나……."

이채민은 잠시 생각하다가 입을 열었다.

"그런 것보다는 판단하기 어려운 경우가 너무 많더라고."

사실 자신은 직장 생활도 해보지 않았고, 사회 경험이 많은
것도 아니어서 사람들에 대해서 너무 모른다는 생각이 많이
든다는 거였다.

"이게 사정이 어떤지를 정확하게 판단하지 못하면 제대로
된 판결을 내리기가 어려운 거거든. 그래서 판사는 어느 정도
경험이 있는 사람이 하는 편이 좋은 것 같아."

"그런 면이 있지. 단순하게 법전에 있는 지식으로만 판결을
내릴 수 있는 건 아니니까. 세상에서 좀 뒹굴어본 사람이라야
이런저런 사정도 알 수 있고 그런 거겠지."

이채민은 고개를 끄덕였다. 자신의 생각도 그랬기 때문이었다.

"그리고 판사들은 사람들 잘 안 만나려고 하거든. 아무래도 판사가 사람들 많이 만나고 다니면 뒷말이 나오니까 말이야."

"그렇긴 한데, 그래도 사람들 사이에 섞여 있어야지. 사람을 모르고 어떻게 사람을 판단할 수 있겠어. 그래서 가끔 엉뚱한 판결도 나오고 그러는 거라니까."

합의부는 그런 면이 좀 덜하지만, 모든 사건이 합의부에 배당되는 건 아니다. 단독 판사에게 배당되는 사건도 많다. 단독 판사 재판은 말 그대로 판사 한 명이 판결을 내리는 것이다. 그런 경우 판사가 사건을 제대로 판단을 하지 못하면 엉뚱한 판결을 내릴 수도 있게 된다.

"나도 정말 사정이 딱한 경우에는 어떻게든 형을 줄여주려고 하는데, 가끔은 혹시 내가 지금 잘못 판단하고 있는 게 아닐까 하는 생각이 든다니까. 아무래도 경험이 부족해서 그런 것 같아."

이채민은 그런 것 때문에 고민이 많다고 했다. 한 사람의 인생이 걸려 있는 문제이니 제대로 판결을 해야 하는데, 자신의 판단이 정확한지가 점점 의문이 든다면서.

"집행유예가 가능하면 집행유예 때리면 되는데, 그렇지 못한 것들도 있잖아."

"그렇지. 몇 년 이상으로 아예 규정이 되어 있는 것도 있으니까. 정 딱하면 작량감경하면 되잖아."

작량감경은 법률상으로는 형을 줄여줄 수 없지만, 판사가 판단하기에 죄에 비해서 형이 과하다고 생각되면 형을 줄여줄 수 있는 것을 말한다. 혁민은 웃으면서 말했다.

"그런 생각을 하고 있다는 자체가 제대로 된 판사라는 거야. 내 친구답다."

"그런가? 아니야. 아직 먼 것 같아. 가만. 그건 그렇고 오늘 무슨 일이 있었는데?"

이채민은 오늘 무슨 바람이 불어서 자신을 불렀는지 본론을 이야기하라고 재촉했다.

혁민은 씁쓸한 표정으로 입을 열었다.

"참 돈이 무섭더라고……."

혁민은 오늘 있었던 일을 이야기했다. 시시콜콜 이야기하지는 않았지만, 대략적인 내용은 말해주었다. 역시나 예상대로 아이의 정신감정 이야기를 하니 이채민도 화를 버럭 냈다.

"뭐 그런 사람이 다 있니? 그래도 자기 애 아냐?"

"내 말이. 나는 이해가 되지 않더라고."

"그래서 어떻게 할 건데?"

"아무래도 합의를 해야겠지. 애를 생각해서라도."

이채민은 그런 놈은 제대로 혼이 나야 한다면서 흥분했다.

"야. 마셔. 그리고 니가 아주 박살을 내버려라."

"그래야지. 그런 놈들은 이런 걸 쉽게 넘어가면 이렇게 하면 되는 거구나 하고 계속 그런다니까."

이채민은 잔을 내밀었고 혁민은 거기에 잔을 부딪쳤다. 쨍

하는 맑은 소리가 났고, 혁민은 단번에 잔을 비웠다. 그리고 둘은 이야기를 하면서 빠르게 잔을 비웠다.

*　　　*　　　*

"변호사님. 정말 어쩔 수가 없나요?"

"친권을 가진 아버지가 자식의 정신 건강이 염려스러워서 감정을 받아보겠다고 하는데 어쩌겠습니까."

강순자는 어떻게든 지연이가 결혼할 때까지 이혼을 미루어 볼까 하는 생각도 하고 있었지만, 이제는 그런 마음을 완전히 접었다.

"변호사님. 무슨 법이 그래요? 법은 약자를 보호해야 하는 거 아닌가요?"

혁민은 대답할 수 없었다. 그것이 맞는 말이었다. 하지만 어디 현실은 그렇던가. 법을 알고 이용해 먹는 그런 사람들이 오히려 이익을 챙긴다. 그리고 법리보다 기득권 세력을 보호하는 게 우선인 경우도 많고.

"오늘 가서 담판을 짓겠습니다. 생각하신 것보다 액수가 조금 적더라도 너무 실망하지는 마세요."

"아니에요, 변호사님. 변호사님 아니었으면 예전에 그냥 푼돈 받고 쫓겨났을 건데요. 그리고 우리 지연이 더 이상 괴롭지 않게 빨리 끝내주세요. 돈은 상관없어요."

혁민은 고개를 끄덕였다. 하지만 쉽게 상대방이 원하는 대로 해줄 수는 없었다.

"오늘은 가서 아무 말도 하지 마세요. 누가 물어봐도 절대로 대답하지 마세요. 그리고 그냥 무표정한 얼굴로 계세요. 놀라거나 웃기는 일이 있어도 그냥 덤덤하게 계시는 겁니다. 아셨죠?"

"그래요. 변호사님이 알아서 해주세요. 저는 그냥 오늘 모든 게 끝나기만 하면 좋겠어요."

"정 그렇게 계시기 어려우시면 남편분이나 노려보세요. 보기만 해도 화가 나실 테니까 그건 어렵지 않으실 거예요."

혁민은 그렇게 말하면서 강순자와 함께 태경으로 향했다.

"자, 이쪽으로 앉으시죠."

하치훈과 박 회장은 아주 편안한 표정을 하고 있었다. 혁민과 강순자는 박 회장과 하치훈 맞은편에 앉았다.

"자, 그러면 이야기를 시작합시다. 이 정도면 어떻겠습니까?"

하치훈은 미리 준비한 서류를 내밀었다.

재산의 이십 퍼센트. 대신 딸 지연의 양육권과 친권은 어머니인 강순자가 갖는 조건이었다. 하치훈과 박 회장은 상대가 당연히 받아들일 것으로 생각하는 듯했다.

"받아들이기 어려운 조건이군요."

혁민은 정색을 하고 이야기했다. 하치훈은 웃으면서 대꾸했다.

"이 정도면 서로 어느 정도 양보를 한 조건인 것 같은데……."

"저희가 생각하는 조건과는 차이가 너무 커서 받아들이기 어렵습니다."

혁민은 여전히 굉장히 사무적이고 딱딱한 말투로 이야기했다. 처음에는 별로 신경을 쓰지 않던 하치훈과 박 회장도 혁민이 평소와는 조금 다르게 나오자 의아하다는 표정을 지었다. 특히나 박 회장은 신경이 많이 쓰였는지 계속해서 강순자와 혁민을 힐끔힐끔 쳐다보았다.

'저 인간이 왜 저러지? 능글능글하게 굴지 않으니까 좋기는 한데…….'

자신의 속을 긁어대지 않으니 좋기는 했는데, 계속 혁민이 사무적으로 행동하고 이야기를 하니 자꾸만 앉아 있는 자리가 불편하게 느껴졌다.

"그러면 어떤 조건을 원하는 겁니까?"

"사십 퍼센트는 되어야 공평한 거 아니겠습니까."

혁민은 오십 퍼센트 이상을 강순자가 분할받는 게 맞으니 십 퍼센트 정도를 양보하는 대신 양육권과 친권을 달라는 거라고 이야기했다. 아주 딱딱하고 사무적인 투로.

혁민은 자료를 내려놓고는 조목조목 짚어가면서 이야기했다. 그리고 날카로운 눈으로 박 회장과 하치훈을 쳐다보았다. 박 회장과 하치훈은 혁민이 무슨 생각을 하고 있는지 알 수가 없어서 당황스러웠다.

'왜 이러는 거지? 분명히 이 정도로 버틸 때가 아닌데…….'

강순자가 얼마나 아이를 사랑하는지 아는 박 회장은 지금 상황이 이해가 되지 않았다. 그리고 잔뜩 화가 난 표정으로 자신을 노려보고 있는 강순자도 무척 낯설게 느껴졌다. 강순자가 자신의 머리를 쥐어뜯은 이후로 어쩐지 사람이 달라진 것 같이 느껴졌던 것이다.

"그러면 이 상태로 협상이 결렬되었다고 생각해도 되겠습니까?"

혁민은 아주 사무적인 투로 말했다. 그러자 오히려 박 회장과 하치훈이 당황했다.

"온 지 얼마 되지도 않았는데 뭘 그리 급하게 구나. 그러지 말고 잠깐 쉬었다가 다시 이야기하는 게 어떨까?"

하치훈이 제안했고, 혁민은 받아들였다.

                    *   *   *

"무슨 생각인 거야?"

박 회장은 고개를 갸우뚱거리면서 이야기했다. 하치훈도 의외라는 생각이어서 바로 대답하지 못했다.

"아니 애 정신감정을 해도 괜찮다는 거야? 저 여편네가 그럴 리가 없는데?"

애를 끔찍하게 생각하는 강순자였다. 그런 걸 받아들일 리가 없으니 협상은 끝났다고 생각했는데, 상황이 조금 이상하게 돌아가고 있었다. 하지만 그렇다고 새로운 카드가 있는 것 같지는 않았다. 그런 게 있었다면 벌써 꺼내 들었을 테니까.

"설마하니 진짜 소송까지 가겠다는 건 아니겠지?"

박 회장은 불안한 마음을 달래면서 하치훈에게 물었다. 하치훈은 잠시 생각하다가 고개를 저었다. 하치훈도 강순자의 성격상 그러지는 않으리라 여겼다.

"글쎄요. 상대도 그럴 생각은 아닐 겁니다."

"그럼 왜 저러는 거야? 도대체 뭘 노리고?"

하치훈은 상대가 가지고 있는 카드를 생각해 보았다. 그랬더니 상대가 가진 패도 만만치 않게 강하다는 걸 알 수 있었다.

"재산 은닉에 도박을 가지고 걸고넘어지겠다?"

하치훈의 말에 박 회장은 흠칫했다. 정말로 상대가 그걸 가지고 고소라도 하면 골치가 아팠기 때문이었다.

"설마… 그 여편네가 그렇게까지 할까… 그리고 그거 자네가 어떻게 해줄 수 있지 않나?"

"일반적인 경우라면 그렇게까지 문제가 되지 않을 겁니다. 하지만……."

하지만 이야기를 들은 것같이 사건이 차동출에게 배정이 되기라도 하면 쉽게 장담할 수 없다. 약도 안 통하고 위에서 찍어 누를 수도 없는 인물이었으니까. 실력도 아주 좋았고, 거기다가 끈덕지게 물고 늘어지는 끈기까지 가지고 있는 검사가 바로 차동출이었다.

하지만 그렇게 된다면 이쪽에서도 가만히 있지는 않을 것이다. 혁민이야 상관없겠지만, 강순자는 아이가 고통받는 걸 견디지 못할 것이다.

"조금 골치가 아픈 검사가 한 명 있는데, 상대는 그 검사에게 사건이 배정되도록 할 생각일 겁니다."

"그래? 하아. 그럼 비율을 조금 높여서라고 협상을 마무리해야 하는 건가?"

박 회장이 고민하고 있는 시각, 혁민과 강순자도 이야기를 나누고 있었다.

"변호사님. 만약에… 정말 만약에요. 고소를 하면 저이를 벌 받게 할 수는 있는 건가요?"

"물론입니다. 백 퍼센트 실형을 살게 될 거라고 제가 장담할 수 있습니다."

자신이 가지고 있는 자료에다가 차동출이 보강 수사를 해서 재판을 한다면 박 회장이 빠져나가기는 어려울 것이다.

"어떻게든 저이는 벌을 받아야 해요."

강순자는 남편을 향한 미움이 극에 달한 듯했다. 하기야 이런 짓까지 하는데 어떻게 정이 남아 있겠는가. 그래서 어떻게든 벌을 받았으면 좋겠다고 말했다. 무척이나 서늘한 표정을 하고서.

"박 회장이 가장 소중하게 생각하는 건 재산이니 그걸 조금이라도 더 가져오는 게 그나마 할 수 있는 일일 겁니다. 계속 몰아붙이면 절반 가까이도 가능할 겁니다."

"그것도 그거지만 애한테 한 짓을 생각해서라도 벌을 받았으면 좋겠어요. 이번에 교도소에 가서 험한 꼴을 당해봐야 정신을 차릴 거예요."

하지만 그렇게 말하는 강순자의 표정은 그리 좋지 못했다. 그렇게 되면 박 회장도 가만히 있지 않을 거라는 걸 잘 알기 때문이었다.

"그렇게 되면 우리 지연이를 더 괴롭히겠죠?"

"상대가 그냥 있지는 않겠죠."

법적으로 가능한 테두리 안에서 온갖 짓거리를 할 것이다. 생각만으로도 몸서리가 쳐지는지 강순자는 몸을 부르르 떨었다.

"잘 모르겠어요. 저이가 벌 받는 걸 꼭 보고 싶은데, 그렇다고 지연이가 힘들어하는 건 저는 절대로 볼 수가 없어요."

"어머님. 모든 걸 가질 수는 없는 겁니다. 선택이라는 건 자신이 포기한 걸 감당하겠다는 거니까요."

혁민은 어떤 게 더 소중한지 생각해 보라고 했다. 사실 이런 걸 물어볼 필요도 없는 문제였지만. 갑자기 남편에 대한 미움이 커져서 그런 것이었지만, 어떻게 그것이 아이에 대한 사랑보다 클 수 있겠는가.

혁민은 대답을 듣지 않았지만, 강순자가 어떤 걸 선택하리라는 걸 알고 있었다. 하지만 설사 그런 결정을 내렸다고 해도 티를 내면 곤란했다.

"다시 들어가게 되면 그냥 남편분만 쩌려보고 계세요. 제가 나머지는 알아서 처리할 테니까요."

강순자는 고개를 끄덕였다. 혁민은 하치훈의 방으로 향하면서 이상하게도 율희가 보이지 않는다는 생각을 했지만, 지금 은 거기에 정신을 쓸 때가 아니었다. 그리고 잠시 후 다시 협 상이 시작되었다.

"삼십 퍼센트. 우리가 제시할 수 있는 선은 여기까지네. 판 례를 봐도 그 정도인 거 자네도 잘 알고 있지?"

"그렇긴 합니다만 이번 경우는 조금 달라서 말입니다."

혁민은 재산 형성 과정에서 공유 재산을 박 회장이 많이 날 려먹은 걸 지적했다. 사업을 하다가 날린 재산도 있고, 도박으 로 없어진 재산도 있었다.

"그러면 도대체 얼마를 원하는 건가?"

"사십 퍼센트면 적당할 것 같군요."

하치훈과 혁민은 아주 차분했지만, 치열하게 대화를 나누었 다. 없어진 재산을 공유 재산으로 볼 수 없다고 하치훈이 법리 를 내세워 반격하면, 혁민은 판례를 말하면서 그렇지 않다고 반박했다.

치열한 법리 공방이 오가서 박 회장과 강순자는 무슨 말을 하는 것인지도 잘 모르고 멍하니 구경만 하고 있었다. 법과 관 련된 용어는 뭐가 그리 생소한 것인지 부부는 꼭 외국어를 듣 는 것 같은 느낌을 받았다.

그렇게 한참을 이야기하던 하치훈과 혁민은 서로를 인정할 수밖에 없었다. 정말 만만치 않은 상대였던 것이다. 그리고 이 렇게 이야기를 하다가는 끝이 나질 않겠다는 생각에 이르렀 다. 결국, 하치훈이 먼저 제안을 했다.

"그러면 이렇게 하지. 서로 조금씩 양보해서 중간에서 결론을 내면 어떻겠나?"

"중간이라면 삼십오 퍼센트를 말씀하시는 겁니까?"

"그래. 어떤가?"

혁민은 강순자와 귓속말을 나누었다. 그리고 하치훈도 박회장과 이야기를 나누었고. 박 회장은 지금 상황이 마음에 들지 않는 눈치였지만, 천천히 고개를 끄덕였다. 그리고 강순자도 고개를 끄덕였다.

"대신 사건을 하면서 지득한 내용을 가지고 민형사상 이의를 제기하지 않겠다는 내용도 넣겠네."

"물론입니다."

하치훈의 이야기에 혁민은 그러라고 말했다. 그러자 박 회장의 표정이 조금 밝아졌다. 이것으로써 자신이 처벌을 받을 일은 없어졌으니까.

"그러면 어떻게 나눌 것인지만 정리가 되면 모두 끝나는 거로군."

하치훈은 개운하다는 듯 말했다. 그리고 어떤 재산을 가지고 올 것인지를 놓고 이야기를 나누었는데, 혁민은 문득 떠오르는 게 있었다.

"이렇게 가져오면 얼추 퍼센트가 맞는 것 같은데 어떻습니까?"

"음? 전부 홍대 쪽에 있는 건물들 아닌가?"

혁민이 고른 재산은 전부 홍대 쪽에 있는 건물들이었다. 경제적인 부분에 관심이 많지 않았던 혁민이었지만, 홍대 쪽 상권이 엄청나게 커진다는 것 정도는 알고 있었으니까.

"회장님."

하치훈은 박 회장의 의사를 물었다. 하지만 박 회장은 자신이 처벌받지 않는다는 사실에 취했는지, 별로 대단한 일이라고 생각지 않는 듯했다.

"어디 좀 보자… 흐음… 뭐 이대로 하지. 금액만 맞으면 뭐 상관있겠나."

"그러면 이대로 하는 걸로 하겠습니다."

그렇게 서류를 작성하고 모든 상황은 종료되었다. 재산 분할은 협의한 대로 하기로 했고, 친권과 양육권은 어머니인 강순자가 갖는 것으로 했다. 양육비는 따로 받지 않는 것으로 했다. 지금 받은 것만으로도 아이를 키우는 데 충분했으니까.

앞으로도 가정법원에 가서 협의이혼을 하겠다는 신청을 하고 이혼숙려기간을 갖게 된다. 미성년자인 자녀가 있으니 3개월의 이혼숙려기간 후에 이혼이 확정될 것이다. 하지만 법이 그래서 3개월 후인 것이지 서류에 도장을 찍는 그 순간 이혼은 확정된 거나 마찬가지였다.

이런 지경까지 왔는데, 둘의 마음이 바뀔 리가 있겠는가. 강순자와 박 회장은 각자의 도장을 찍었는데, 둘 다 후련한 표정이었다. 혁민은 강순자와 같이 나오면서 이야기를 나누었다.

"이제 끝난 거나 다름없습니다. 절차상 시간이 더 필요하지만 특별한 일이 있지는 않을 테니까요."

"변호사님. 정말 감사해요. 변호사님을 만나지 못했더라면 정말 얼마 되지도 않는 돈 받고 쫓겨났을 텐데……."

강순자는 혁민의 손을 꼭 쥐었다.

"뭘요. 의뢰인을 위해서 최선을 다하는 건 변호사의 기본입니다. 그렇게 고마워하지 않으셔도 됩니다."

혁민은 혹시라도 강순자가 다른 생각을 할까 싶어서 이야기를 덧붙였다.

"홍대 쪽 건물은 팔지 말고 그냥 가지고 계세요. 그쪽이 지금보다 더 좋아질 거라고 하더라고요."

"아이구, 제가 뭘 안다고 팔고 그러나요. 그냥 가지고 있는 거 계속 가지고 있다가 우리 지연이한테 다 물려줘야죠."

혁민은 조만간 집에 찾아가겠다고 하고는 강순자와 헤어졌다.

*　　　*　　　*

"어떻게, 사건은 잘 해결되었어?"

"그럼. 좀 아쉽긴 하지만 삼십오 퍼센트에서 마무리했어."

"그 정도면 괜찮네. 그런 케이스는 삼십 퍼센트 정도 받는 게 보통인데."

이채민은 혁민에게 수고했다고 말했다. 둘은 식사를 하고 있었는데, 이채민에게 부탁한 것이 있어서 혁민이 밥을 사는 거였다.

"부탁한 거 어떻게 되었는지 안 물어봐?"

"알아서 잘되겠지. 누가 하는 일인데."

이채민은 피식 웃더니 박 회장의 회사로 곧 세무조사가 들어갈 것이라고 말했다. 이채민과 술을 먹은 날, 이야기하다가 결국 박 회장이 처벌받지 않을 것이라는 이야기가 나왔다. 강순자가 결국 합의를 할 것이고, 당연히 혁민이 알게 된 내용을 써먹지 못하게 할 것이니까.

혁민도 기분이 좋지 않았지만, 이채민도 무척이나 분개했다. 그리고 둘은 머리를 맞대고 어떻게 하는 게 좋을까 생각해 보았다.

박 회장이 가장 소중하게 생각하는 건 돈. 그리고 지금 자기가 가지고 있는 회사였다. 그래서 그 부분을 어떻게 건드릴까 고민을 했다. 그리고 혁민의 머리에는 박 회장이 도박을 하면서 그 손실을 메꾸기 위해서 탈세를 했다는 사실이 떠올랐다.

"탈세 제보를 했으니 고생 좀 할 거야."

"내 생각인데 아마도 뒤지면 엄청나게 나올 거야."

처음에야 하기 꺼려지겠지만, 몇 번 해도 걸리지 않고 넘어가게 되면 그때부터는 간이 확 커지게 된다. 그러니 세무조사가 제대로 들어가면 굴비 엮듯 줄줄이 탈세한 증거가 나올 것이다.

자료는 혁민이 제공하고 신고는 이채민이 아는 사람을 통해서 하는 것으로 했다. 제법 발언권이 있는 사람을 통해서 한다고 했으니 국세청에서 모르는 척하지는 못할 것이다.

얼마일지는 모르겠지만, 상당한 추징금에 박 회장은 실형까지도 받을 수 있을 것이다.

"잠깐만."

혁민은 갑자기 온 전화에 양해를 구했다. 하치훈의 전화였다.

"예. 하 변호사님."

—정 변호사. 언제 식사 한번 하는 게 어떤가?

"식사를요? 예, 좋습니다."

하치훈은 사건이 끝난 후 박 회장의 일은 밑에 있는 사람에게 넘겼다. 그리고 혁민에게 연락을 해왔다. 혁민의 실력을 눈으로 확인한 뒤로 혁민에 대한 집착이 더 강해진 거였다.

특히나 하치훈은 혁민이 정공법에도 강하고 변칙에도 능하다는 걸 굉장히 높이 보고 있었다. 법리로 하는 싸움도 강했고, 사람을 공략하는 방법도 잘 알고 있으니 너무나도 탐이 났던 것이다.

하치훈은 지금이야 강윤태가 그룹이라는 배경이 있어서 더 중요할지 모르지만, 나중이 되면 혁민이 훨씬 더 중요한 인물이 될 것이라고 생각하고 있었다.

—그러면 이번 주 금요일이 어떻겠나? 일 끝나고 저녁에.

"금요일이요? 예, 괜찮습니다."

하치훈은 어찌 되었든 간에 아직은 쓸모가 있는 사람이었다. 더구나 본인이 좋다고 먼저 손을 내미는데 거절할 이유는 없었다. 적당히 관계를 유지하다가 써먹을 수 있을 때 써먹으면 그만이니까.

그렇게 약속을 정하고 다시 자리로 돌아온 혁민은 이채민과 담소를 나누면서 식사를 했다. 그리고 식사를 끝내고는 강순자의 집으로 향했다.

"엄마, 내가 든다니까."

"애는. 무거워. 너는 이거나 들고 가."

강순자는 딸 지연과 짐을 놓고 옥신각신하고 있었다. 서로 자기가 더 들고 가겠다면서 물건이 든 봉투를 빼앗으려고 했다. 예전에 집에 왔을 때와 같이 날카로운 소리를 지르면서 서로 다투던 모습 같은 건 전혀 보이지 않았다.

혁민은 흐뭇한 표정으로 모녀를 바라보았다. 사실 박 회장을 자신의 손으로 법정에 세우지 못해서 안타깝다는 생각을 하기도 했다. 하지만 지금 모녀의 모습을 보니 빨리 협의하고 끝내기를 정말 잘했다는 생각이 들었다.

단죄를 하는 것도 중요하겠지만, 소소한 행복을 지키는 것도 그에 못지않게 가치 있는 일 아니겠는가.

"어머, 변호사님."

강순자는 빙긋 웃고 있는 혁민을 보더니 반갑게 인사했다. 그리고 딸인 지연이도 해맑게 웃으면서 인사를 했고.

"그냥 지나는 길에 들렀습니다."

"어머, 그러면 차라도 드시고 가세요."

"맞아요, 변호사 아저씨. 드시고 가세요."

강순자와 지연이 동시에 혁민의 팔을 잡아끌었다. 혁민은 웃으면서 그러겠다고 말했다.

"그러면 이 짐은 제가 들고 가겠습니다. 으차~"

혁민은 짐이 든 봉투를 번쩍 들고 앞으로 걸어갔다. 그러면서 생각했다. 사람마다 중요하게 생각하는 게 다 다르다고. 박 회장은 돈이었고, 강순자는 딸이었다. 그리고 혁민은 자신의 삶을 지탱해 준 율희, 그리고 지금과 같은 따뜻한 모습을 보는 것이라고 생각했다.

"아저씨, 빨리 오세요. 엘리베이터 왔어요."

지연이가 엘리베이터를 잡고는 빨리 오라고 손짓하고 있었다.

"그래, 알았어. 저, 어머님. 어서 가시죠."

혁민은 자신에게 손짓하는 아이를 향해 걸어갔다.

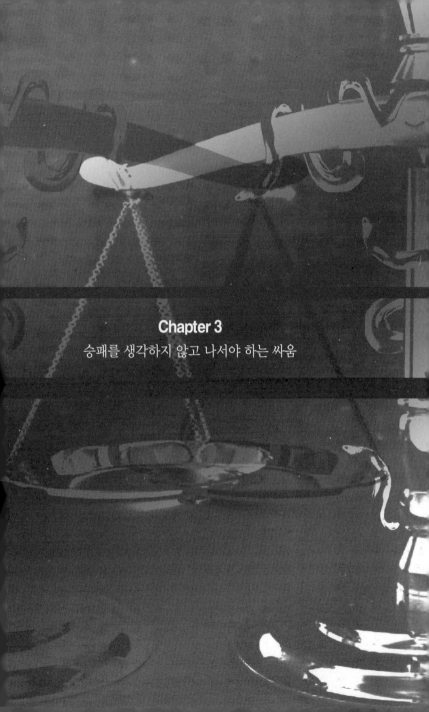

Chapter 3
승패를 생각하지 않고 나서야 하는 싸움

ODD LAWYER
Devil's Balance

"이제는 슬슬 둘이 한번 보자고 해도 될 것 같은데⋯⋯."

같이 영화를 본 이후로 종종 넷이 만난 적은 있었다. 그것이 거의 일 년 가까이 되어간다. 그리고 이제는 2010년을 코앞에 두고 있는 상황. 그러니 이제는 율희와 둘이서만 봐도 되지 않을까 싶었다.

여러모로 알아보아도 따로 만나는 남자도 없었고, 가장 신경 쓰이는 윤태와도 거의 마주치지 않았다. 한때 파견 비슷하게 나가서 같이 일한 적이 있기는 했지만, 그 일이 끝나고 나서는 원상복귀되었다. 그리고 아무리 보아도 특별한 사이는 아니었고.

사실 말을 꺼냈으면 벌써 둘만의 만남이 이루어졌을지도 몰랐다. 하지만 혁민은 대단히 신중했다. 혹시 무슨 오해라도 하면 그걸 회복하는 건 몇 배가 힘든 법이니까.

"모르겠다. 그래도 올해 가기 전에는 얘기를 한번 해봐야지……."

혁민은 그렇게 다짐하고는 책상 위에 있는 서류를 살폈다. 모두가 해외 최신 판례였는데, 혁민이 유독 유심히 보고 있는 건 인터넷 관련해서 세계적인 인식이 어떻게 바뀌고 있는가였다.

개인의 권리에 관한 수많은 의논이 이루어지고 있었고, 의미 있는 새로운 판례가 속속 나오고 있을 때였다. 그리고 앞으로는 이런 문제가 정말 많이 다루어질 것이라는 사실을 알고 있는 혁민이었다. 그래서 이 부분과 관련해서는 항상 신경을 썼다.

사실 흥미 있는 분야이니 보는 것이지 정말 지겨운 작업이었다. 한글로 된 것이라고 해도 지겨울 텐데, 해외 판례이니 오죽하겠는가. 그래도 혁민은 집중했다. 그렇게 벽에 걸려 있는 시계의 바늘이 얼굴을 한참 매만진 후, 문이 열리는 소리가 들렸다.

"저기, 혁민아."

"아니, 사무장님. 무슨 일이십니까?"

혁민은 읽던 프린트물을 덮으며 성만의 말을 장난스럽게 받아쳤다. 지겨워서 좀이 쑤시던 참이었는데, 마침 잘되었다 싶어 하면서.

"아니, 사건이 너무 없는 것 같아서……."

성만은 시간 여유가 너무 나니까 오히려 불안해하는 듯했다. 그런 사람이 있다. 뭐라도 해야 밥값을 하는 것 같고, 그냥 놀고 있으면 불안한 사람.

"사건 없으면 자기 시간 활용하고 좋지 뭐."

혁민은 특이한 방침을 가지고 있었는데, 누구나 할 수 있는 사건은 웬만하면 맡지 않는다는 주의였다. 그래서 바쁠 때는 엄청나게 바빴지만, 한가할 때는 아주 한가롭고 여유로웠다.

"형도 이번에 이차 준비 잘해. 내년에는 붙어야지."

성만은 이번에도 아깝게 사법시험 이차에서 떨어졌다. 원래 실력대로라면 붙는 게 당연한 거였는데, 덩치에 어울리지 않게 시험장에만 가면 잔뜩 위축되었다. 그동안 좋지 않은 경험이 있어서 더 그런 것 같았는데, 그래도 내년에는 붙을 수 있으리라 다들 생각하고 있었다.

"그래야지. 안 그래도 이번에는 아주 준비 단단히 하고 있다니까. 그건 그런데 이거 너무 놀면서 돈 받으려니까 미안하기도 하고……."

성만은 머리를 긁적였다. 월급은 다른 곳에 비해서 많지 않았지만, 혁민의 사무실은 보너스가 많았다. 굵직한 사건을 해결할 때마다 월급 이상의 보너스가 나오니 일단 생활이 안정되었다.

성만도 그렇고 보람도 그렇고 삶의 여유가 그렇게 있는 사람들이 아니었는데, 지금은 전과는 많이 달라졌다. 보람은 소설가가 꿈이었는데, 그래서 지금 방송통신대학교에서 국어국문학과 수업을 듣고 있었다.

"형. 살다 보면 행운이 찾아오는 일도 있는 거야. 그런데 그 행운이 언제까지나 계속될까?"

"음… 그렇긴 한데……."

"그러니까 지금 찾아온 행운은 마음껏 누려. 사치라고 생각하지 말고. 형도 그동안 고생도 했고, 다른 사람 도와주고 챙기기도 많이 했잖아. 이 정도 행운은 누려도 괜찮아."

혁민은 오히려 지금 정신 차리지 못하면 크게 후회할 거라고 말했다.

"형. 사법시험 합격하면 다 끝난 것 같은 느낌이지? 사법연수원이 어떤 덴 줄 알아? 그리고 거기서 나와서는 쟁쟁한 판검사, 변호사들하고 경쟁해야 한다고."

판사나 검사로 임관하게 되면, 오히려 편할 수도 있다. 시키는 일만 하면 되니까. 물론 일의 양이 무지막지해서 숨 돌릴 틈도 없겠지만. 하지만 변호사가 되면?

성만이 내년인 2010년에 사법시험에 합격한다고 치면 2년 동안 사법연수원 생활을 하고 2013년부터 법조인으로 일하게 된다. 그때가 되면 변호사가 거의 2만 명인 시대가 된다. 점점 변호사가 먹고살기 어려운 시절이 되는 것이다.

"그때면 2만 명이야, 2만 명. 그러니까 처음부터 경쟁 상대를 사법시험 준비하는 사람으로 생각하지 말고, 지금 판검사나 변호사 하는 사람으로 생각하라고."

그제야 조금 상황이 심각하다는 걸 알았는지 성만은 표정이 굳어졌다.

"어휴, 난 변호사로 그 안에서 살아남기는 쉽지 않겠다. 검사나 판사로 갈 수 있으면 좋을 텐데……."

"그러니까 미리미리 준비해서 사법연수원에서 점수를 잘 받으라고. 이제는 예전처럼 사법시험 붙으면 출세가 보장되는 시대가 아니야."

판검사는 특정직 공무원인데 바로 임관하더라도 직급이 무척 높다. 4급 공무원으로 분류되니까. 4급 공무원이면 구청장이나 경찰서장인 총경과 같은 급이다. 그것도 분류상은 그렇고 월급이나 대우는 3급 상당의 대우를 해준다.

그래서 변호사도 80년대나 90년대 초반까지만 하더라도 사법연수원 졸업하고 대기업에 들어가면 직급을 굉장히 높이 쳐주었다. 높게는 이사까지도 대우를 해주었는데, 그건 다 예전 이야기이다.

"지금은 법무팀 같은 데 들어가는 일도 쉽지 않지만, 들어가봐야 이런저런 거 따져서 대리 정도?"

"그래? 하기야 인원이 확 늘어났으니까……."

"그리고 조금 있으면 바빠질 테니까 지금 미리미리 할 거 있으면 해둬."

"왜? 무슨 일 들어왔어?"

성만은 고개를 갸웃거렸다. 자신이 알기에는 특별한 일이 없었기 때문이었다.

"우리 사무실 개업하고 아주 초반에 진행했던 거 있잖아."

"아, 그 터치 관련해서 기술 개발했던……."

"그래. 그거 대법원하고 헌법재판소에 낸 거가 이번에 결과가 나올 것 같아."

성만도 고개를 끄덕였다. 거의 2년 가까이 되었으니 결과가 나올 때도 되었다 싶었던 것이다. 혁민과 성만은 조만간 디오컨트롤의 김 사장이 찾아오겠구나 하고 생각했다.

*　　　*　　　*

"중소기업이나 개인이 뭘 가지고 온다. 그러면 어떻게 하라고?"

부장급 직원들은 어떻게 해야 하는지 알고 있지만, 입 밖으로 소리를 내지는 않았다. 이사는 자연스럽게 말을 이었다.

"기술이 좋아도 내색을 하지 마라. 오케이?"

"예."

이사는 부장급 직원들의 대답을 듣고는 말을 이었다.

"일단 조금 더 자세한 내용을 알고 싶다고 하고 자료를 모두 받아. 지들이 기술 자료를 주지 않을 수 있어? 사업화를 하려면 일단 검토를 해야 하니 달라고 하라고."

말을 하는 이사도 그렇고 듣는 직원들도 당연하다는 표정이었다.

"그다음은? 이거 혼자 얘기하려니까 목이 마른데? 누구 얘

기를 할 사람 없나?'

30대 초반으로 보이는 이사였지만, 훨씬 나이가 많은 직원들이 눈치를 보며 설설 기었다. 이사가 물을 마시는 사이 사람들이 앞다투어 입을 열었다.

"자체 개발해서 서비스하고 만약 그 기업이 항의를 해오면 특허를 공동소유로 하고 우리 쪽에서는 무료로 사용하는 조건을 이야기합니다."

"맞습니다. 그런데도 계속 항의하면 자세히 이야기를 해주어야겠죠. 계속 이렇게 나오면 어떻게 된다는 걸 말입니다."

몇 사람이 고개를 끄덕이면서 웃었다. 이미 경험을 해본 일이었기 때문이었다. 이사도 만족스러웠는지 웃으면서 말했다.

"그래. 잘 알아듣게 이야기해야지. 젠틀하게 이야기하면 어지간하면 알아듣더라고. 그래도 말귀를 잘 알아듣지 못하면 뭐… 서로 피곤해지는 거지."

이사는 일어서서는 강한 어조로 말했다.

"그래도 정신 차리지 못하면 무조건 특허권리무효심판청구를 해. 이건 시간 끌기라는 거 알지? 그러면 중소기업은 도중에 포기하거나 헐값에 기술을 넘길 수밖에 없다. 그러면 우리는 정당하게!! 기술을 넘겨받는다!"

중소기업이 판로도 없이 버텨봐야 얼마나 버티겠는가. 애초부터 중소기업이 이길 수 없는 싸움이다.

"그리고 특히 여기 있는 사람들이 특허 청구 범위를 잘 살펴보라고. 대기업이 낸 특허도 허점이 있는 판국이야. 중소기업이 낸 특허에 문제가 없을 것 같아? 변호사들은 기술적인 부분은 잘 모르는 경우도 있으니까, 그런 일이 있으면 여기 있는 사람들이 신경을 쓰라고."

"예, 알겠습니다."

이사는 뒤로도 몇 가지 이야기를 더 했다. 시간을 끌면서 의견서를 많이 제출하도록 하는 작전도 흔히 사용하는 작전이다. 그러면 중소기업도 의견서를 제출하게 되는데, 그 의견서에서 허점을 찾기 위함이다.

그렇게 시간을 질질 끌다 보면 상대 중소기업은 정말 죽을 맛이다. 너무나도 억울해서 버티고 버티지만, 그러다가 소송 기간 중 쓰러지는 경우가 대부분이다. 이사는 회의를 마치고 직원들이 먼저 나가자 조금 피곤한 듯 눈가를 매만졌다.

"하이고. 피곤하군."

"이사님. 이거 좀 드시죠."

윤 부장은 홍삼을 달인 음료수를 이사에게 건넸다. 이사는 아주 당연하다는 듯 음료수를 받아 마시고는 문득 생각이 났다는 듯 물었다.

"참, 그 터치 관련한 기술 건은 어떻게 됐지? 걔들은 아직 포기 안 했나?"

"아직은 그렇습니다. 거기 김 사장이 워낙 펄펄 뛰는 바람에… 전 재산을 다 거기에다가 쏟아붓는 모양입니다."

"쯧쯧. 언 발에 오줌 눈다고 뭐가 달라지나. 싸움도 상대를 봐가면서 해야지."

하지만 윤 부장은 잠시 주저하다가 말을 이었다.

"그게 생각보다 상황이 좋지 않은 것 같습니다."

"상황이? 왜?"

"대법원에 상고하면서 변호사가 바뀌지 않았습니까?"

"그랬던가? 암튼 그게 무슨 문제인데?"

윤 부장은 법무팀의 평계를 대면서 말을 이었다.

"상대 변호사 실력이 아주 좋은 모양입니다. 법무팀에서도 쉽게 장담할 수 없다는 말이 있습니다. 최악의 경우에는 원심 판결을 파기하고 특허법원으로 환송될 수도 있답니다."

이사는 마음에 들지 않는다는 듯 인상을 찌푸렸다. 이런 식의 전개는 지금까지 일해오면서 한 번도 없었던 일이었기 때문이었다. 하지만 이내 표정이 풀렸다.

"설사 대법원에서 그런 판결이 나온다고 하더라도 무슨 상관이야. 어차피 결과는 변하지 않을 텐데."

이사는 어차피 시간만 끌면 작은 회사는 무너질 수밖에 없고, 그렇게 되면 자연스럽게 모든 문제가 해결된다고 이야기했다.

"지금까지 버틴 것만 해도 박수를 쳐 줘야지. 다음에 보면 그 정도면 됐으니 적당한 가격에 넘기라고 해. 내가 김 사장 근성을 봐서 값을 조금 더 쳐 준다고."

"알겠습니다."

윤 부장은 김 사장이 절대로 그럴 리가 없겠지만, 일단은 알았다고 했다. 밑에 있는 직원이 무슨 힘이 있겠는가. 그것도 오너 일가인 이사 앞에서.

하지만 윤 부장은 김 사장이 마음에 걸렸다. 처음부터 김 사장을 상대했던 것이 윤 부장이었다. 그가 얼마나 이 기술에 관해서 자부심이 있는지, 그리고 얼마나 분개하고 있는지 잘 알고 있다.

그리고 지금까지 온 이상 여기서 물러서지는 않을 것이다. 차라리 몰락하면 했지 고개를 숙이지는 않을 듯했다. 윤 부장은 이사가 나간 텅 빈 회의실에서 김 사장과의 만남을 떠올렸다.

김 사장은 기술에 관해서 설명하면서 무척이나 흥분한 상태였다. 그는 스크린 터치를 하면서 오작동을 혁신적으로 줄일 수 있는 기술을 개발했다고 이야기했다.

그 당시만 해도 터치스크린이 보편화가 되기 전이다. 하지만 앞으로 그 효용성에 대해서는 다들 인정하고 있었다. 그래서 자신이 속해 있는 그룹에서도 관심을 가졌고.

"자료를 달라고 하고는 너무 앞선 기술이라고 해서 일단 돌려보냈지. 다음에 이야기해 보자고 하면서."

하지만 이미 그룹에서는 그 기술을 적용한 제품을 만들고 있었다. 김 사장이 개발한 기술을 바탕으로. 1년 정도 지난 후 김 사장이 얼굴이 시뻘겋게 돼서는 윤 부장을 찾아왔다. 어떻게 이럴 수 있느냐고 하면서.

윤 부장은 아니라고 했지만, 김 사장은 조목조목 증거를 들이대면서 특허침해라고 항의했다. 그리고 김 사장과의 긴 악연이 시작되었다. 윤 부장은 매뉴얼대로 진행했다.

"특허를 공동소유로 하고 무료로 사용하게 해라. 그렇지 않으면 특허무효소송을 하겠다."

처음에는 강하게 말했다가 나중에 따로 만나서 이야기도 나누었다. 이런 식으로 계속 뻗대봐야 좋을 게 없다고. 어차피 이길 수 없는 싸움이라고. 하지만 김 사장은 이야기했다. 자신은 그럴 수 없다고. 승패를 생각하지 않고 나서야 하는 싸움도 있는 것이라고.

그 말이 윤 부장의 가슴에 와서 박혔다. 김 사장이 얼마나 자신의 기술을 아끼는지 알 수 있었기 때문이었다. 그리고 김 사장의 말이 맞는다는 걸 알고 있었으니까. 하지만 윤 부장은 어쩔 수 없었다.

그리고 그룹의 법무팀에서는 절차대로 일을 진행했다. 김 사장이 가지고 있는 기술의 허점을 찾아서 특허등록무효심판 청구를 했고, 그룹의 기술이 김 사장의 특허 범위에 속하는지 확인해 달라는 권리범위확인심판을 청구했다.

대기업 법무팀. 이런 종류의 일에 특화되어 있는 팀이다. 김 사장은 친구를 통해서 부탁해서 변호사를 구했지만, 대기업 법무팀의 상대가 되지는 못했다.

결국, 이사가 원하는 대로 판결이 나왔다. 하지만 김 사장은 물러서지 않았다. 그러더니 새로운 변호사를 구해서 반격에 나섰다.

"승패를 생각하지 않고 나서야 하는 싸움이라."

윤 부장은 중얼거렸다. 예전에는 자신도 그런 생각을 했었던 것 같았다. 아주 젊었을 적에는. 하지만 지금은……

잠시 자리에 앉아 있던 윤 부장은 불을 끄고 조용히 회의실을 나갔다.

*   *   *

"미안해요. 약속해 놓고 갑자기 이렇게 취소를 해서……"

혁민은 이야기를 마치고는 바로 핸드폰에서 입을 뗐다. 격렬한 기침이 터졌기 때문이었다. 혁민은 쉬지 않고 메마른 쇳소리를 내뱉었다. 혁민이 그동안 살아오면서 아팠던 적이 한 번도 없었던 것은 아니었지만, 이렇게 심하게 목감기가 걸린 적은 이번이 처음이었다.

'너무 기분을 냈어.'

쿨럭거림이 멈추자 혁민은 그렇게 생각했다. 율희와 단둘이 만날 약속을 해놓고는 들뜬 기분을 주체할 수가 없었다. 그래서 약속을 한 날 밤늦게 달빛을 보면서 길거리를 싸돌아다녔다. 히죽히죽 웃으면서.

문제는 그날 낮에는 포근한 편이었는데, 밤에는 기온이 훅 떨어졌다는 거였다. 하지만 그렇게 찬바람을 맞으면서도 그때는 몰랐다. 마냥 들뜨고 설레기만 했으니까. 그리고 그다음 날도 약간 낌새가 있기는 했지만, 심각하지는 않았다. 그런데 하루가 더 지나니 갑자기 목이 칼칼하더니 몸이 엉망이 되었다.

—아니에요. 미안해하지 않으셔도 돼요. 몸이 아프셔서 그런 건데요. 저는 괜찮아요.

율희의 말을 듣고는 혁민은 조금 안심이 되었다. 율희도 만나지 못하게 되어서 아쉽게 생각한다는 걸 알 수 있었으니까.

사용한 단어만 가지고는 알 수 없는 거였다. 오래 같이 살았기 때문에 알 수 있는 그런 느낌. 말투와 목소리에서 느껴지는 감정. 혁민은 머리가 지끈거리고 온몸이 두들겨 맞은 듯 아팠지만 웃을 수 있었다.

"어지간하면 미루지 않으려고 했는데, 목에 사하라 사막이 생긴 것 같은 느낌이에요."

예상치 못한 혁민의 말에 율희가 웃음이 터졌다. 하지만 이내 안절부절못하면서 사과했다.

—웃어서 죄송해요. 아프시다는데…….

율희도 글 쓰는 걸 무척 좋아했다. 그래서인지 무언가 빗대서 표현하는 걸 좋아했다. 지금 혁민이 한 말처럼.

"아니에요. 조금 안 좋긴 한데 아주 심하진 않아요. 하루 이틀 쉬면 나을 거예요."

—목감기에는 따뜻한 물 드시는 게 좋아요. 꿀을 조금 타서 드셔도 좋대요. 그리고 잘 때 수건 적셔서 놓는 것보다 마스크를 적셔서 쓰고 자면 좋아요.

혁민의 입가에 미소가 그려졌다. 전에 다 들어서 알고 있는 이야기였다. 율희가 자신에게 전부 해주었던 이야기였으니까. 특히나 마스크는 가습기보다도 효과가 좋았다.

"고마워요. 꼭 그렇게 할게요."

마음 같아서는 이렇게 몇 시간이라도 통화하고 싶었지만, 목이 계속 건조해져서 말이 제대로 나오지 않았다.

"다음에 볼 때는 제가 정말 즐거운 시간 보낼 수 있게 할게요. 약속이요."

─정말 저는 괜찮아요. 그러니까 몸조리 잘하세요.

"아니에요. 기회 안 주면 그건 반칙이에요. 기회는 줄 거죠?"

혁민의 약간 투정 섞인 말에 율희는 잠시 뜸을 들이다 승낙했다. 혁민의 머리에는 배시시 웃고 있는 율희의 모습이 그려졌다.

─알았어요. 먼저 건강부터 챙기세요.

사실 혁민은 말을 해놓고 순간적으로 흠칫했다. 너무 애처럼 군 게 아닌가 싶어서였다. 그리고 자신이 좋아한다는 티를 너무 낸 게 아닌가 싶기도 했고. 하지만 다행스럽게도 율희는 좋게 받아들인 듯했다.

사실 사랑 앞에서 애처럼 되지 않는 사람이 어디 있겠는가. 그리고 대화를 해보니 율희도 자신에게 호감이 있다는 걸 확신할 수 있었다. 혁민은 통화를 마치고 다시 격한 기침을 했다. 기침을 하니 폐가 쪼그라드는 것 같았고, 몸 전체가 저릿저릿한 느낌이 들었다.

"아우, 진짜 여기저기 두들겨 맞은 것 같네."

몸 전체가 아팠다. 작은 몽둥이 같은 걸로 전신을 골고루 맞은 느낌이랄까. 여기저기 만지면 아프지 않은 데가 없었다. 특히나 물을 계속 마시는데도 목은 왜 이렇게 건조한 것인지.

그래도 계속해서 웃음이 났다. 서로 호감이 있다는 걸 확인했으니까. 호감이 있으면 상대방이 자신의 마음을 알아주기를 바란다. 그렇다고 너무 노골적으로 보이는 건 꺼리는 사람도 있지만, 그렇지 않다고 오해하기를 바라는 사람은 한 명도 없다.

그래서 호감이 있으면 상대방이 충분히 알아볼 만큼 표현을 한다. 혹시라도 상대가 그걸 모르거나 그렇지 않다고 오해를 하면 안 되니까. 그러므로 대부분의 경우, 상대가 나에게 호감이 있는지 아닌지는 알 수 있다. 만약 상대방이 나에게 호감이 있는지 아닌지가 헷갈린다면 그건 아직 그걸 제대로 판단할 만큼의 경험이 없거나, 혼자서 착각하고 있는 거다.

"마스크 사놓은 게 있던가?"

혁민은 환하게 웃으면서 구급상자를 뒤졌다. 빨리 회복하기 위해서라도 잘 먹고 푹 쉬어야 했다. 마침 사놓은 마스크가 있었다.

"이럴 때는 같이 있는 게 좋은데……."

아플 때 혼자 있는 것만큼 서러운 일도 없다. 혁민은 잘 들어가지 않는 밥을 억지로 욱여넣고 잠자리를 청했다. 그리고 자리에 누우니 자연스럽게 예전 생각이 떠올랐다.

"결혼하고 얼마 지나지 않았을 때는 술도 많이 먹고 그랬었지……."

성만에게 이야기한 변호사 2만 명 시대. 그렇게 이야기를 한 거는 그걸 혁민이 몸소 겪었기 때문이었다. 굉장히 바쁘고 힘겨운 나날이었다. 그리고 결혼한 후에도 사정은 크게 나아지지 않았다.

　그래서 이래저래 사람들과 만나느라 술을 마시고 집에 늦게 들어오는 경우도 있었다. 혁민은 술을 잘하는 편이 아니었다. 그래서 가능하면 늦게까지는 마시지 않으려고 했지만, 어디 사회생활을 하다 보면 그렇게 되던가.

　그런데 이상하게도 결혼 후에는 과음을 해도 다음 날 몸 상태가 예전보다 괜찮았다. 인사불성이 되어 어떻게 집에 왔는지도 잘 모르게 왔는데, 다음 날 전보다는 덜 힘들었으니까.

　'그냥 집밥을 먹으니까 조금 건강해진 줄 알았는데.'

　왜 그런지를 알게 된 건 그런 게 몇 차례 지난 후였다. 술이 강하지 않아서 일단 취하면 다음 날 일어날 때까지 누가 업어가도 모르는 혁민이었다. 그래도 그날은 정신이 약간은 있는 상태에서 집에 왔다.

　옷만 간신히 벗고 자리에 누웠고, 곧 잠이 들었다. 그런데 잠결에 무언가 이상한 기분이 들었다. 따뜻하고 부드러운 느낌. 처음에는 그냥 넘어갔는데, 조금 후에는 다른 감각이 느껴졌다.

　그래서 눈을 뜨게 되었다. 그리고 아내인 율희가 잠도 자지 않고 자신의 몸을 주무르고 있다는 걸 알게 되었다. 그리고 아까 따뜻하고 부드러운 느낌은 따뜻한 물에 적셨다가 짜낸 수

건으로 자신의 몸을 닦은 것이었고.

'너무 놀랐었지.'

깜짝 놀라서 벌떡 일어난 혁민은 괜찮다고 말했다. 하지만 율희는 이러면 좀 나을 거라고 하면서 그냥 누워 있으라고 했고. 그게 어떤 의학적인 효과가 있는지는 모르겠다. 혈액순환이나 뭐 좋은 게 있을 것 같기도 했다.

혁민은 그냥 정성이라고 생각했다. 하지만 어디 가서 말을 꺼내지는 않았다. 어쩌다가 꺼낸 적이 있었는데 대부분 허풍이라면서 믿지 않았다. 하기야 자신도 다른 사람이 그런 말을 했다면 쉽게 믿지 않았을 것이다.

다들 술 먹고 들어온 다음 날 아침에 아내가 해장국이나 끓여주면 다행이라고 했다. 하지만 그날 이후에도 혁민이 만취해서 들어오면 율희는 계속 그렇게 해주었다.

그때부터 혁민은 술을 점차 줄였다. 그렇다고 그런 자리를 아예 가지 않을 수는 없었다. 사회생활이란 게 자기 뜻대로 되는 게 아니었으니까. 하지만 그러지 않겠다고 마음먹으니 또 어떻게든 살아가는 방법이 생겨났다.

'그렇게 했는데도 몇 년 뒤에 대장암이 발견되었으니… 만약 율희하고 결혼하지 않았으면 예전에 죽은 목숨이었을지도 몰라.'

그리고 대장암에 걸린 이후에 수발은 훨씬 더 고생스러웠겠지만, 불평 한마디 하지 않았고. 남편에게 이렇게 하는 걸 보면, 잘 모르는 사람이라도 어려움에 빠져 있으면 모르는 척하지 못하는 사람이라는 게 당연한 걸지도 몰랐다.

'그래서 생각했지. 이 여자를 제외하고 평생을 같이 살 사람은 생각할 수 없다고. 세상에서 가장 행복한 사람으로 만들어주겠다고.'

안타깝지만 전에는 그러지 못했다. 오히려 고생만 시키다가 이상한 일에 휘말리게 했다. 하지만 지금은 다르다. 이번에는 세상에서 가장 행복한 사람으로 만들어줄 수 있을 것이다. 혁민은 그렇게 다짐하면서 잠에 빠졌다.

그리고 잠결에 예전 감각이 다시 느껴졌다. 그것이 꿈인지 상상인지는 알 수 없었다. 하지만 다음 날, 잠들기 전과는 확연하게 좋아진 몸 상태를 혁민은 느낄 수 있었다.

*   *   *

잎이 모두 떨어지고 앙상하게 가지만 남은 나무들. 차를 타고 혁민의 사무실로 향하면서 김 사장은 을씨년스러운 바깥 풍경을 쳐다보았다. 마치 자신의 처지와도 비슷하게 느껴지는 풍경을.

"겨울이군."

곳곳에서 크리스마스 캐럴이 울려 퍼지고 반짝이는 전구가 화려한 불빛을 수놓고 있었지만, 김 사장의 마음은 황량하기만 했다.

대기업을 대상으로 소송을 진행하겠다고 했을 때 자신을 격려하는 사람은 거의 없었다. 오히려 무모하다고 혀를 차거나 어리석다며 비웃는 사람도 있었다. 하지만 포기할 수는 없었다.

"사실 정 변호사가 아니었으면 그때 포기했을지도 모르지."

특허법원에서는 대기업에 유리한 판결을 내렸다. 둘 중 하나였다. 기술에 대한 이해도가 부족했거나, 아니면 대기업의 입김이 작용했거나. 자신을 도왔던 변호사도 더 이상은 무의미하다며 만류했다.

지금 생각해 보면 그 변호사도 무척이나 양심적인 사람이었다. 그냥 돈만 보고 하는 변호사였다면 그런 말을 하지도 않았을 테니까. 하지만 회사의 자금 사정을 뻔히 알면서도 질 게 뻔한, 게다가 수임료도 어마어마하게 들어가는 소송을 계속할 수는 없다고 했다. 그러면서 정 싸우고 싶으면 더 실력 있는 변호사를 구하라고 조언까지 해주었다.

그래서 김 사장이 여기저기 수소문 끝에 찾아간 것이 정혁민이었다. 물론 다른 변호사나 로펌도 여러 군데 찾아갔었다. 하지만 그들은 너무 비쌌다. 그리고 이길 수 있을 것 같지도 않았고.

'정말 특이한 사람이기는 해.'

자신과 회사의 운명이 달린 일이다. 어떻게 쉽게 정할 수 있겠는가. 그래서 정혁민에 관해서 알아볼 수 있는 한도 내에서 알아보았다. 그리고 질문을 받은 사람들은 한결같이 답했다. 괴짜라고. 하지만 실력은 끝내준다고. 김 사장은 처음 혁민을 만났을 때가 떠올랐다.

"대법원에 상고를 하시겠다?"

"그러려고 하네. 이건 잘못된 거야."

김 사장이 처음 본 혁민은 조금 싸가지가 없어 보였다. 하지만 내색하지는 않고 혁민이 어떻게 나오는지 살폈다. 혁민은 자료를 쭉 보더니 고개를 갸웃거렸다.

"기술 관련해서 잘은 모르지만, 이건 좀 이상하군요."

"뭐가 이상한가?"

"이런 거 말하기는 뭐한데……."

혁민은 잠시 뜸을 들이다가 말했다.

"잘 만든 연극을 한 편 본 것 같은 기분이네요."

"그래? 무슨 증거라도 있는 건가?"

"그런 게 있으면 잘 만든 연극이라고 할 수 있겠어요?"

여전히 싸가지 없는 말투였지만, 김 사장은 묘하게 빨려드는 느낌을 받았다. 지금 눈앞에 있는 사람은 평범한 사람이 아니라는 그런 느낌.

"혹시 대법원에 상고를 하면 가능성이 있겠나?"

"가능성이야 언제나 있는 거 아닙니까. 변호사한테 그런 거 물어보지 마세요. 대부분 가능성이 있다고 판단했다고 할 테니까."

혁민은 무조건 수임해서 돈 챙기려는 변호사투성이라고 중얼거렸다. 그리고 잠시 생각하다 입을 열었다.

"이거 꼭 하실 겁니까?"

"물론이지. 이 기술은 내 전부나 마찬가지야."

혁민은 김 사장의 눈을 쳐다보았다. 얼마나 강한 의지가 있는지 가늠이라도 해보겠다는 듯이. 그리고 말을 이었다.

"기왕 할 거면 판을 키우죠."

"판을?"

"이 정도 해서 대기업이 눈 하나 깜짝할 것 같아요? 거기서는 이런 거는 그냥 스쳐 지나가는 일 중 하납니다."

혁민은 헌법재판소에 불기소처분취소 헌법소원도 같이 진행하자고 했다. 그리고 수임료 이야기가 나왔다. 돈 이야기가 나오자 김 사장의 표정이 어두워졌다. 그리고 솔직하게 사정 이야기를 했다.

"대충 그럴 것 같더라고요. 안 그랬으면 개업한 지 얼마 되지도 않은 여길 찾아왔을 리가 없을 테니까요."

혁민은 별거 아니라는 투로 말했다.

"그러면 이렇게 하죠. 아무리 그래도 착수금은 좀 받아야 하니까……."

혁민이 제시한 금액은 헐값은 아니었다. 하지만 다른 곳에 비하면 푼돈 정도밖에 되지 않는 금액이었다. 대신 성공 보수가 좀 강하게 책정되기는 했지만, 그거야 이기고 나서의 이야기이다.

"이러면… 만약에 지게 된다면……."

"지면 우리도 손해가 크겠네요."

혁민은 아무렇지도 않은 듯 말했다. 김 사장은 그런데도 왜 이런 조건을 내걸었느냐는 표정으로 혁민을 쳐다보았다.

"이기면 되잖아요."

김 사장은 그저 헛웃음만 나왔다. 풋내기의 오만인지, 아니면 천재의 자신감인지는 모르겠지만, 김 사장이 보기에는 아직 경험이 없어서 이런 말을 할 수 있다고 생각되었다.

"물론 사무실 입장에서는 다른 의미도 있으니까 걱정하지 않아도 됩니다. 개업한 지 얼마 되지 않은 신출내기 변호사가 있는 사무실에서 대법원하고 헌법재판소에 언제 서류를 디밀어 보겠어요. 정 안 되면 이 기회에 대법관하고 헌법재판관들에게 이런 놈이 변호사 하고 있습니다. 하고 어필이나 좀 하는 셈 치죠."

사실 혁민은 법조계에서 최고의 위치에 있는 대법관과 헌법재판관에게 자신의 실력을 바로 선보일 기회라는 생각도 하고 있었다. 물론 그건 부차적인 것이긴 했지만.

이야기를 나누다 보니 김 사장은 묘하게 혁민과 통하는 점이 많다고 느꼈다. 그래서 조금 전까지만 해도 다른 변호사를 찾아가야겠다고 생각하고 있었지만, 생각이 바뀌었다.

"이 기술이 전부나 마찬가지라고요?"

"그래. 그러니까 할 수밖에 없어. 결과가 어떻게 되든 앞으로 나아가야 할 때가 있는 거지. 사람이나 회사나. 또는 사회도. 적어도 나에게는 그게 바로 지금이야."

혁민은 고개를 끄덕였다. 그러고는 입을 열었다.

"이 사건 제가 맡겠습니다."

＊　　　＊　　　＊

"오랜만이야, 정 변호사."

김 사장은 웃으면서 혁민에게 인사를 했고, 혁민도 자리에서 일어나면서 반갑게 맞이했다.

"요즘 잘나간다면서?"

"아이고, 잘나가긴요. 욕만 무지하게 먹고 있죠."

사실 혁민에 관한 평은 썩 좋지 않았다. 아무래도 당한 사람들이 좋지 않은 말을 많이 해서 그런 거였는데, 싸가지 없고 돈 밝히는 변호사라는 말이 많았다. 하지만 혁민은 그런 말들에 관해서는 신경 쓰지 않았다.

어차피 유명해지다 보면 말이 없을 수는 없다. 법조계 사람 중에서도 오해를 하는 사람이 있긴 했는데, 그거야 사정을 잘 모르고 소문만 들은 사람들이다. 사정을 잘 아는 사람들은 혁민에게 왜 그런 소문을 그냥 가만두느냐고 뭐라고 할 정도였다.

"회사는 좀 어떻습니까?"

혁민의 질문에 김 사장은 자조 섞인 웃음을 지어 보였다.

"솔직하게 좋지 않아. 판로고 뭐고 꽉 막혀 있으니……."

말려 죽이기. 소송이 걸리면 소송과는 별개로 대기업이 손을 쓴다. 쉽게 말하면 우리한테 덤비면 이렇게 된다. 그러니 함부로 나대지 마라. 이런 경고 차원에서 자금줄과 판로를 완전히 막아버린다.

물건을 팔 수가 없으니 돈이 나올 구멍은 없고, 회사를 유지하려면 돈은 필요하고. 그렇다고 금융권에서 돈을 빌릴 수도 없다. 신청해 봐야 금융권에서는 석연치 않은 이유를 들어서 거절한다. 왜 그러는지야 뻔한 일.

지금까지 버틸 수 있었던 건 오로지 김 사장이 개인 재산을 퍼부었기 때문이었다. 그것도 그나마 직원을 많이 줄이고 정말 필요한 인력만 남긴 데다가 있는 직원도 월급을 일부 삭감하는 데 동의해서 가능한 일이었다.

"빨리 정상화가 되어야지. 회사 다시 제대로 돌아가면 다시 오라고 했거든. 지금도 가끔 연락 오는 직원도 있고."

"그런 거 다 각오하고 시작한 일 아닙니까."

"허허, 각오야 했지. 그래도 막상 닥치니까 이게 느낌이 좀 많이 달라. 솔직하게 말해서 정말 피가 마른다는 게 어떤 느낌인지 요즘 알 것 같다니까."

왜 그렇지 않겠는가. 돈은 점점 줄어들고 해결이 될 기미는 보이지 않고. 김 사장은 다른 것보다 가족들 때문에 걱정이었다. 자신이야 신념 때문에 싸운다고 하지만 가족들까지 그 피해를 보는 것 같아서 가슴이 무거웠다.

그나마 안사람이 이해를 해줘서 여기까지 올 수 있었다. 그리고 혁민이 거의 무료이다시피 한 금액으로 지금까지 변호를 맡아줘서 가능한 일이었다. 그게 아니었다면 이미 파산한 후였을 것이다.

"세상이 그지 같은 건 잘 알고 있었는데, 실제로 부딪쳐 보니까 생각했던 것보다 훨씬 시궁창이야. 내가 이런 데서 살아왔다니, 참⋯⋯."

"그래서 제가 처음부터 그랬잖습니까. 영화나 드라마가 인기 있는 건 현실에서는 일어나지 않는 일을 보여줘서 그런 거라고. 시간 질질 끌 거고 완전히 밟아버리려고 난리를 칠 거라는 얘기도 했죠?"

"기억하지. 그리고 소송에서 드라마틱하게 승소하고 사회적인 분위기가 바뀌고 그런 일은 아예 기대하지 말라고 했지 않은가."

"기억력 좋으시네요. 맞습니다. 그런 거 기대하지 마세요. 세상은 그렇게 아름답지 않거든요. 세상이 어디 애들 동화책하고는 같겠습니까."

김 사장은 쓸쓸하게 웃었다.

"하지만 누군가는 해야지. 아무도 하지 않으면 계속 그 자리일 테니까."

혁민도 고개를 끄덕였다.

"그래도 그런 것들이 하나둘 모이다 보면 분명히 무언가 바뀔 겁니다."

그런 이야기를 하면서 혁민은 이번에는 기대해도 괜찮을 것 같다고 말했다.

"그랬으면야 오죽이나 좋겠나. 그래도 곧 판결이 나온다니까 기대 반 걱정 반이야."

"확신할 수는 없지만, 걱정은 조금 줄여도 될 것 같습니다."

"그랬으면야 좋겠지만, 쉽게 신뢰가 가지는 않아. 그동안 당한 것도 있고 해서 말이야. 하아, 정말 이러면 안 되는데 말이지."

"설마하니 사법부 전체가 문제가 있겠습니까. 그리고 이번 재판을 맡은 대법관들은 괜찮을 겁니다."

혁민은 판사마다 성향이 다른데, 사건을 맡은 대법관들의 성향은 자신들에게 불리할 게 없다고 말했다.

"기득권의 권리를 더 중시하는 대법관도 있거든요. 그런 대법관에게 걸리면 아무래도 불리하죠."

하지만 이번 사건을 맡은 대법관, 특히 재판장을 맡은 대법관의 성향은 그렇지 않았다.

"입버릇처럼 말하는 사람이거든요. 자신의 이익을 위해서 공동체의 이익을 해치는 자는 용서할 수 없다."

자신의 신념에 투철한 사람이었다. 그리고 혁민은 아주 당연하게도 이런 종류의 특허를 보호하는 것이 사회 전체적으로 보아서도 반드시 필요한 일이라는 점을 슬쩍 어필했고.

게다가 대법관이면 이미 더 오를 자리가 없는 위치다. 당연히 약도 잘 통하지 않는다. 그래서 혁민은 이번 판결에는 상당한 기대를 하고 있었다.

"그러면 판결이 나오면 모두 끝나는 건가?"

"대법원에서 파기환송을 결정하면 일반적으로는 게임이 끝난 거나 마찬가지이기는 한데……."

혁민이 말끝을 흐리자 김 사장은 걱정된다는 듯 질문을 던졌다.

"왜? 무슨 문제가 생길 수도 있는 건가? 대법원에서 내려보내도 그걸 거부할 수도 있나?"

"뭐 그렇지는 않습니다."

하급법원이 대법원 판결을 무시할 수는 없다. 물론 대법원에서 파기환송한 사건을 다시 대법원에 올려 보낸 경우도 있기는 하지만, 그건 아주 특별한 일이다. 재상고를 하는 사건은 그리 많지 않다.

대기업이 제아무리 영향력이 강하다고 하더라도 그런 정도까지 상황을 만드는 건 부담스러울 수밖에 없다. 대법원의 판결을 무시하는 것으로 보일 수 있으니까. 하지만 그렇다고 쉽게 승복하려고 하지 않을 것이다.

"일단 지켜보죠."

"나 참. 도대체 내 거를 내 거라고 인정받는 게 이렇게 힘들어서야……."

사실 어떻게 보면 정말 어처구니가 없는 일 아닌가. 자신이 개발한 기술을 도둑맞았는데, 그걸 자신의 것이라고 인정받는 게 이렇게 어려워서야 누가 힘들여서 개발하려고 하겠는가. 어차피 도둑맞을 텐데 말이다. 하지만 그렇게 돌아가는 게 지금의 현실이다.

'이번 건은 파기환송될 확률이 높은데, 문제는 그런 판결이 나온다고 하더라도 시간을 끌거나 다른 수를 쓸 거란 말이야.'

꼭 소송에서 이겨야만 이길 수 있는 건 아니다. 김 사장이 먼저 손을 들게 만들어도 이기는 거다. 그리고 그것 말고 다른 방법도 동원할 테고.

'하여간 법 좀 아는 놈들은 골치가 아프다니까.'

혁민은 혀를 차면서 고개를 저었다.

*　　　　*　　　　*

"야. 괜찮다며? 결과가 왜 얘기한 거하고 달라?"

조 이사가 말하는 목소리는 점점 옥타브가 올라갔다. 이사는 윤 부장과 법무팀 담당자를 불러놓고 호통을 치고 있었는데, 대법원에서 특허법원의 판결이 잘못되었다면서 파기환송을 결정했기 때문이었다.

"중간에 제가 보고를……."

"야!! 괜찮다고 하다가 중간에 잘못될지도 모릅니다. 이딴 게 무슨 보고야?"

법무팀 담당자의 인상이 팍 구겨졌다. 나이도 어린놈에게 자존심 상하는 소리를 들었으니 기분이 좋을 리가 있겠는가. 하지만 자신의 잘못도 있었다. 처음에 너무 자신만만하게 큰 소리를 친 게 문제였다.

하지만 중간에 갑자기 실력이 좋은 변호사로 바뀔 줄 누가 알았겠는가. 만약 그렇지 않으면 이런 판결이 나오지는 않았을 것이다. 하지만 그걸 말했다가는 좋지 않은 소리만 더 들을 것이다.

한참을 그렇게 시달린 후 조 이사는 흥분을 조금 가라앉혔다.

"좋아. 일이 이미 이렇게 되었으니 그 얘기는 여기까지만 하지. 책임은 져야겠지만."

조 이사 역시 대충 이렇게 되리라는 걸 알고 있었다. 하지만 그렇다고 이해하면서 넘어가 주면 어떻게 되겠는가. 그래서 이 난리를 치는 거였다. 어떤 일을 하더라도 정신 바짝 차리고 일하라는 뜻에서.

그리고 사실 조 이사의 사정도 있었다. 아직 그룹의 후계 자리를 놓고 물밑에서 여러 명이 치열하게 경쟁을 하고 있었다. 그리고 개중에 가장 두각을 나타낸 자가 패권을 거머쥐게 될 것이다.

조 이사도 권력 욕심이 무척이나 강한 자였다. 그래서 자신이 맡은 파트의 실적에 무척이나 민감했다. 그리고 지금까지는 상당한 고속 성장을 해와서 유력한 차기 후보 중 한 명으로 거론되고 있었다. 그래서 이번 일은 조금 문제가 될 수도 있었다. 아직까지는 아니었지만.

"그래서 앞으로 어떻게 될 것 같은데?"

문제가 발생하지 않을 수는 없다. 그걸 어떻게 해결하는지가 정말 실력이다. 위기대처능력. 위에서도 상당히 관심을 가지고 보는 부분이다. 위기대처능력이 좋은 후계자는 좋은 점수를 받게 마련이다.

후계자들은 차려놓은 밥상을 물려받을 사람들이다. 그걸 가지고 잘 키우는 거야 어지간하면 다 할 수 있다. 위에서는 혹시라도 그룹을 말아먹지는 않을까 하는 걱정을 하게 된다. 그래서 그렇지 않다는 걸 확인시켜 주어야 한다.

"일단 헌법재판소에서도 곧 판결이 나올 것 같습니다."

"대법원에서 파기환송이 되었으니 거기서도 우리한테 좋은 판결은 나올 리 만무하고."

"예, 그렇습니다. 불기소처분취소가 떨어질 것 같습니다."

법무팀 담당자는 조 이사의 눈치를 살피면서 대답을 이어나갔다.

"그렇게 되면 아무래도 상대는 재고소를……."

"그래서?"

조 이사의 질문이 어떤 의미인지 제대로 이해하지 못했는지 법무팀 담당자는 놀라면서 되물었다.

"예?"

"상대가 재고소를 한다며. 그러면 무슨 대책이 있을 거 아냐?"

법무팀 담당자는 황급하게 답변했다.

"지금부터 검토해서 문제가 없도록 하겠습니다."

하지만 조 이사는 어처구니가 없다는 듯 코웃음을 치면서 말했다.

"뭐? 지금부터 검토를 해? 니가 그랬지? 판결이 이렇게 나올 수도 있다고."

"예? 뭐, 그렇게 보고는 했습니다만……."

"그러면 미리미리 대책을 마련해 뒀어야 할 거 아냐."

조 이사는 손에 든 서류로 담당자의 머리를 팍팍 때렸다. 담당자는 다른 업무가 많아서 그런 일을 할 시간도 없었고, 판결이 난 뒤에 대응해도 늦지 않으리라 생각했다. 하지만 그걸 지금 이야기할 수는 없었다.

"죄송합니다. 문제가 생기지 않게 방안을 마련하겠습니다."

담당자가 할 수 있는 이야기는 그 정도가 전부였다. 하지만 조 이사의 질책은 쉽사리 끝나지 않았다. 십여 분 동안 책망을 해대던 조 이사는 그만 꺼지라는 말을 내뱉고는 의자에 앉았다.

담당자는 황망하게 밖으로 나갔고, 조 이사는 여전히 씩씩거리면서 분을 삭이지 못하고 있었다.

"너는?"

"예. 일단 어음을 확보해 뒀습니다. 금액 자체는 크지 않지만, 워낙 자금 사정이 좋지 않으니 효과가 있을 것 같습니다."

윤 부장의 대답에 조 이사는 고개를 끄덕였다.

"전통적인 방법이기는 하지만, 효과는 확실하지. 돌아오는 어음을 막지 못하면 회사는 부도가 나는 거니까."

그리고 윤 부장은 조용히 조 이사에게 말했다.

"그리고 제가 알아보니 김 사장이 미국에 직접 판로를 개척하려고 한다더군요. 그러니 아예 그쪽에서도 소송을 걸어버리면 어떨까 싶습니다."

"미국에서? 그것도 나쁘지 않군."

문제는 김 사장의 회사를 얼마나 빨리 무너뜨리느냐이다. 그걸 위해서라면 어떤 방법이라도 다 동원해야 할 생각이었다.

"역시 윤 부장은 관록이 있어서 그런지 일하는 게 좀 다르군."

"과찬이십니다."

조 이사의 말에 윤 부장은 고개를 숙였는데, 숙인 얼굴에는 한숨 돌렸다는 표정이 역력했다.

"그러면 둘 다 시기나 그런 거 검토해 보고 기왕이면 동시에 진행하는 걸로 하지. 빠른 공도 하나 정도면 어떻게든 받겠지만, 여러 개가 한꺼번에 오면 받기 어려운 거잖아?"

조 이사는 법무팀을 더 쪼아야겠다고 생각하고 자리에서 일어섰다. 그리고 예상대로 얼마 후, 헌법재판소에서는 대법원에서 특허법원의 판결이 잘못된 것으로 판결했으니, 특허법원의 판결을 바탕으로 내린 검찰의 불기소처분도 잘못되었다는 판결을 내렸다.

하지만 조 이사는 법무팀 담당자가 가져온 쓸 만한 대책에 만족했다. 그리고 누군가의 만족은 누군가에게는 분노가 된다.

*　　　*　　　*

"뭐? 아니 이게 말이 되나? 불기소라니. 정 변호사, 이게 도

대체 어떻게 된 건가?'

　"또 장난질을 쳤네요."

　검사는 특허법 위반으로 형사 고소를 한 것에 대해 고소 날
짜를 문제 삼았다. 특허침해는 인정되지만, 범인을 알고 고소
한 날짜가 6개월이 지났으므로 공소권 없음이라는 거였다. 혁
민도 고개를 절레절레 저었다. 상대는 증거를 적당히 손봐서
내밀고, 검사는 모르는 척 넘어가 주고. 짜고 치는 판이다.

　"일단 이거는 어떻게든 해결할 수 있으니 걱정하지 마세요."

　"그런가? 후우~"

　해결할 수 있다고 하는데도 김 사장의 표정은 밝아지지 않
았다. 혁민은 무슨 일이냐고 물었다. 망설이던 김 사장은 말문
을 열었다.

　"그게… 돌리지 않기로 했던 어음이 돌아와서… 당장은 막
을 수가 있는데, 앞으로가 걱정이야. 게다가 외국에서도 소송
을 하려는 움직임이 있다고 하더라고."

　혁민은 드디어 본격적으로 나오는구나 싶었다. 상대도 조금
따끔한 거였다. 그래서 완전히 작정하고 깔아뭉개려고 덤비는
거였다.

　"당장 문제가 되는 건 아니죠?"

　"당장은… 그런데 시간이 그렇게 많지는 않아. 그리고 외국
에서 소송이 본격화되면 그것도 문제고."

　혁민은 크게 심호흡을 하면서 중얼거렸다.

　"이번에는 시간과의 싸움이라……."

사건이 끝나기 전까지는 잠을 잘 시간도 부족할지 모른다. 혁민은 당분간 율희와 데이트하기는 글렀다고 생각하니 짜증이 확 치밀어 올랐다.

'오케이. 오는 인사를 이따구로 했으니 가는 말이 부드럽길 바라지는 않겠지? 아주 드럽게 한판 붙어보자고.'

*   *   *

"일단 기술적인 부분은 저를 좀 도와주셔야겠어요. 아무래도 그 부분은 제가 약하니까요."

"말만 하라고. 사원들을 다 동원해서라도 도울 테니까."

원래 적극적인 김 사장이었지만, 다른 때보다도 훨씬 의욕이 넘쳤다. 대기업이 하는 짓거리가 하도 기가 막혀서 그런 거였다. 말은 많이 들었지만, 설마하니 이렇게까지 치졸하게 나올 줄을 몰랐던 것이다.

"그런데 정 변호사. 도대체 왜 기소를 하지 않겠다는 건가? 특허법 위반은 맞다며?"

특허법 위반을 피해 갈 수는 없게 되었다. 대법원의 판결이 내려졌으니 그걸 뒤집을 수는 없다. 그래서 상대는 꼼수를 낸 거였다.

"상대도 어지간히 다급했나 봅니다. 이런 꼼수를 다 쓰고 말이죠."

혁민은 어떻게 된 일인지를 설명해 주었다.

"쉽게 말하면 고소를 너무 늦게 했다는 겁니다."

원래 특허법 위반은 범인을 알고 난 날로부터 6개월 이내에 고소를 해야 한다. 그런데 그 6개월이 지나서 고소했으니 공소권 없다고 검사는 결론을 내린 거였다.

"그게 무슨 소린가? 분명히 사실을 알고 나서 6개월이 되기 전에 고소를 했는데. 그건 이전에 재판을 할 때도 다 확인이 된 거 아닌가."

"그래서 상대가 꼼수를 쓴 겁니다."

상대는 이제는 김 사장의 기술을 쓰지 않는다고 주장하고 있었다. 그리고 아주 우연하게도 그 기술을 쓰지 않게 된 것이 김 사장이 고소를 한 시점으로부터 6개월 조금 전이었다. 아주 우연하게도 말이다.

"무슨 소리야. 지금도 그 기술을 쓰고 있는 것 같은데……."

"물론 그럴 수도 있죠. 하지만 검사한테는 그렇게 서류가 간 겁니다. 우리는 그 기술 안 쓴 지 상당히 되었다. 김 사장이 고소를 한 시점보다 6개월도 전부터 안 썼다. 이렇게 말이죠. 검사가 아는지 모르는지는 모르겠는데, 그렇게 되면 공소권 없음이죠."

김 사장은 말도 안 되는 소리라고 흥분해서 펄펄 뛰었다.

"내가 분명히 그 이후로도 사용하고 있는 걸 봤다고. 내가 직접 거기서 나온 핸드폰 가지고 확인까지 했다니까?"

"물론 그렇겠죠. 하지만 대기업이잖습니까. 그렇지 않다고 서류 쭉 들이밀고, 검사하고 사부작사부작 얘기 좀 하고 그러면 이렇게 되는 겁니다. 잘 아시잖아요?"

그렇지 않은 검사도 있지만, 약발이 잘 통하는 검사도 있다. 어디 그게 법조계뿐이랴. 기업을 할 때도 마찬가지다. 담당자 한테 기름도 치고 해야 납품도 되는 거 아니겠는가. 그 위로도 줄줄이 신경 써야 함은 물론이고. 그리고 나면 그렇게 안 되던 납품이 이루어진다.

어디 그뿐인가. 허가 같은 거 한번 받으려고 하면 세월이다. 다른 준비는 다 끝나도 허가 나기 기다리다가 망부석이 될 지경이다. 그럴 때도 적당히 약을 좀 치면 대번에 허가가 떨어진다.

예전에는 그런 걸 급행료라고도 해서 당연시되었는데, 지금도 크게 바뀌지는 않았다. 조금 더 은밀하게 이루어지는 것뿐이지.

"그러면 증거를 잡아야겠군."

"그렇죠. 증거를 잡아서 들이밀면 꼼짝도 못하겠죠. 그렇긴 한데……."

이런 건 다 시간 지연을 위한 술수다. 일단 시간을 끌고 그 사이에 어떻게든 김 사장을 무너뜨린다. 이게 상대의 기본적인 전술이다.

"이대로 해결이 되면 좋기는 한데, 증거를 잡아서 제출해도 아마 해결되기는 어려울 겁니다. 또 다른 방법을 써서 시간을 끌 거예요."

"하아~ 정 변호사. 도대체 뭐가 어디서부터 어떻게 잘못된 건가? 이게 지금 정상이라고 볼 수는 없는 거잖아? 안 그래?"

"정상은 아니죠. 그래도 뭐 어쩌겠습니까. 지금 상황에서 어떻게든 방법을 찾아봐야죠."

혁민도 쯧쯧 하고 혀를 찼다. 지금 상황이 마음에 들지 않아서였다. 법적으로는 완벽하게 준비를 해도 상황은 별로 좋아지지 않았다. 그리고 이런 경우가 정말 허다했다. 법을 잘 알고 다른 식으로 이용하는 사람들이 있기 때문이었다.

"이노무 세상은 은제나 좀 제대로 될는지……."

"완벽한 세상이 어디 있겠습니까. 그래도 지금보다는 나아져야죠. 이런 세상에서 계속 살아간다고 생각하면 너무 짜증 나잖아요."

혁민은 방법이 있을 거라면서 김 사장을 위로했다. 김 사장도 이대로 주저앉지는 않겠다며 결의를 다졌고.

"그나저나 외국에서 난리를 치는 건 왜 그러는 건가? 우리가 아직 자리를 잡은 것도 아니고 그저 이거저거 알아만 본 건데."

"사실 외국에서 소송을 한다고 하더라도 국내 소송에 영향을 미치는 일은 거의 없을 겁니다. 사실 실제로 소송을 할지도 모르는 일이고요. 제가 볼 때는 아마 소송까지는 하지 않을 겁니다."

혁민은 일종의 위협이라고 이야기했다.

"위협?"

"아예 옴짝달싹하지 못하게 우리가 모든 걸 다 틀어막겠다. 이런 의지를 보여주는 거죠. 상대방이 질려 버리게."

우리가 지금 너를 죽이려고 단단히 마음먹었다는 걸 보여주는 행동. 국내뿐 아니라 외국에서의 소송도 불사하겠다. 어디 할 테면 해봐라. 이런 거만한 자세인 것이다.

"사실 외국하고 국내 법체계는 차이가 있거든요. 그래서 실효는 없다고 봐야겠죠. 뭐, 외국 기업하고 소송이 걸리는 건 좀 다르겠지만 말이죠."

혁민은 오히려 외국에서 진행 중인 사건에 대해 국내 법원에서 소송을 진행하는 경우는 있다고 했다.

"단기적으로 국내 기업의 방어권을 강화하는 효과도 있고, 장기적으로는 국내 기업의 교섭력을 확보하게 하거든요."

"나는 말이야, 우리 회사가 계속 커져서 나중에 그런 소송도 해봤으면 좋겠어. 글로벌 기업하고 그런 소송이 붙을 정도로 회사를 키우고 싶은 게 내 꿈이지."

김 사장은 자신이 꿈꿔온 것들이 생각나는지 표정이 아주 밝아졌다. 마치 그런 기업으로 성장한 걸 보기라도 한 듯이. 하지만 이내 한숨을 내쉬었다.

"일단은 이번 소송부터 이기고 나야 그러든가 말든가 하겠지? 정말 너무 피곤하군. 차라리 미국에서 회사를 시작할 걸 그랬어."

"좋은 소식이 있을 겁니다. 음… 일단 움직이죠! 가만히 있으면 뭐가 되겠습니까. 움직여야 뭐라도 건지죠."

"그러자고. 우리도 증거를 어떻게 확보할 수 있는지 알아보지."

김 사장은 혁민의 손을 꽉 쥐고는 밖으로 나갔다. 혁민은 김 사장을 보내고는 달력을 바라보았다. 크리스마스가 코앞이고 신정도 있었다. 둘 다 금요일이니 황금 같은 연휴 아닌가. 하지만 자신은 시간을 내기 어려웠다.

"허우우~ 타이밍 딱 좋았는데……."

적당히 가까워졌고, 이제는 슬슬 본격적으로 무언가가 이루어질 것 같았다. 그런데 갑자기 일이 이렇게 되었으니…….

"보람 씨한테 말 좀 잘해달라고 얘기하기는 했는데……."

너무나도 안타까웠다. 하지만 그렇다고 김 사장의 인생이 달린 일을 잠시 미루어놓고 데이트를 할 수는 없었다. 잠깐이라도 만날까 생각해 보았지만, 그러지 않는 편이 좋을 것 같았다.

만나봐야 머릿속에 사건 생각이 가득해서 즐겁게 시간을 보낼 수 없을 것 같아서였다. 그래서 통화만 하고 이브 날에 얼굴만 보고 케이크만 선물할 생각이었다.

"케이크야 좋아했으니까. 그렇다고 아직 제대로 데이트도 하지 않았는데 목걸이 같은 걸 선물할 수도 없고……."

혁민은 한숨을 내쉬면서 서류를 뒤적이기 시작했다. 사무실 안에는 펜이 종이 위를 긁고 지나가는 소리와 서류가 넘어가는 소리만 들렸다. 다른 때보다 펜이 종이를 긁는 소리가 조금 거칠었다.

*　　　*　　　*

"케익이니?"

민주엽은 딸의 손에 들린 상자를 보고 물었다. 딸 율희가 잠깐 나갔다가 들어오면서 상자를 들고 오니 궁금했던 것이다.

"예. 아는 사람이 주고 갔어요."

율희는 방긋 웃으면서 대답했다. 민주엽은 율희의 표정을 보고는 딸이 누군가에게 호감이 있다는 사실을 알아차렸다. 그래서 식사를 마치고 과일을 먹으면서 슬쩍 이야기를 꺼냈다.

"요즘 회사 생활은 어떠니?"

"괜찮아요. 회사가 워낙 커서 그냥 기계 부속품처럼 일해요. 그래도 이제는 일도 손에 익고 해서 할 만하더라고요."

"친한 동료는 있고?"

"옆자리에 있는 언니하고 친해요. 언니 말고는 그렇게까지 친한 사람은 없고요. 그냥 두루두루 아는 그런 정도예요."

민주엽은 회사 동료는 아닌 것 같다고 생각했다.

"그 윤태라는 사람하고는 잘 지내고?"

"윤태 오빠는 바빠서 만날 새도 없어요. 그래도 가끔 일부러 찾아와서 얘기도 하고 그러긴 해요. 제가 찾아갈 수는 없거든요."

민주엽은 고개를 끄덕였다. 둘 사이가 이렇게 가까운 게 사실은 잘 이해가 되지는 않았지만, 무척 고마운 사람이었다. 그리고 특별한 관계도 아닌 듯했다.

어떻게 보면 꼭 큰오빠가 어린 막내 여동생 챙겨주는 것 같은 그런 느낌이었다. 하지만 남녀 사이야 알 수 없는 일. 민주엽은 율희의 얼굴을 지그시 보면서 입을 열었다.

"율희야. 너는 나이 차이 많이 나는 남자 만나면 안 된다. 그러면 고생할……."

민주엽은 율희의 얼굴을 보다가 순간적으로 말을 잊었다.

"아빠, 왜요? 제 얼굴에 뭐 있어요?"

"아니… 아니다. 요즘 얼굴이 좋아진 것 같아서."

"살쪘어요? 이잉~ 안 되는데~"

율희는 울상을 하고는 얼른 거울 앞으로 가서 자기 얼굴을 보았다. 그리고 이리저리 꾹꾹 눌러보더니 요즘 잘 먹어서 조금 살이 찐 것 같다면서 투덜거렸다.

하지만 민주엽은 그런 것 때문에 놀란 게 아니었다. 민주엽은 약하긴 했지만 신기가 있었다. 본인은 무척 싫어했으나 박수무당인 할아버지의 영향을 받은 거였다. 그런 티를 내지 않으려고 했지만 자신과 친한 사람들의 관상이나 사주 정도는 봐주었다.

물론 그냥 재미로만 알고 있으라고 하면서. 하지만 주변 사람들은 그가 상당히 용하다는 걸 다 알고 있었다.

'분명히 나이 차이가 많이 나는 남자하고 만나면 고생을 죽도록 할 관상이었는데……'

그런데 그런 사람을 만날 운명 같은 게 느껴져서 안타까웠다. 딸이 박복한 운명인데 기분 좋을 아버지가 있겠는가. 그런데 바뀌었다. 언제 어떻게 바뀌었는지는 모르겠지만, 지금은 그런 고생을 할 팔자가 많이 지워졌다.

'이상하군. 운명이란 게 이렇게 쉽게 변하는 게 아닌데……'

운명이란 놈은 아주 질긴 놈이다. 쉽사리 변하지 않는 그런 성질을 가지고 있다. 그런데 확실히 바뀌었다.

"저기, 율희야. 회사 사람들 말고는 요즘 누구 만나니?"

"회사 사람들 말고요? 음… 보람이 언니하고 자주 봐요."

"아, 보람이는 잘 지내고?"

"그럼요. 거기 사무실이 정말 좋아요."

율희는 신이 나서 혁민의 사무실 이야기를 했다. 보람이 얼마나 좋은 환경에서 근무하는지를 줄줄이 이야기했다.

"가끔 같이 영화도 보고 같이 놀기도 해요. 거기 사람들도 다 능력 있고 좋은 분들이고요."

민주엽은 이야기를 듣다가 슬며시 물어보았다.

"케익도 거기 있는 사람이 준 거니?"

"케익이요? 헤헤. 예."

율희는 거기 변호사님이 주고 간 거라고 말했다. 별거 아니라는 듯 말했지만, 민주엽은 알 수 있었다. 요즘 율희가 신경 쓰고 있는 게 바로 그놈이라는 사실을.

"변호사라면 나이도 많을 것 같은데……"

"아니에요. 많지 않아요. 올해 서른둘이에요. 학교 다닐 때 바로 사법고시 합격하고 바로 변호사 개업했대요."

율희는 혁민이 얼마나 대단한 변호사인지 침을 튀겨가면서 떠들었다. 민주엽은 딸이 이렇게 신이 나서 남자 이야기를 떠드는 걸 처음 보았다. 한편으로는 딸이 다 컸구나 하는 생각을 하면서도 한편으로는 조금 섭섭하다는 생각이 들었다.

"그래? 꽤 실력 있는 변호사인가 보구나."

"그럼요. 최고예요, 최고. 제가 다니는 로펌에 있는 변호사도 다 이겼다니까요?"

민주엽은 변호사라면 나쁘지 않다고 생각했다. 자신을 핍박하고 있는 자들이 정보기관 사람들 아닌가. 권력이 막강한 녀석들이다. 그래서 항상 율희가 걱정되었다. 무슨 일에 휘말릴지 모르는 일이니까.

하지만 변호사라고 한다면 율희 하나 정도는 지킬 수 있을 것 같았다. 게다가 나이 차이에 대한 페널티도 많이 없어진 상태니까. 예전 같았으면 무조건 반대였다. 생고생할 게 눈에 뻔히 보였으니까. 하지만 지금은 그 정도는 아니었다.

"그래? 어떤 사람인지 나도 궁금하구나."

"나중에 보람 언니 같이 보러 가요. 아빠도 보람 언니 본 지 오래됐잖아요."

"그럴까? 하긴 보람이 본 지도 좀 되었으니 언제 얼굴 한번 볼 겸 해서 가봐야겠다."

율희는 보람이도 좋아할 거라면서 팔짝팔짝 뛰었다. 율희의 표정을 보고 민주엽은 율희가 상당히 호감을 가지고 있다는 걸 알 수 있었다.

'어떤 놈인지 살펴봐야겠어. 만약 이상한 짓거리 할 놈이면…….'

만약 그럴 놈이면 따로 불러내서 아주 혼꾸녕을 내주겠다고 민주엽은 다짐했다. 아직도 어지간한 남자 한둘쯤은 충분히 감당할 수 있는 실력이 있었다. 책상 앞에서 머리나 굴리는 변호사 정도는 아무리 젊다고 하더라도 한 손으로도 요리할 수 있다고 자신했다.

민주엽은 두 가지 생각 사이에서 번민했다. 율희를 계속해서 자신의 품에 두고 싶다는 감정. 그리고 율희를 믿고 맡길 수 있는 그런 든든한 남편감이 있었으면 정말 좋겠다는 마음.

'그래. 당분간이야 내 품에 있겠지만, 언제까지 나랑 같이 있을 수야 있겠나. 좋은 짝 만나서 가정 꾸려야지.'

신이 나서 팔짝팔짝 뛰는 모습을 보면 아직은 애처럼 보이지만, 그래도 이제는 결혼해도 이상하지 않을 나이라고 생각하니 민주엽은 기분이 묘했다.

"아빠도 변호사님 보면 좋아할 거예요. 정말 좋은 분이에요."

"그래? 어디 이 아빠도 잘 봐야겠다. 얼마나 좋은 사람인지."

율희는 지금은 큰 사건을 맡아서 바쁘니까 내년에 날을 잡는 게 좋겠다고 말했다. 민주엽은 어쩐지 딸의 우선순위에서 자신이 밀리는 것 같은 느낌이 들어서 기분이 서서히 나빠졌다.

같은 시각, 혁민은 일을 하다가 잠시 쉬고 있었다.

"물 들어왔을 때 노 저어야 하는 건데… 설마 만나지 않는다고 관심이 없다고 착각하는 건 아니겠지? 아닐 거야. 바쁜 거 뻔히 아는데……."

그래도 분위기 좋은 게 언제까지 이어질지는 아무도 모른다. 감정이란 뜨거워졌다가 식기도 하는 거니까. 그리고 상황이 이렇다는 건 알아도 만남이 늦어지면 인연이 아니라고 생각할 수도 있다.

"헤이고. 그래, 빨리 마무리하고 어떻게든 자주 봐야지. 그 사이에 전화나 문자 같은 거나 자주 보내야겠다."

혁민은 케이크에 카드라도 적어서 보낼 걸 그랬다며 아쉬워했다. 그리고 상황을 이렇게 만든 인간들에 대한 증오가 치밀어 올랐다.

"하여간 이 새끼들 뭐 하나만 제대로 걸려봐. 아주 그냥 홀라당 벗겨서 탈탈 털어먹어 버릴 거니까."

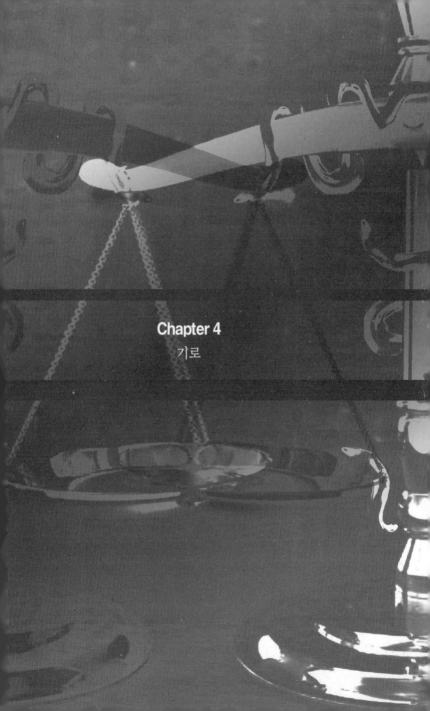

Chapter 4
기로

"그러니까 지금 이 기술도 김 사장님 기술이다, 이거죠?"

"그래. 약간 손을 대긴 했지만, 핵심적인 부분은 똑같다니까."

김 사장은 흥분해서 소리를 높였다. 새롭게 적용한 기술도 눈속임이라는 거였다. 교묘하게 조금 바꾸기는 했지만, 자신의 특허를 도용한 예전 기술과 별다를 게 없다는 게 김 사장의 주장이었다.

거현그룹의 속셈이 뻔히 보였다. 사실 이 기술을 언제부터 적용했는지도 불분명했다. 자기들 말로는 김 사장이 고소하기 6개월 이전부터 이 기술로 바꾸었다고 하는데, 그건 어디까지나 자기들 말 아닌가.

"뭐, 서류상으로야 그렇게 해놨겠죠. 방법은 두 가지인데……."

"두 가지?"

"예, 한 가지는 이 기술도 김 사장님의 특허를 침해했다는 걸 밝히는 거고, 다른 한 가지는 고소를 하기 6개월 전에 이 기술을 적용한 게 아니라는 밝히는 거죠. 둘 다 해도 상관없고요."

김 사장은 둘 다 밝혀달라고 했다. 하지만 혁민의 생각은 조금 달랐다.

"할 수는 있지만, 첫 번째는 시간이 너무 오래 걸립니다. 생각해 보세요. 이게 또다시 소송해서 판결이 나오려면 시간이 얼마나 걸릴 것 같습니까? 상대는 그런 걸 생각하고 이런 식으로 나오는 거예요."

시간만 끌면 무조건 이긴다. 시간이 흐르면 중소기업은 어차피 엎어질 수밖에 없다. 그러면 모든 문제는 해결된다. 이런 게 대기업 마인드다. 그래서 모든 법적인 방법을 동원해서 시간을 질질 끈다.

"그러니까 두 번째가 좋을 것 같습니다. 분명히 6개월 이전에 새로운 기술을 제품에 적용한 건 아닐 거거든요. 그랬으면 아예 처음부터 그렇다고 나왔어야죠."

"그렇지. 내가 특허법 위반으로 고소했을 때, 아예 그렇게 나왔겠지. 그러니까 나중에 조작하고 말을 맞춘 걸 거야. 가만. 그러면 그 시기에 출고된 기기를 찾아야 하나? 자기들이 6개월

이전부터 새로운 기술을 적용했다고 했으니까 말이야."

김 사장은 거현그룹에서 이야기한 시기 직후에 출시된 제품을 찾아보자고 했다. 직후에 출시된 제품 중에서 예전 기술이 그대로 적용된 기기가 있으면 상대가 거짓말을 하고 있다는 게 증명이 되는 거니까.

"공장에서 출고된 시기를 확인하는 게 문제겠군요."

핸드폰이 언제 출고가 되었는지는 알 수 없으니 찾기가 쉽지는 않을 것 같았다. 생산한 곳에서 그런 정보를 알아내야 하는데, 상대가 미치지 않고서야 그런 정보를 알려줄 리가 있겠는가.

"기기도 기기지만 AS 센터 쪽도 좀 알아보는 게 좋겠습니다."

"센터?"

"다른 데야 손을 써놨을 것 같은데 수리를 하는 AS 센터 쪽은 아무래도 신경을 덜 썼을 것 같아서요. 거기서 수리를 한 내용이라든가 뭐 여러 가지 뒤져 보면 쓸 만한 게 나올 수도 있으니까요."

"오, 그거 괜찮은 생각이야. 아무래도 수리를 하려면 기기와 거기에 적용된 기술 관련된 정보를 가지고 있어야 하니까."

김 사장과 혁민은 각자 나누어 조사하기로 했다. 김 사장은 기기와 거기에 적용된 기술을 중심으로, 혁민은 AS 센터를 중심으로.

혁민이 증거를 모으기 위해서 바쁘게 움직이는 동안 조 이사도 놀고만 있지는 않았다. 법무팀과 윤 부장에게 채찍과 당근을 번갈아 주면서 하루라도 빨리 일을 마무리하고자 애썼다.

"윤 부장. 이런 거 한번 터지면 끝장인 거 알지?"

"알고 있습니다."

윤 부장은 고개를 조아리면서 대답했다. 조 이사는 그런 윤 부장을 다독이면서 말했다.

"신의나 믿음 같은 거 이야기 많이 하는데, 웃기는 소리지."

조 이사는 피식 웃고는 말을 이었다.

"어떻게 신의나 믿음 같은 관념적인 개념을 가지고 사업을 하나. 그랬다가는 망하기 딱 좋아. 자네도 그렇게 생각하지?"

"이상적인 얘기 아닙니까. 현실과는 맞지 않습니다."

윤 부장의 말에 조 이사는 고개를 주억거렸다.

"그런 듣기 좋은 말은 교과서나 애들 동화책에나 있는 거지. 어차피 이 바닥은 정글이야. 먹고 먹히는 정글. 이런 바닥에서 우습게 보이면 어떻게 될 것 같아? 아마 사방에서 달려들어서 물어뜯겠지."

윤 부장도 동의할 수밖에 없었다. 어차피 더러운 판이다. 깨끗하고 정직하고 원리 원칙 지키고. 누군 그러고 싶지 않아서 더러운 수작 부리면서 이러고 있겠는가. 그러지 않으면 살아남을 수가 없다.

그런 사람들은 모두 손해 보고 망한다. 신의나 믿음 같은 건 힘 있는 사람이 대외적으로 보여주고 싶을 때나 하는 거다. 나는 이런 훌륭한 사람이다. 우리 회사는 이렇게 좋은 회사다. 그런 걸 보여주려고 생색내기용으로 한다.

'기업 대부분이 그렇다고 봐야지.'

그게 어디 기업뿐이랴. 사람도 마찬가지다. 조 이사만 봐도 그렇지 않은가. 가끔 협력 업체와 상생을 도모한다고 하면서 무언가를 할 때가 있다. 그럴 때는 다 이유가 있다. 정부 시책이 내려오거나 대외적으로 이미지 관리가 필요할 때.

그 짧은 순간을 제외하고는 조 이사는 야수다. 사냥감을 노리고 눈을 번득이는 야수. 조금이라도 허점이나 약점을 보이면 바로 달려들어서 목덜미를 물어뜯는다.

'그게 후계자로 이름이 오르내리는 이유.'

정직하고 올곧은 사람. 진실하고 교활하지 않은 사람. 그런 사람은 후계자 탈락 1순위다. 최고 결정권자는 어떻게든 살아남아서 위에 오를 수 있는 그런 사람을 더 높게 평가한다.

"그러니 이번 일을 잘 처리해야 해. 그래서 말인데……."

조 이사는 은근한 표정으로 윤 부장에게 말했다.

"그 변호사 말이야."

"정혁민 변호사 말씀하시는 겁니까?"

"그래. 정 변호사. 자네가 그 사람을 한번 만나보는 게 어떤가?"

"변호사를요?"

조 이사는 넌지시 눈치를 주었다.

"그래. 우리 법무팀에 그런 유능한 인재가 있으면 도움이 될 거 아닌가. 물론 이런 사건을 맡았었는데, 바로 들어오는 건 모양새도 좋지 않지. 하지만 대충 1년 정도 지나고 자연스럽게 합류하면 문제가 없을 거 아닌가."

"그렇긴 합니다만……."

"나이야 좀 어리지만 그게 대순가. 어차피 실력이야. 그 정도 실력이면 돈은 얼마든지 줘도 상관없어. 자리야 연공서열을 완전히 무시할 수도 없으니 너무 고위직은 힘들겠지만."

조 이사는 수억 원의 연봉을 보장하고서라도 끌어들이라고 이야기했다. 하지만 윤 부장은 어쩐지 그런 것 가지고는 잘 통할 것 같지 않았다.

"돈 싫다는 놈 있어? 내가 가지고 있는 주식도 일부 넘겨줄 수 있으니까 이야기를 잘해보라고."

조 이사는 이번 사건에 상당한 부담감을 느끼고 있는 모양이었다. 그렇지 않았다면 이런 식의 제안까지는 하지 않았을 테니까.

'태양광 쪽 사업이 잘나가서 그런가?

태양광 사업부를 총괄하는 조 이사의 형이 근래 갑자기 더 주목을 받고 있었다. 태양광 산업이 차세대 동력원이 될 거라는 이야기가 나오고 실적도 엄청나게 좋아졌기 때문이었다. 그리고 전문가들이 이야기하는 전망도 밝았고.

당연히 조 이사는 다급해질 수밖에. 경쟁자는 승승장구하고 있는데, 자신은 소송에 발목을 잡혀 있으니까.

"그럼 제가 한번 만나보겠습니다."

"그래. 윤 부장이 잘해보라고. 내가 사장이 되면 누구를 내 곁에 두겠나. 윤 부장 같은 사람을 둘 거 아닌가. 그러니까 이 번에 애를 좀 써주게."

"알겠습니다. 최선을 다하겠습니다."

"어허. 내가 최선 이런 말 별로 안 좋아하는 거 알지 않나. 최선을 다하지 않아도 좋으니까 결과만 제대로 내라고. 그러 면 되는 거야. 그리고 내가 직접 만날 수 있게 자리를 만들게."

조 이사는 싱긋 웃으면서 말했다. 하지만 윤 부장은 조 이사 가 표정과는 달리 무척 조급해하고 있다는 사실을 알 수 있었다. 조 이사는 이렇게 직접 움직이는 걸 좋아하는 타입이 아니었다.

그런데도 이렇게 직접 움직이겠다는 건 그만큼 심리적인 여 유가 없다는 거였다. 윤 부장은 이번 일을 잘 해결하면 신임을 상당히 받을 수 있겠다고 생각했다. 하지만 모든 일에는 반대 급부가 있는 법. 만약 상황이 좋지 않게 흐르면 그만큼 위험할 수도 있겠다는 생각이 동시에 들었다.

'지금이 내 인생의 기로인가?'

*　　　*　　　*

"이거 이렇게 와주셔서 감사합니다."

윤 부장은 자리에서 일어서서 깍듯이 인사했다. 조 이사는 일어서서 손을 내밀었다. 하지만 혁민은 악수 대신 외투를 벗 어서 옷걸이에 걸면서 중얼거렸다.

"아니 뭐 볼 거 있다고 만나자고 하셨습니까. 서로 기분 좋게 이야기 나눌 사이는 아닌 것 같은데……."

혁민은 툴툴댔지만, 윤 부장은 왜 그러시냐면서 자리에 앉기를 권했다. 혁민이 좌식 의자에 앉자 윤 부장은 마담을 불렀다. 한복을 곱게 입은 마담이 들어왔는데, 사르륵 하고 한복이 끌리는 소리가 났다.

"마담. 손님 오셨으니 들어오지?"

"예. 애들은 어떻게 할까요?"

"얘기 나눌 게 있으니까 나중에."

"예. 그러죠."

미리 준비가 된 것인지 마담이 나가자 바로 음식상이 들어왔다. 그냥 보기에도 '나 비싸다'라고 말하는 것 같은 음식들이 놓여 있었다.

"입맛에 맞으실지 모르겠습니다."

"글쎄요. 초딩 입맛이라서… 라면에 쏘세지 몇 개 넣어서 먹는 게 제일인데……."

혁민은 계속해서 신경을 건드리는 말을 했지만, 윤 부장의 표정은 한결같았다. 성격 지랄 맞은 조 이사의 수발도 드는 그였는데, 이 정도가 대수겠는가. 하지만 조 이사의 표정은 썩 좋지 않았다.

윤 부장은 자신과 조 이사를 소개하고는 혁민을 한번 만나고 싶었다고 이야기했다. 그리고 아주 일상적인 이야기를 했다. 사건과 관련된 이야기는 전혀 하지 않았고, 조 이사도 인사

치레 같은 이야기만 조금 거들었다.

"법조계에서도 꽤 유명하시더군요. 사법시험 차석에 사법연수원 수석을 하셨고…….."

"대충 배는 채웠으니 슬슬 진도 나가죠. 이러다가는 초등학교 때 반장 한 얘기까지 나오겠네."

"하하. 그럴 리가요. 뭐, 좋습니다."

윤 부장은 몸을 앞으로 조금 당기면서 이야기했다.

"잘 아시겠지만, 거현 법무팀이 일이 좀 많습니다."

"그럴 것 같네요. 이번 일 같은 케이스가 한두 건이 아니니까……."

"하하. 뭐, 일이란 게 어디 좋은 일만 있겠습니까. 험한 길을 걷다 보면 먼지도 묻고 진흙도 묻고 그러는 법이죠."

윤 부장은 여전히 허허 웃으면서 말을 이었다.

"솔직하게 말씀드리죠. 변호사님 실력에 감탄했습니다. 법무팀에서도 그러더군요. 대형 로펌에서도 이 정도 실력의 변호사는 찾기 힘들 거라고요. 그래서 말인데……."

잠시 뜸을 들인 윤 부장은 은근한 말투로 말했다.

"정 변호사님을 스카웃하고 싶습니다. 물론 지금이 아니라 1년 정도 지나서요. 이렇게 사건으로 만났지만, 계속 적일 이유는 없지 않겠습니까."

그리고 조건을 제시했는데, 어지간한 대형 로펌에서도 제시하기 어려운 조건이었다. 수억 원의 연봉을 보장하는 건 물론이고, 사건을 해결할 때마다 인센티브까지 보장하는 조건이었다.

조 이사도 거들었다. 거기다가 거현그룹의 알짜배기 주식을 주겠다는 말을 한 것이다. 그것만 해도 수억 원의 가치는 있었다.

"이야. 이거 구미가 당기지 않는다고 하면 거짓말이겠네요. 눈앞에 돈이 몇억 원이 왔다 갔다 하니까 기분이 묘한데요?"

윤 부장은 쉽지 않겠다는 생각이 들었다. 이런 식으로 천연덕스럽게 돈 이야기를 하는 사람은 그 돈에 넘어가지 않는다.

그러자 조 이사가 입을 열었다.

"거현그룹 법무팀이라고 하면 어지간한 로펌보다 나을 겁니다. 대우는 생각하는 거 이상일 겁니다."

"글쎄요. 생각이 많지 않은 스타일이라서. 생각하는 것보다는 팩트와 증거를 바탕으로 사실관계를 재구성하는 걸 좋아하거든요."

혁민은 씨익 웃으면서 말했다. 타협을 할 생각이 없다는 말. 분위기가 좋지 않자 윤 부장이 얼른 말을 받았다.

"원하시는 조건이 있으시면 얘기를 하시지요. 최대한 맞추어 드리겠습니다."

"조건이라……."

혁민은 좌식 의자에 등을 기대면서 느긋한 표정으로 조 이사와 윤 부장을 쳐다보았다.

'급했군. 뭔가 다른 이유가 있는 모양이지?'

일반적이지 않은 상황이 벌어진다는 건 무슨 이유가 있다는 뜻이다. 이런 식으로 나오리라는 건 어느 정도는 예상하고 있었다. 하지만 자신이 생각한 것보다 조건이 훨씬 좋았다.

'이렇게 해서라도 빨리 마무리를 하고 싶다는 뜻인데…….'

혁민이 대답을 하지 않자 윤 부장이 슬그머니 물어왔다.

"부담 갖지 마시고 얘기하시지요."

"뭐, 부담 같은 건 잘 느끼는 캐릭터가 아니라서……."

혁민이 계속 틱틱대자 조 이사가 참지 못하고 말했다.

"거현으로 오시죠. 사람들이 왜 거현그룹, 거현그룹 이렇게 말하는지 아시게 될 겁니다."

조 이사의 말에는 자부심이 가득 들어 있었다. 업계 최고의 대우를 해주겠다는 말도 덧붙였다. 이제 30대 초반의 변호사에게 그런 제안을 한다는 건 무척이나 파격적인 일이었다. 하지만 혁민은 여전히 시큰둥한 표정이었다.

"에이, 어떻게 사자가 하이에나 무리에 들어갑니까."

조 이사의 표정이 꽉 일그러졌다. 너희는 썩은 고기 먹는 하이에나 같은 집단 아니냐고 욕을 했으니 그룹에 대한 자부심이 가득한 조 이사에게는 엄청난 모욕이었다.

"자네. 말은 항상 조심해야 하는 거야. 혀는 자기 목을 베는 칼이라고 했어!"

조 이사는 언짢다는 마음을 그대로 드러내면서 강한 어조로 말했다. 하지만 혁민은 코웃음 치면서 답했다.

"입은 화를 불러오는 문이고, 혀는 목을 베는 칼이다. 좋은 말이죠."

혁민은 조 이사를 쳐다보면서 이야기했다.

"그런데 아십니까? 그거 연산군이 한 말이라는 거. 제가 국사 공부를 그렇게 열심히 한 편이 아니라서 정확하게는 모르는데, 연산군이 말로가 별로 좋지를 않았죠? 윤 부장님, 그렇죠?"

조 이사는 그 말을 듣고는 얼굴이 시뻘게졌고, 윤 부장은 당황해서 안절부절못했다.

혁민은 느긋한 얼굴로 중얼거렸다.

"쫓겨났던가? 높은 자리에 있다가 그렇게 쫓겨나고 그러면 박탈감이 더 심했을 건데……."

그 말을 들은 조 이사의 얼굴은 더욱더 시뻘게졌다.

＊　　　＊　　　＊

조 이사와 만났던 이야기를 전해 들은 김 사장은 박장대소를 했다. 하지만 이내 걱정이 된다는 듯 물었다.

"저기, 통쾌하기는 한데… 괜찮나? 상대방이 해코지라도 하지 않을까?"

"그러면 그 증거 잡아서 법정에 세우면 되죠. 그리고 상대가 흥분해서 움직이면 좋지요. 그렇게 움직이다 보면 실수가 나오는 법이거든요."

김 사장은 정혁민의 표정을 보고, 그가 일부러 상대를 도발한다는 걸 알 수 있었다. 조금이라도 유리한 상황을 만들기 위해서 펼치는 일종의 작전.

'하기야 흥분해서 급하게 움직이다 보면 허점이 드러나기

쉽기는 하지.'

적당한 흥분은 전투력을 상승시키긴 하지만, 그만큼 수비를 도외시하게 한다. 그만큼 위험하기도 하지만, 위기는 곧 기회. 그렇게 흔들기라도 하지 많으면 승리를 장담하기 어려운 상대다. 체급 차이가 일단 어마어마하니까. 플라이급과 헤비급의 경기 아닌가.

"조금이라도 이길 확률을 높여가야죠. 가만히 있으면 승리가 저절로 굴러떨어진답니까. 그러니까 뭐라도 해야죠."

김 사장은 고개를 끄덕였다. 혁민이 하는 게 지금 상황에서는 그나마 최선이라는 생각이 들어서였다. 그리고 혁민도 무턱대고 상대를 긁어대는 건 아니었다.

'마음으로야 나를 난도질하고 싶을지 몰라도 직접 손을 보는 건 쉽지 않지. 더구나 대기업 후계자로 이름이 오르내리는 사람이라면 더욱더.'

회사와 관련된 업무를 하다가 문제가 생기는 건 윗선에서도 그럴 수 있다고 생각하지만, 폭행과 같은 지저분한 일은 완전히 다른 이야기이다. 물론 들키지 않는다면 문제가 되지 않겠지만, 발각이라도 되는 날에는 후계 자리는 물 건너갈 수도 있다.

마음 같아서야 흠씬 두들겨 패주고 싶겠지만, 자신의 자리가 위태로워질 수도 있는 위험을 감수하면서까지 움직일 정도는 아니다. 혁민도 그런 걸 생각하면서 아슬아슬한 지점에서 줄타기하는 거였다.

하지만 김 사장은 혁민이 정말 대담하고 호기로운 사람이라고 생각하고 있었다.

"생각은 할 수 있을지 몰라도 그렇게 행동하기란 어려운 건데… 정말 대단허이… 정말로……."

"뭐 그런 거 가지고 그러십니까. 그건 그렇고. 혹시 뭐 좀 찾으셨어요?"

혁민의 말에 김 사장이 눈을 반짝이며 대답했다.

"계속 찾고 있는데 가능할 것 같아. 뭐 시중에 풀린 핸드폰 중에서 찾다 보면 결국은 나오게 되어 있으니까. AS 센터는 어때?"

"그게요, 그쪽에서도 아주 재미있는 게 나올 것 같아요."

혁민은 장난꾸러기 같은 표정을 하면서 말했다. 그리고 자신이 은밀하게 알아보니 분명히 그 시점에 새로운 기술을 적용한 건 아닌 것 같다고 말했다.

"기술자는 알고 있더라고요. 핸드폰 고치려면 기기에 관해서 잘 알고 있어야 하잖아요."

그리고 AS 센터는 조 이사가 관여하는 파트가 아니었다. 조 이사는 생산 관련해서만 책임지고 있고, AS 센터 쪽은 다른 이사의 관할이었다. 그래서인지 공장 쪽과는 분위기가 조금 달랐다.

공장에서는 정보를 얻기가 무척이나 어려웠는데, AS 센터 쪽에서는 정보를 얻기가 상대적으로 쉬웠다. 게다가 은근히 그런 걸 숨기지 않는 것 같다는 느낌마저 들었다.

"제가 알아보니까 라인이 다르더군요."

AS 센터를 관리하는 이사는 조 이사의 형 쪽 라인이었다. 태양광 사업으로 주가를 올리고 있는 조 이사의 형 말이다.

"그래도 조심하라고. 조 이사는 무척이나 잔인한 사람이야. 한번 손을 쓰면 정말 지독할 정도로 하는 사람이라고."

"그것도 들었죠. 그런데 말입니다……."

혁민은 슬며시 웃으면서 김 사장에게 말했다.

"조 이사가 왜 그렇게 잔인하게 행동하는 걸까요?"

"뭐? 글쎄? 흐음… 그거야 성품이 원래 그런 거 아닐까?"

김 사장은 그런 걸 왜 물어보는지 모르겠다는 표정으로 대답했다. 혁민은 여전히 빙긋 웃으면서 대답했다.

"잔인하다는 건 말입니다, 그건 두렵다는 겁니다."

혁민은 약해서 잔인해지는 거라고 말했다. 자신이 내쳐질 수도 있고, 쫓겨날 수도 있다는 공포. 그리고 임원들이나 간부들이 자신을 무시하고 자신의 말을 잘 따르지 않을 수도 있다는 공포.

"어려서부터 형과 비교되면서 커서 그랬겠죠. 자신은 뒤처져 있고, 형보다 못하다는 그런 생각. 그런 게 마음속에 그림자를 만들었을 테고요. 사나운 개는 시끄럽게 짖지 않거든요."

정말 사나운 개는 오히려 짖지 않는다. 결정적인 순간에 달려들어 목덜미를 물어뜯지. 시끄럽게 짖어대는 개는 오히려 두려워하고 있는 거다. 조 이사도 마찬가지다. 그래서 그런 걸

드러내지 않기 위해서 잔인해지는 거라고 했다.

"진짜로 자존감이 높은 사람은 여유만만하거든요. 항상 자신감이 넘치고 말이죠. 거현그룹의 조 회장이 그런 사람 아닙니까."

김 사장은 혁민의 이야기를 듣고 보니 그런 것 같기도 했다. 거현그룹의 조 회장은 거인이었다. 묵직하고 어떤 일이 있어도 흔들림이 없는 거목과도 같은 인물. 항상 여유가 넘치고 자존감이 강한 사람.

그에 비해서 조 이사는 그 정도는 아닌 것 같았다. 그러려고 노력은 하지만 아직 그런 정도는 되지 못한 인물처럼 느껴졌다. 그리고 돌이켜 생각해 보면 항상 조급하게 군다는 느낌도 있었고.

'정 변호사 말대로 그럴 수도 있겠어. 가만 그런데 정 변호사는 그런 걸 어떻게 아는 거지?'

이제 겨우 나이가 삼십 대 초반인 정 변호사가 하기에 좋은 이야기는 아닌 듯했다. 적어도 인생 경험이 풍부하고 혜안도 있는 오십 대 정도의 머리가 희끗희끗한 사람이 해야 어울릴 것 같은 그런 말이었다.

김 사장은 혁민은 보면 볼수록 알 수 없는 사람이라는 생각이 들었다. 그리고 나이는 삼십 대 초반이지만, 어떨 때는 자신보다 인생 선배 같다는 생각마저 들었다.

"그러니까 조 이사의 그런 면을 잘 이용하면 분명히 무슨 수가 생길 겁니다. 그런 걸 위해서라면 얼마든지 악당이 될 수 있죠. 뭐, 악당이 되는 게 대수겠습니까."

김 사장은 지금까지도 정말 혁민이 든든했지만, 오늘 이야기를 들으면서 그런 감정이 콘크리트처럼 단단해지는 걸 느꼈다. 이런 사람이라면 정말 믿을 수 있겠다는 느낌이 들었다. 김 사장은 흐뭇한 미소를 지으며 물었다.

"그래. 재미있는 게 나올 것 같다는 건 뭔가? 뭐 좋은 정보라도 얻은 겐가?"

"그런 건 아닌데요, 일단 기기를 얻으면 그때 얘기를 하죠. 사장님도 알고 나면 무척 재미있어할 겁니다."

혁민은 킥킥대며 웃었다.

*   *   *

"아니 뭐 그런 자식이 다 있어?"

조 이사는 혁민과 만난 것이 일주일도 넘었는데도 아직도 분을 삭이지 못하고 있었다.

"윤 부장, 안 그래? 아니 아무리 보이는 게 없어도 그렇지. 제까짓 게 말이야. 겨우 변호사 나부랭이가 어디서. 어우……."

윤 부장은 보고할 게 있어서 들어왔지만, 조 이사가 워낙 흥분한 상태라서 말을 하지 못하고 있었다.

"아니 알아보니까 그거 연산군이 한 말도 아니더만."

口是禍之門(구시화지문) 舌是斬身刀(설시참신도).

입은 재앙을 불러들이는 문이요, 혀는 자신의 몸을 베는 칼이다.

閉口深藏舌(폐구심장설) 安身處處牢(안신처처뢰).

입을 굳게 닫고 혀를 깊이 감추면 자신이 처신하는 곳마다 몸이 평
온할 것이다.

전당서(全唐書)의 설시편(舌詩編)에 나온 문구로 당나라 말
기의 정치가 풍도의 말이다. 그런데 연산군이 내시와 관리들의
목에 신언패라고 해서 이 문구가 적인 패를 걸고 다니게 했다.

조 이사는 씩씩댔지만, 윤 부장은 속으로 한숨을 내쉬었다.
누가 한 말이 뭐가 중요하겠는가. 정 변호사에게 완전히 놀림
감이 되었다는 사실이 중요한 거였다. 그리고 아직까지도 분
통이 터져서 이러고 있다는 게 중요한 거였고.

'형 때문에 그런지 조 이사가 조금 이상해졌어.'

평소에도 성격이 급한 그였지만, 이런 정도는 아니었다. 하지
만 요즘 행동하는 걸 보면 곁에서 보기가 불안할 지경이었다.

조 이사는 계속해서 짜증을 내다가 자리에 앉아서 윤 부장
을 보면서 말했다.

"그래. 할 얘기가 있다는 건 뭔데?"

"저기, 상황이 아주 곤란하게 됐습니다. 상대가 증거를 가지
고 고검에 항소했답니다."

"또 무슨 증거를?"

조 이사는 짜증을 냈다. 어지간하면 이 정도에서 멈춰야 하는데 상대는 정말 끈덕지게 물고 늘어졌다. 해봐야 소용없다는 걸 보여줬는데도 계속해서 덤벼드니 이제는 질릴 지경이었다.

"그게 증거가 좀……."

"뭔데? 빨리 얘기를 해보라고."

조 이사의 닦달에 윤 부장이 입을 열었다.

"검사가 날짜가 지났다는 걸 이유로 불기소했잖습니까."

"그렇지. 그 검사에 선을 대느라고 법무팀에서 신경을 좀 썼지."

"그런데 그게 말짱 도루묵이 되었습니다."

윤 부장은 김 사장이 새로운 기술을 적용했다고 한 날짜 직후에 출고된 기기를 구해서 거기에 적용된 기술이 새로운 기술이 아니라는 걸 확인받았다고 했다.

"그건 또 무슨 소리야? 설사 그런 걸 찾았다고 하더라도 그거야 그쪽에서 조작했다고 주장하면 그만이잖아."

조 이사는 시간만 계속 끌면 되는 거라고 말했다.

"그게 그렇게 간단하지가 않습니다."

윤 부장은 그걸 확인해 준 게 거현그룹의 AS 센터라고 말했다.

"뭐? 그건 또 무슨 개소리야? AS 센터 새끼들이 왜?"

"김 사장이 살짝 고장을 낸 다음에 AS 센터에 가서 수리를 받으면서 확인서를 받았답니다. 거기에 적용된 기술이 어떤 것인지 대해서요."

조 이사는 이해가 잘되지 않는다는 듯 물었다.

"뭐? 수리를 받으면서 뭘 해?"

"새로운 기술을 적용했다고 주장한 날짜 직후에 나온 기기를 구해서 확인을 받은 겁니다. 새로운 기술이 적용되지 않았다는 사실을 말입니다."

AS 센터에서야 있는 그대로 확인서를 써준 것밖에는 없다. AS 센터에는 각 기종에 관한 상세한 정보가 있었다. 당연하지 않겠는가. 고치려면 그런 걸 알아야 하니까. 그래서 확인서를 써주었다. 며칠에 출고된 기기에 어떤 기술이 적용되어 있는지를. 가지고 있는 매뉴얼에 나와 있는 대로.

그리고 김 사장은 여러 대의 기기를 다른 AS 센터를 돌면서 확인을 받았다. 그래서 반박을 하기가 어려웠다. 거현그룹의 AS 센터에서 직접 써준 확인서였으니까.

"허, 이거 참."

조 이사는 어처구니가 없었다. 그리고 이번에는 문제를 해결하기가 쉽지 않겠다고 생각했다.

"법무팀에서는 뭐래? 앞으로 어떻게 된다고 해?"

"아무래도 재기수사명령이 떨어질 것 같답니다."

"재기수사? 그러니까 검찰에서 수사를 다시 시작한다는 거지?"

"예, 그렇습니다. 증거가 워낙 확실해서 어쩔 수가 없답니다."

조 이사는 골치가 아프다는 듯 머리를 짚었다. 그러다가 고개를 들면서 물었다.

"이번 거는 어떻게 손을 쓸 수가 없는 건가?"

"법무팀 의견으로는 어쩔 수가 없답니다. 방법을 찾아보겠다고는 했지만, 저번처럼 아예 엎어버리는 건 어려울 거랍니다."

증거가 워낙 확실하니 어떻게 손을 쓸 수가 없는 것이다. 조 이사도 상대가 그룹의 AS 센터를 이용해서 이런 식으로 나오리라고는 생각도 못 했다는 듯 아주 난처한 표정이었다.

그룹에서 발급한 확인서이니 그게 잘못된 거라고 우기기도 쉽지 않았다. 그렇게 되면 거현그룹의 AS 센터는 엉터리라는 말이 되는 거니까. 그것도 하나면 직원의 실수라고 할 수도 있는데, 한 곳도 아니고 여러 곳에서 받은 거 아닌가.

"미치겠구만. 정말 지긋지긋한 놈들이야. 특히 그 새끼는 입만 지랄 맞은 게 아니라 아주 악질이구만, 악질."

조 이사가 보기에는 혁민은 악질 중에서도 악질이었다. 그리고 여기까지 몰리다 보니 슬슬 걱정이 되기 시작했다. 하지만 크게 걱정하지는 않았다. 최악의 경우에 해결하는 방법이 또 있었으니까.

"일단은 방법을 찾아보라고 해. 그리고 윤 부장!"

"예, 이사님."

"자네가 책임자로 해서 소송에 대비하는 걸로 하자고."

"예?"

윤 부장은 화들짝 놀랐다. 이 사건의 책임자는 조 이사였기 때문이었다.

"왜 그렇게 놀라지? 이 부분 실무 책임자는 윤 부장 자네잖아."

"그렇기는 합니다만……."

윤 부장은 말을 끌었다. 억울했으니까. 실무 책임자야 윤 부장이었다. 하지만 모든 일은 조 이사가 명령을 내린 거였다. 그런데 문제가 생길 것 같자 자신은 쏙 빠지고 윤 부장에게 책임을 전가하려는 거였다.

"이봐. 어차피 법무팀에서 신경 쓰면 집행유예로 해결될 거야. 그리고 설사 형을 받는다고 해도 그냥 몇 개월 정도일 거라고. 별거 아니야."

윤 부장은 속으로 중얼거렸다.

'별거 아니면 니가 가든가.'

하지만 겉으로는 그저 말을 듣고만 있었다.

"그렇게 준비하도록 해. 그리고 내가 이번 일은 잘 기억해둘 테니 걱정하지 말고."

조 이사는 자신이 사장이 되면 자신의 옆자리는 윤 부장의 것이 될 거라면서 다독였다. 하지만 윤 부장은 일이 그렇게 되지 않을 거라고 생각했다.

조 이사는 사장이 되면 더 높은 자리를 위해서 자신의 주변을 개편할 확률이 높았다. 이런 일을 마음에 담아두고 있다가 챙겨주고 그러는 인물이 아니었다. 하지만 그렇다고 지금 조 이사에게 밉보일 수는 없는 일이다.

그랬다가는 조 이사의 성격상 아주 잔인하게 내쳐질 테니까.

회사에서 쫓겨나는 건 물론이고 재취업도 못 하게 될 것이다.

"알겠습니다."

윤 부장은 마음에도 없는 말을 하고는 방에서 나왔다. 윤 부장은 모래를 씹은 것같이 입안이 텁텁하다는 생각이 들었다.

"황사라도 온 거야? 입안이 왜 이렇게 꺼끌꺼끌해?"

윤 부장은 짜증을 내면서 소리쳤고, 지나가던 직원들은 윤 부장의 눈치를 살피면서 구석으로 걸었다. 하지만 소리를 질러도 벽을 발로 차도 윤 부장의 가슴은 개운해지지 않았다.

"씨발, 하여간 중국이 문제야. 황사하고 미세 먼지 같은 지저분한 거나 다른 나라에 보내고 말이야. 문제가 있으면 해결할 생각을 해야지. 힘 좀 있다고 다른 나라는 아예 눈에 보이지도 않고 말이야."

윤 부장은 짜증을 내면서 공연히 애꿎은 기둥만 손으로 때렸다. 하지만 자신의 손만 아플 뿐이었다.

*　　　*　　　*

윤 부장은 핸드폰 사업부 실무자 중에서도 가장 파워가 있는 실무자였다. 실무 경력도 가장 많은 데다가, 핸드폰 사업부를 책임지고 있는 조 이사의 직속 라인이었으니까 당연한 거였다. 그래서 하청업체의 접대도 많이 받았다.

하청업체는 항상 어떻게 해야 납품을 할 수 있을까, 납품하고 있다면 어떻게 해야 조금이라도 더 좋은 조건으로 계속해서 납품할 수 있을까를 고민한다. 그렇다고 납품을 하는 중소기업이 돈이 넘쳐 나겠는가. 이 사람 저 사람 전부 찔러볼 수는 없다.

그러니 누구에게 줄을 대야 하는지 항상 촉각을 곤두세운다. 그리고 지금 하청업체의 더듬이가 가장 많이 향한 곳은 바로 윤 부장이었다.

"아이고, 부장님 한 잔 받으시죠."

머리가 허연 중소기업의 사장이 윤 부장에게 술을 따랐다. 조 이사와 직접 관계를 맺으면 더 좋겠지만, 조 이사는 하청업체 사람들은 얼굴을 본 적도 없다. 아예 만나주지를 않는다.

그래서 하청업체에서는 조 이사를 구름 위의 존재나 유니콘이라고 말한다. 실재한다고 알려져는 있는데, 본 사람은 없는 그런 존재. 그래서 업체들은 윤 부장에게 목을 맨다. 만날 수있는 사람 중에 그가 가장 힘이 있는 사람이었으니까.

"안주도 좀 드시죠."

사장이 눈짓하자 마담이 멍게를 집어 들고 윤 부장의 입가로 가져갔다. 바닷가 출신인 윤 부장이 가장 좋아하는 안주가 바로 멍게였다. 그래서 윤 부장을 접대할 때는 항상 멍게를 준비한다.

룸살롱에 무슨 멍게가 있겠는가. 하지만 윤 부장이라는 갑을 접대하는 자리. 그가 원하는 거라면 멍게가 아니라 고래 고기라도 구해다가 준비해 놓아야 한다.

멍게도 윤 부장과 이야기를 하다가 나온 말을 사장이 기억하고 있다가 그다음 접대 자리부터 준비한 것이다. 그 덕에 그 이후로 납품 관련해서 상당히 편해졌음은 물론이고.

"어떻게, 아가씨를 부를까요?"

마담의 말에 하청업체 사장은 윤 부장의 눈치를 살폈다. 어차피 윤 부장의 기분을 맞추어주려고 마련한 자리다. 그가 원하는 대로 해주어야 한다.

그리고 윤 부장은 여자는 그다지 밝히지 않았다. 업체들끼리 정보를 공유하는데, 2차를 나간 적이 한 번도 없다고 하는 것만 봐도 알 수 있었다.

"지금은 그냥 얘기나 더 하지."

"부장님은 너무 점잖으신 것 같아요."

"그런가?"

마담이 살짝 콧소리를 내면서 말하자 윤 부장은 피식 웃으면서 대답했다.

"그럼요 보통 이런 데 오시면 다들 좀 흐트러지시는데, 부장님은 한 번도 그러지 않으시잖아요. 아가씨가 옆에 앉아도 그냥 얘기만 하시고."

"요즘이야 그런 사람이 어디 있나. 때가 어느 땐데."

그랬다는 게 조 이사의 귀에 들어갔다가는 당장 큰일이 날 것이다. 잘리는 것까지는 아니겠지만, 좌천을 당할 확률이 높았다.

후계자가 되는 것에 목을 맨 조 이사다. 아랫사람 관리에도 무척 신경을 썼다. 그렇다고 접대를 전혀 못 받게 하지는 않는다. 하청업체 관리를 위해서도 이런 자리가 필요하다는 걸 알고 있으니까. 그렇지 않으면 하청업체가 어려워하지를 않는다고 생각하는 것이다.

그래서 적당한 선까지는 접대를 용인해 주었고, 그 선이 어디까지인지 윤 부장은 잘 알고 있었다.

'뒷돈 같은 거 받았다가는 당장 사표 써야지.'

직접 돈을 받으면 안 된다. 물론 걸리지 않으면 되지만, 그게 어디 쉬운 일인가. 이런 일은 어떻게든 이야기가 돌게 되어 있다. 대신 이런 술자리나 골프 같은 걸 같이 하는 정도는 괜찮았다.

"어떻게 이번 설날에 LA에 한번 다녀오시겠습니까?"

사장이 은근한 말투로 이야기했다. LA는 윤 부장의 아내와 아이들이 있는 곳이다.

"그러고 보니 애들 본 지도 좀 되긴 했는데……."

윤 부장은 기러기 아빠다. 애들은 공부하러 미국에 가 있고, 아내는 애들 뒷바라지한다며 애들과 같이 있다. 그래도 돈이 그렇게 많이 들지는 않는다. 거주하고 있는 아파트 임대료를 지금 같이 있는 업체 사장이 대주고 있기 때문이었다.

그리고 필요한 다른 비용도 다른 업체가 나누어서 대주고 있다. 요즘은 접대를 이런 식으로 한다. 바로 돈이 오가면 문제가 될 확률이 높으니 금전적인 부분은 외국에서 많이 이루어진다.

외국 여행이나 이런 식으로 외국에 나가 있는 가족에게 편의를 제공하는 식으로 말이다. 당연히 자금은 불법적으로 조성한다. 주로 수입단가 부풀리기 같은 걸 통해서 하는데, 예를 들면 100달러짜리 물건을 120달러에 수입하는 식이다.

20달러 중에서 2달러 정도는 수수료로 떼어 주고 나머지 금액은 현지 비자금이 되는 것이다. 그리고 그런 자금은 각종 로비에 사용된다. 그 덕에 윤 부장의 가족도 여유 있는 외국 생활을 하고 있었다.

"아니야. 올해는 일이 많아서 아무래도 어렵겠어……."

김 사장의 소송 관련해서 어떤 일이 벌어질지 모른다. 그러니 그 문제가 해결될 때까지는 자리를 비우기 어려울 듯했다. 윤 부장은 입맛이 썼다. 이래저래 바빠서 애들을 만나지 못한 게 2년 가까이 되어가니까.

"혹시라도 시간이 되실 것 같으면 언질을 주시면 됩니다. 그러면 미리 다 준비를 해놓겠습니다."

"알았어요. 뭐, 그런 이야기는 그만하고 술이나 마십시다."

마담과 하청업체 사장은 오늘따라 윤 부장이 힘이 없어 보인다고 느꼈다.

"어디 불편한 데라도 있으세요? 오늘따라 피곤해 보이세요."

"어? 아니… 그냥 신경 쓸 게 많아서……."

사장은 아무래도 이렇게 있는 것보다는 젊은 아가씨라도 들어와서 분위기를 띄우는 게 좋을 것 같다고 생각했다. 그래서 마담에게 눈치를 주었다.

"부장님, 저기 정말 괜찮은 애가 있는데 얼굴이라도 한번 보세요. 붙임성도 있고 애교도 있어서 아마 부장님도 좋아하실 거예요."

마담은 보시고 마음에 들지 않으면 그냥 보내면 된다면서 분위기를 잡았다. 윤 부장은 술을 한 잔 입에 털어 넣고는 그러라고 했고. 마담이 잠깐 나간 사이에 사장이 봉투 하나를 내밀었다.

"부장님, 이거 디너쇼 티켓인데……."

윤 부장은 자연스럽게 봉투를 받았다. 어머님이 좋아하시는 원로 가수의 디너쇼 티켓일 것이다. 슬쩍 보니 20만 원 정도 하는 티켓 두 장.

"어머님이 좋아하시겠군……."

"부장님이 부모님 생각하는 마음이야 다 아는 거 아닙니까. 일 때문에 경황이 없으셔서 이런 거 준비하실 시간이 없으신 것뿐이죠. 그래서 저희가 대신 준비하는 것뿐입니다."

사장의 말에 윤 부장은 슬며시 웃었다. 아부라는 걸 알면서도 기분이 나쁘지는 않았다. 윤 부장이 술을 좋아하는 것도 있었지만, 사실은 스트레스를 풀러 이런 자리에 오는 것도 있었다.

이런 자리에 오면 모든 사람이 자신의 비위를 맞추기 위해서 노력했다. 그런 상황 자체가 즐거웠다. 회사에서는 항상 조 이사의 비위를 맞추기 위해서 전전긍긍하다가 정말 마음 편하게 상대의 말과 행동을 그냥 즐기기만 하면 되었으니까.

그리고 여기서 사람들이 하는 말이나 행동을 보고 있다가 쓸 만하다 싶은 게 있으면 조 이사에게 써먹기도 했다. 자신도 살아남으려면 비위를 잘 맞추어야 했으니까.

"부장님, 어떠세요?"

문이 열리고 마담이 아가씨 한 명과 들어왔다. 겉으로 보기에는 이십 대 중반 정도? 늘씬하고 볼륨 있는 몸매에 앳된 얼굴을 하고 있었다. 흔히 이야기하는 베이글녀. 하지만 윤 부장은 조금 부담스러웠다.

나이가 오십이 넘어가면서 점점 고개 숙인 남자가 되었다. 그만큼 자신감도 떨어졌다. 그리고 그런 사실을 다른 사람들이 알게 되는 게 싫었다. 어떤 남자가 그런 사실을 사람들에게 알리고 싶겠는가. 그래서 2차를 나가지 않는 거였다.

"괜찮네."

하지만 그렇다고 마냥 저런 아가씨를 멀리하는 것도 이상한 일이다. 그래서 그냥 앉혀놓고 이야기만 했다. 젠틀하고 가정적이라는 이미지로 자신을 포장하면서.

윤 부장은 가끔 생각했다. 자신이 조 이사와 같은 자리에 있다면 또 몰랐을 것이라고. 만약 그런 확고한 위치에 있다면, 몸이 조금 그렇다고 하더라도 자신감이 넘치고 화끈하게 놀 수도 있을 것 같았다.

하지만 자신도 언제 어떻게 될지 모르는 불안한 위치. 하청업체 사람들이야 대단하다고 떠받들어 주지만, 자신도 그렇게 안전하고 좋은 자리에 있는 건 아니었다. 그리고 보니 자신도 이들과 별반 다를 게 없다는 생각이 들었다.

'어차피 여기 있는 사람들도 자기들한테 납품하는 업체 사람들 만나면 나같이 굴겠지?'

그런 업체가 없더라도 자신이 사는 아파트 경비원이나 택배 기사에게 갑질을 할 테고. 다들 갑이라고 욕하고 살지만, 자신이 그런 자리에 있으면 갑이 되고자 하는 게 사람 아니겠는가.

그런 생각을 하는 사이에 윤 부장의 옆에 아가씨가 생글거리면서 와서 앉았다. 그러자 사장과 같이 온 하청업체 직원 옆에도 아가씨들이 붙었다.

"자, 한잔하지."

윤 부장의 이야기에 실내에 있는 사람이 모두 잔을 들었다. 그리고 하청업체 사람들과 아가씨들이 분위기를 띄우기 위해서 노래도 부르고 아부도 떨었다. 윤 부장은 자연스럽게 그런 상황을 즐겼다.

"부장님이 실세 아니십니까. 저희는 부장님만 믿고 있습니다."

"맞습니다. 부장님이 모든 걸 결정하신다고 해도 과언은 아니지 않습니까."

하청업체 사람들이 윤 부장을 붕붕 띄웠다. 하지만 윤 부장은 어쩐지 그 말이 거슬렸다.

"무슨. 내가 어디 그럴 위치에 있나. 결정은 윗선에서 다 하는 거지."

"아이고, 무슨 말씀을 그렇게 겸손하게 하십니까. 위에서야 도장만 찍는 거지 사실상 부장님이 다 결정하신다는 거 사람들이 다 알고 있습니다."

하청업체 임원이 윤 부장이야말로 실세라고 치켜세웠지만, 윤 부장의 표정은 점점 일그러졌다.

"아니라니까 그러네. 나는 결정하는 게 없어요. 다 이사님이 하는 거라니까."

아마도 술이 적당히 들어가지 않았다면 무언가 이상하다는 걸 느꼈을 것이다. 그리고 노래가 시끄럽지만 않았어도 윤 부장의 상태가 평소와는 다르다는 걸 알아챌 수 있었을 것이다. 하지만 술도 이미 충분히 마셨고, 룸 안은 무척이나 시끄러웠다.

"부장님. 아닙니다. 부장님이 실권자 아닙니까. 부장님이야말로 결정권자라고 해도……."

"아니야!! 아니라고!!!"

윤 부장은 갑자기 소리를 질렀다.

"내가 몇 번을 말해? 아니라고 했잖아!!!"

사장은 재빨리 노래를 끊었고, 룸 안에는 적막이 흘렀다. 사장은 손짓으로 얼른 사람들을 내보냈다. 사람들이 나가자 사장은 윤 부장에게 고개를 숙이면서 말했다.

"혹시 저희가 무슨 실수라도 한 게 있으면 사과드리겠습니다. 뭐가 잘못된 건지 말씀해 주시면 제가 단단히 주의를 주겠습니다."

윤 부장은 그냥 한숨만 내쉬었다. 사장은 계속 머리를 조아리고 있었고. 윤 부장은 잠시 그러고 있다가 입을 열었다. 그의 입에서는 힘없는 목소리가 흘러나왔다.

"내가 오늘 좀 취한 것 같아. 오늘은 여기까지 하지."

"아닙니다. 저희가 실수를 해서……."

"아니야. 그런 거 없어요. 내가 기분이 좀 좋지 않아서 그런 거지 뭐. 공연히 직원들 잡을 필요 없어. 내가 오늘따라 그런 거니까."

윤 부장은 자리에서 일어나 비틀거리면서 밖으로 나갔다. 사장이 얼른 윤 부장을 부축했다. 그리고 도대체 누가 윤 부장의 심기를 건드린 것인지 단단히 알아보고 혼을 내야겠다고 생각했다.

*　　　*　　　*

결국, 검찰에 재기수사명령이 떨어졌다. 전에 검사가 불기소한 것이 잘못되었으니 다시 수사하라는 명령. 게다가 혁민은 그동안 조사하면서 알아낸 사실들을 검찰에 건네주었다. 자신들에게는 유리하고 거현그룹에는 불리한 그런 증거들을.

그렇게 일이 진행되니 시간적인 여유가 좀 생겼다. 그래서 혁민은 바로 율희에게 연락해서 만날 날을 정했고, 그게 바로 오늘이었다.

"아우. 연말에 분위기 냈으면 더 좋았을 건데……."

크리스마스 근처나 연말이었으면 분위기를 잡기가 더 좋았겠다는 생각에 아쉬움이 컸다. 하지만 이미 해가 바뀌어서 2010년이 되었다.

"아냐. 지금이라도 시간이 생긴 게 어디냐."

혁민은 화장실에서 손을 씻고 밖으로 나갔다. 준비한 연극을 보았으니 이제 식사도 하고 술도 한잔할 겸 해서 미리 정해 놓은 곳으로 이동할 예정이었다.

"어땠어요?"

"재미있었어요. 유쾌하기도 했고, 끝에는 돈과 사랑이나 정말 소중한 게 어떤 것인지 그런 내용도 있어서 좋았구요."

율희와 같이 본 연극은 '도둑놈 다이어리' 라는 작품이었는데, 율희는 연극은 몇 편 보지 않았지만, 그중에서 가장 좋았다고 말했다.

율희는 문화 공연을 무척 좋아했다. 뮤지컬이나 오페라도 좋아했지만, 첫 만남에서 너무 비싼 공연을 보러 가는 것도 그렇고, 소극장과 같이 좁은 곳에서 같이 있는 게 더 좋을 것 같아서 고심 끝에 고른 것이 바로 이 연극이었다. 내용도 사랑과 관련된 것이어서 좋다고 생각되었고.

"배고프죠? 근처에 괜찮은 데 있으니까 먹으러 가요."

"예, 좋아요."

혁민은 이렇게 율희와 이렇게 둘이 시간을 보내는 것만으로도 즐거웠다. 그리고 율희가 정말 즐거워한다는 걸 알 수 있어서 더욱 기분이 좋았고. 그리고 오늘은 둘이 오붓하게 이런저런 이야기를 많이 나눌 줄 알았다. 적어도 술집에 들어가기 전까지는.

주말이라 그런지 술집에는 사람들로 가득했다. 그래도 빈자리가 있어서 자리에 앉고 주문을 하려던 때였다.

"어? 혁민아."

익숙한 목소리가 들려 고개를 들어보니 눈앞에 혜나가 서 있었다.

"어? 니가 어쩐 일이야?"

혜나는 반갑다며 혁민의 어깨를 잡았고 혜나 뒤쪽으로 이채민과 강윤주의 모습이 보였다. 그리고 이채민이 혁민을 발견하고 자리에서 일어나는 게 보였고.

'뭐야? 왜 애들이 여기 있는 거야?'

혁민은 어쩐지 율희와 오붓하게 시간을 보내기 어려울 것 같다는 생각이 뇌리를 스치고 지나갔다.

*　　　*　　　*

"야, 오랜만이네. 어쩐 일이야? 데이트?"

"어? 뭐, 같이 연극 보러 왔어. 이쪽은 민율희라고……."

데이트라고 이야기하고는 싶었지만, 율희가 부담스러워할까 봐 대충 넘어갔다.

"너는?"

"아, 나도 공연 보고 왔지. 채민이하고 윤주하고 다른 친구들하고."

그렇게 이야기를 하는 사이에 이채민은 혁민이 있는 자리에 거의 도착했다. 혁민이 강윤주가 있는 자리를 보니 윤주는 남자 세 명과 같이 앉아 있었다. 여섯 명이 놀러 온 모양이었다.

"아는 분이에요?"

"아, 전부터 알고 지낸 친구들이야."

혁민은 혜나와 채민, 윤주를 가리키며 소개했다. 그리고 그러는 사이에 이채민이 혁민과 율희가 있는 테이블에 도착했다.

"혁민이가 웬일이야? 여자랑 둘이서. 애인?"

이채민이 살짝 도발적으로 물었다. 혁민이 당황해서 무어라 대답하려고 했는데, 율희가 먼저 말을 꺼냈다.

"그냥 친하게 지내는 오빠 동생이요."

"그래요? 그럼 우리하고 같이 합석할래요? 어때, 혁민이 너는?"

"합석? 우리도 둘이 이런 자리 갖는 건 처음인데 합석은 아무래도 좀⋯⋯."

둘이 따로 만나는 건 처음이라는 말에 이채민이 눈을 번득였다.

"그러니까. 처음이니까 어색할 거 아냐. 나중에야 따로 가더라도 같이 어울리면 좋지 뭐. 너도 알아두면 다 도움 되는 사람들이고."

"그래요. 합석해요. 저도 친구분들 얘기도 좀 듣고 싶어요."

혁민은 그건 좀 아닌 것 같다고 이야기를 했지만, 여자 셋이 괜찮다고 하니 당할 수가 없었다. 혁민은 율희와 단둘이 있고 싶었지만, 혜나와 채민에게 끌려가다시피 그녀들의 일행이 있는 테이블로 가게 되었다.

'얘들은 왜 하필 오늘 여기 있는 거야? 그리고 율희는 왜 또 애들하고 합석하자는 거고?

혁민은 한숨이 절로 나왔다. 하지만 어쩌겠는가. 상황이 이렇게 된 것을. 하지만 여기서만 같이 있고 나가서는 반드시 따로 가겠다고 마음먹었다. 물론 상황이 그렇게 돌아갈지는 장담할 수 없었지만.

'아니 무슨 마가 꼈나. 율희하고 뭐를 좀 하려고만 하면 왜 이런 일이 생기는 건데? 이거 정말 굿이라도 해야 하는 건가?'

혁민은 무속인을 찾아가 볼까 하고 심각하게 고민했고, 소송하는 것보다 율희하고 가까워지는 게 더 어렵다며 마음속으로 투덜거렸다. 하지만 기왕 합석하게 된 거 딴생각만 하고 있을 수는 없었다. 혁민은 자리에 있던 사람들에게 간단하게 자신과 율희를 소개했다.

소개가 끝나자 남자 셋은 묘한 시선으로 혁민을 바라보았다. 이채민과 오혜나가 남자에게 먼저 다가가서 말을 걸었다는 사실 자체가 신기했던 것이다. 자신들은 가까워지려고 해 봤지만, 일정 거리 안쪽으로는 도저히 접근할 수가 없었는데 말이다.

셋 다 스타일은 달랐지만, 절대로 쉬운 여자들이 아니었다. 하기야 가지고 있는 배경이나 미모나 어디다 내놔도 떨어지지 않는 여자들이었으니까. 하지만 예전보다는 상당히 부드러워졌다.

셋 다 이제 해가 바뀌어서 나이가 서른넷이 되었다. 초혼 평균연령이 높아졌다고는 하지만 서른넷이면 결혼 적령기라고 하기에는 조금 부담스러운 나이다. 그래서인지는 몰라도 20대 때와는 조금 다른 느낌이었다. 그때는 정말 만나기도 어려웠는데 최근에는 그 정도까지는 아니었으니까.

"그런데 결혼들은 안 해?"

"결혼? 뭐, 좋은 사람 생기면 할 수도 있지."

혁민의 질문에 혜나는 별로 관심 없다는 듯 말했다. 정말 괜찮은 사람이 있으면 할 수도 있고, 아니면 안 해도 그만이라는 투였다. 사업하느라 바빠서 다른 데 신경을 못 쓴다면서.

"이런 거 보러 오는 것도 정말 오랜만이라니까. 음… 혁민이 너 정도 되는 사람이 나 좋다고 목을 매면 생각해 볼 수도 있지."

혜나는 그 말을 하고는 호탕하게 웃으면서 혁민의 등을 팡팡 때렸다. 혁민은 아프다며 살짝 눈을 흘기고는 잔을 권했다. 혜나의 털털한 성격은 여전하다면서. 혁민은 시원하게 맥주를 넘기고는 물었다.

"그래, 사업은 잘되고?"

"뭐 그럭저럭. 요즘 이쪽도 워낙 경쟁이 치열해져서……."

남자들은 둘의 모습을 흥미롭다는 표정으로 바라보았다. 혜나가 털털한 성격이기는 했지만, 자신들에게 하는 행동이나 말과는 무언가 조금 다르다고 느꼈기 때문이었다. 둘 사이에 격의도 없었고, 굉장히 친밀하다는 느낌이 들어서 그런 거였다.

그리고 둘이 이야기를 하는 사이 율희는 이채민, 강윤주와 이야기를 나누고 있었다. 주로 이채민과 율희가 대화를 했는데, 율희는 혁민의 과거, 이채민은 혁민의 최근 동향에 관해서 주로 물었다.

"아, 변론대회. 거기서 처음 만나셨구나."

율희는 예전에 윤태로부터 변론대회 이야기를 들은 적이 있어서 그렇게 이야기를 꺼낸 거였다. 그리고 율희와 미녀 삼총사는 띠동갑이어서 자연스럽게 미녀 삼총사가 말을 놓는 것으로 정리가 되었다.

"변론대회를 알아?

"그런 대회가 있다고 들은 적이 있어서요. 그런데 변호사님이 거기서 상을 받았다고요?"

율희는 호기심이 가득한 눈초리로 물었다. 이채민도 그 당시가 생각나는지 살짝 허공을 응시하면서 이야기를 이어나갔다.

"팀으로는 내가 있는 팀이 우승했는데, 개인 우승은 혁민이가 했지. 그 팀은 사실상 혁민이 원맨팀이나 다름없었으니까. 후우, 정말 당할 수가 없었지."

이채민은 혁민은 그때 이미 학부생 수준이 아니라고 이야기했다. 그건 자신만의 생각이 아니라 참관한 모든 사람의 의견이었다. 이채민은 자신의 은사가 한 말이 생각났다.

'지금 현역으로 뛰는 사람 중에도 그 당시 혁민이보다 못한 녀석이 허다할 거라고 했었어.'

그리고 그때부터였을 것이다. 이채민이 혁민을 동경하게 된 것이. 하지만 혁민은 아무리 잡으려고 해도 잡히지 않는 사람이었다. 이채민은 그래서 이번에는 율희에게 질문을 던졌다.

"혁민이 사무실 사람들하고 친하다고?"

"거기 아는 언니가 일하거든요."

"아. 거기 일하는 그 여직원."

이채민도 얼굴은 알고 있었다. 혁민의 사무실에 가서 본 적이 있으니까. 그리고 그 이야기를 하다 보니까 율희의 얼굴도 떠올랐다. 그리고 영화를 같이 본 그날 혁민이 갑자기 사무실에 뛰어 올라간 일도 기억났다.

'뭐야. 설마 얘하고 사귀는 건 아니겠지?'

이채민이 보기에 율희는 혁민과 어울리는 그런 아이는 아니었다. 너무 평범했다. 고졸에다가 얼굴이나 몸매도 특별하지는 않았다. 이채민은 혁민의 곁에는 무척 특별한 여자가 있어야 어울린다고 생각했다. 자신과 같은 특별한 여자가.

'착한 것 같기는 한데, 그것만 가지고는 아니지.'

그렇게 생각하면서 둘은 계속 대화를 나누었다. 두 여자는 서로가 몰랐던 혁민에 대해서 조금씩 정보를 교환했다. 그리고 윤주는 둘의 이야기를 들으면서 이채민과 율희가 기묘한 신경전 같은 걸 한다고 느꼈다.

옆에서는 그래도 잘나가는 사람들이라고 할 수 있는 남자 세 명이 다른 사람들 이야기하는 걸 보고만 있었다. 셋 다 있는 집 자식들이었는데, 둘은 미녀 삼총사와 동갑이었고, 한 명은 네 살 위였다.

가장 나이가 많은 남자가 기회를 보다가 혁민에게 질문을 했다.

"그런데 변호사를 하신다고……."

"그렇습니다."

"그럼 어디 로펌에 계신지."

혜나는 혁민을 변호사라고만 소개를 했고, 혁민도 사업적으로 만나는 자리가 아니라서 명함을 꺼내진 않았다. 그랬더니 로펌에 소속된 변호사라고 오해하고 있는 거였다.

"개인 변호사 사무실을 하고 있습니다."

"아~ 개인 변호사 사무실……."

개인 변호사 사무실이라는 말에 남자들의 표정이 조금 바뀌었다. 약간 무시하는 눈치? 적어도 처음에 소개를 받을 때보다는 아래로 보는 그런 표정이었다. 그러자 이채민이 피식 웃으면서 나섰다.

"그러고 보니 소개가 부족했네. 혁민이 연수원 수석 졸업했어요. 6대 로펌에서도 지금이라도 가겠다고만 하면 두 손 들고 환영할걸? 특히 태경에서는 계속해서 들어오라고 하지?"

이채민은 맞지 않느냐면서 혁민을 쳐다보았다.

"그쪽하고 인연이 좀 있기는 하지."

하지만 남자들은 별다른 감흥이 없어 보였다. 법조계에 있는 사람들이 아니라서 피부에 와 닿지 않는 거였다. 그런 눈치를 채고서는 이채민이 말을 덧붙였다.

"그리고 여기 있는 남자들 연봉 다 합친 거, 아니다, 여기 있는 사람 연봉 합친 것보다도 더 벌 거야. 그렇지?"

"뭐… 보통 회사원보다야 더 벌지."

그제야 남자들의 표정이 변했다. 다들 돈에 민감한 사람들이어서 그랬다. 회사에서 후계자 수업을 하면서 물려받을 준비를 하는 사람도 있고, 따로 독립해서 회사를 운영하고 있는 사람도 있었다.

모르긴 몰라도 여기에 있는 사람의 연봉을 다 합치면 십억 원에 가까울 것이다. 그런데 정혁민이라는 남자가 개인 변호사 사무실을 하면서 그것보다도 더 번다니. 그건 정말 놀라운 일이다.

변호사를 한다고 돈을 많이 버는 시대는 지났다. 개인 변호사 사무실은 망하는 곳도 있다는 이야기가 파다했다.

"그래도 여기는 사장님도 계시는데. 혜나는 회사 상장만 되면 갑부 반열에 오르는 거잖아."

"말 마라. 그 정도 되는 게 쉬울 것 같아? 모르지 지금 키우는 애들이 괜찮으니까 한 이삼 년 뒤에는 가능할지도."

혜나는 지금 연습생 중에 정말 괜찮은 아이들이 있다며 기대를 해볼 만하다고 열변을 토했다. 그리고 대화가 점점 무르익자 율희도 자연스럽게 사람들의 대화에 참여하게 되었다. 혁민은 흐뭇하게 그런 모습을 지켜보았고.

오혜나는 혁민과 율희 사이에 관심을 두지 않았고, 이채민은 혁민과 율희가 사귀는 사이일 리가 없다고 생각했다. 하지만 강윤주는 둘이 어떤 사이인지 대번에 알아차렸다. 그리고 강윤주는 율희를 이미 알고 있었다.

'아니 저년은 전생에 나라를 구했나……'

자신의 이복동생인 윤태가 동생처럼 아끼는 아이였다. 아마도 누나인 자신에게 무슨 문제가 생겼다는 연락을 받으면 이거저거 따져 보고 오겠지만, 율희에게 무슨 일이 생겼다는 말을 들으면 만사 제쳐 놓고 달려갈 것이다.

어머니를 괴롭게 한 여자의 아들. 그래서 강윤주는 윤태가 미웠다. 하지만 윤태가 괜찮은 남자라는 사실은 잘 알고 있다. 왜 그렇지 않겠는가. 건실하고 정말 모범적인 남자였다. 쓸데없는 일에 한눈을 판 적도 없고. 그렇다고 미움이 덜해지거나 하지는 않았지만.

그래서 윤태가 좋아하는 율희도 미웠다. 그런데 자신이 보기에는 정말 아무것도 아닌 이 아이를 혁민이도 좋아하고 있었다. 그것도 아주 많이. 정혁민. 자신은 그렇게까지 관심이 가질 않았지만, 정말 괜찮은 남자였다. 자기 일에 충실하고, 능력도 뛰어났다.

그리고 무엇보다 여유가 있었다. 지혜롭고 능력 있고 여유가 있는 남자. 그래서 이채민과 오혜나가 혁민에게 호감을 보였을 때 이해할 수 있었다. 그럴 만한 남자였으니까. 자신도 스타일만 잘 맞았으면 충분히 호감을 느꼈을 법한 남자였다.

'윤태도 모자라서 혁민이까지 저 아이를 좋아해? 도대체 저 애는 뭐야?'

도저히 이해할 수가 없었다. 하지만 오히려 잘되었다는 생각도 들었다. 윤태가 저 아이와 가까운 게 꼴 보기 싫어서라도 혁민과 율희가 잘되도록 도와야겠다는 생각이 들었다.

'그래, 어차피 혜나는 사업하느라고 결혼에는 관심도 없고,

채민이하고야 연인 사이로 발전할 것도 아닌 것 같으니까.'

그래서 윤주는 적극적으로 둘 사이를 도왔다. 대화하면서도 신경을 썼고, 자리를 옮기면서도 혁민과 율희와는 헤어지자고 했다. 이채민과 남자들이 강력하게 같이 가자고 우겨서 결국에는 뜻을 이루지는 못했지만.

그래도 이차로 옮겨서도 둘이 나란히 앉게끔 하고 둘 사이에 다른 사람이 끼어드는 걸 슬쩍 막아주었다. 혁민도 나중에 그런 눈치를 챘는지 슬쩍 윤주에게 고맙다는 말을 했다.

'그렇게 똑똑한 혁민이도 아직은 율희라는 아이가 자신을 꽤 좋아한다는 걸 모르나 본데? 뭐 잘해봐. 내가 기회가 되는 대로 도울 테니까. 윤태, 그 자식이 상처받는 일이라면 얼마든지 도울 테니까.'

*   *   *

"그래요. 시간 봐서 제가 다시 연락할게요. 이게 갑자기 일이 터져서… 아뇨, 괜찮아요. 오래 걸리지는 않을 거예요."

혁민은 전화를 끊고서는 주먹을 꽉 쥐고는 부르르 떨었다. 처음으로 둘이 만난 날은 뜻밖의 방해자들 때문에 오붓한 시간을 보내지 못했다. 물론 그래도 분위기가 나쁘지는 않았지만, 둘이서만 이야기를 하는 거에 비하겠는가.

그리고 첫날부터 밤늦게 집에 보낼 수는 없었다. 장인어른이 그런 거에 아주 민감하다는 걸 잘 알고 있었고, 그런 게 아니더라도 그러고 싶지는 않았으니까.

그리고 며칠 후 율희에게 먼저 연락이 왔다. 그래서 주말에 다시 만나기로 약속을 했다. 그때까지만 해도 이번에는 확실히 무언가 진전이 있겠구나 싶었다. 그런데 갑자기 일이 터졌다.

'아, 정말 죽겠네. 어떻게 뭐가 좀 될 만하면 일이 터지지?'

혁민은 한숨을 푹 내쉬다가 사무실에 와 있는 김 사장을 떠올리고는 미안하다고 말했다. 김 사장은 괜찮다고 말하면서 분통을 터뜨렸다.

"아니 이 자식들은 도대체 어디까지 손을 쓰는 거야?"

재기수사명령이 내려졌는데, 검사가 일단 조사를 보류했다. 민사소송이 진행 중이니 수사를 진행하는 대신 민사소송의 결과를 지켜보겠다는 거였다.

물론 검사들이 특허법에 관해서 곤란해하는 건 이해할 수 있었다. 사실 전문적인 부분으로 들어가면 판단하는 게 무척이나 어렵다. 뭐가 뭔지 알아야 판단을 내릴 것 아닌가. 그래서 기술적인 부분도 도움을 받아 살펴봐야 하고, 신경을 쓸 게 한두 가지가 아니다.

물론 거현그룹 법무팀에서 손을 쓴 영향도 있을 것이다. 적당한 핑계를 만들어주었으니 그걸 이유로 그냥 시간을 끌고 있는 것이다. 혁민은 자리에 앉으면서 중얼거렸다.

"이렇게 나오면 곤란한데… 법적으로 아무리 완벽하게 준비를 해도 소용이 없으니……."

"그러니 말이야. 이렇게까지 해서 꼭 작은 업체를 죽이고 싶은 건가? 어? 자기 것도 아닌 거 도둑질하면서 말이야. 어우, 정말 총이라도 있으면 찾아가서 쏴버리고 싶은 심정이야."

혁민은 흥분한 김 사장을 살살 달랬다. 그런 기분이야 잘 알지만, 지금 마음을 잘못 먹었다가는 큰일이다. 혁민은 전에 김 사장에게 한 말처럼 다른 수를 써야 할 시점이 왔다고 생각했다.

"제가 예전에 한 이야기 생각나세요?"

"전에? 어떤 이야기 말인가?"

"악마의 저울이라고……."

"아, 그 이야기. 그럼, 기억하지."

혁민은 그 당시에 했던 말을 다시 읊었다.

"서양에 이런 말이 있습니다. 신의 저울은 눈금이 드문드문 있어 값을 치르는 데 오래 걸리지만, 악마의 저울은 눈금이 짧고 좁아서 대가가 빠르다고."

김 사장은 생각이 난다는 듯 고개를 끄덕였다.

"법의 여신상을 보면 저울을 들고 있기든요. 그걸 신의 저울이라고도 하는데, 지금 저들이 신의 저울을 이용해서 시간을 질질 끌고 있죠."

혁민은 생각을 굳혔다는 듯 눈매를 번득이며 말했다.

"이제는 우리가 악마의 저울을 사용할 때가 되었네요."

Chapter 5
악마의 저울

"그러니까 자네 말은 지금 상황을 일단 언론에 알려야 한다 이거지?"

"그렇긴 한데… 일반적인 방법으로는 통하지 않을 겁니다."

혁민은 어설프게 지금 상황을 알리려고 해봐야 거현그룹에서 손을 써서 소용없을 거라고 했다.

"거현 정도 되는 대기업하고 연관이 되어 있으면 언론사나 방송국에서도 꺼릴 수밖에 없거든요. 왜 그런지는 아시죠?"

"그 정도야 알지. 그게 다 광고 때문에 그런 거 아니겠나. 거현그룹에서 매년 광고비로 언론사나 방송국에 내는 돈이 어마어마하니까."

"맞습니다. 좋지 않은 기사나 방송을 내보내면 거현그룹에서 가만히 있겠습니까? 당장 광고 전부 끊겠다고 하겠죠. 아니 우리가 이렇게 광고를 많이 하는데 어떻게 그런 걸 내보낼 수 있느냐고 항의하면서요. 그러면 방송국이나 언론사도 곤란해할 수밖에 없죠."

현대는 돈이 지배하는 사회다. 돈이 권력이고 힘이다. 방송국이나 언론사도 그런 면에서 자유로울 수는 없다. 그래서 대기업과 같이 중요한 광고주와 관련된 일에는 민감해질 수밖에 없다.

방송국이나 언론사에서 대기업과 관련해서 좋지 않은 기사가 잘 나오지 않는 이유가 바로 그런 것 때문이다.

"그럼 어떻게 하자는 건가?"

"약간 비틀어야죠. 거현을 들먹이지 않으면서 언론에서 구미가 당길 만한 내용. 하지만 자연스럽게 지금 소송 이야기가 퍼질 수 있는 그런 상황을 만들어야겠죠."

김 사장은 고개를 갸웃거렸다. 거현을 들먹이지 않으면서 그렇게 된다는 게 불가능하다고 생각되었기 때문이다.

"정공법이 통하지 않는데 계속해서 같은 방법으로 밀어붙이는 건 좋지 않은 방법 아닙니까. 그럴 때는 변칙적인 수를 써야죠. 아주 재미있는 작품이 나올 겁니다."

혁민은 이미 생각해 놓은 방법이 있다고 하면서 김 사장에게 이야기를 풀어놓았다. 그리고 이야기를 전부 들은 김 사장은 크게 만족해했다.

"이야~ 방향을 조금 비트니까 그렇게도 방법이 생기는구만. 확실히 괜찮을 것 같군그래. 그런데 말이야… 덥석 받아버리면 어떻게 하지?"

김 사장은 조금 걱정이 된다는 듯 말했는데, 혁민은 웃으면서 그럴 일은 없을 거라고 대답했다.

"지금 그 일을 처리하려면 문제가 되는 게 한두 가지가 아닙니다. 주무부서가 어디인지도 확실하지 않고, 관련 법도 제대로 정리가 되어 있지 않은 상태니까요. 아시잖아요. 그런 기관에서 일 어떻게 하는지."

혁민의 말에 김 사장이 씁쓸하게 웃었다. 기관에서 하는 일이 어떤지는 잘 알고 있었기 때문이었다. 지금 개발한 기술 말고 전에 기술을 개발하면서 지원금을 받으려고 했는데, 기관의 담당자가 기술을 이해하지 못해서 결국 지원금을 받지 못했었다.

"세계 최초의 기술이라고 이야기하는데 자꾸만 어떤 기술과 비슷한 거냐고 묻더라고. 결재를 받으려면 그런 게 있어야 한다는 거야. 쉽게 얘기해서 지원해도 자기들한테 문제가 없는 것만 하겠다는 거지. 그런 게 있으면 나중에 문제가 생기더라도 외국의 이런 첨단 기술과 흡사한 것이라서 지원했다고 말하면 되는 거니까."

"그래서 정작 지원이 필요한 신기술은 지원을 못 받는 거 아닙니까. 참 갑갑한 일이에요."

그러니 이번 일도 마찬가지일 거라고 했다. 기관에서 하는 일이니 빨리 처리가 될 리가 없다.

"거기다가 어디까지나 우리는 문의만 한 거니까요. 실제로 일이 진행되지도 않겠지만, 진행되면 그때 적당히 대응하면 됩니다. 그러니 걱정은 붙들어 매시죠."

혁민은 자신이 알아서 하겠다고 말하고는 가능한 한 빨리 퍼뜨리겠다고 이야기했다. 그러고는 자신이 알고 있는 모든 방송과 언론 관계자들에게 연락했다. 개중에는 혁민과 인연이 깊은 방송국의 윤종연 PD도 있었다.

"아이고, 이거 자네가 연락할 때마다 가슴이 두근두근거려. 이번에는 또 어떤 재미난 소스를 줄까 하고 말이야."

윤종연 PD는 환하게 웃으면서 이야기했다.

"재미있는 거죠. 제가 언제 시시한 건수 가지고 만나자고 한 적이 있었나요?"

혁민은 웃으면서 윤종연 PD를 맞이했다. 카페에 앉은 둘은 일단 차를 시키고 대화를 이어나갔다.

윤종연 PD는 눈을 반짝이면서 물었다.

"이번에는 뭔데?"

"제가 요점만 정리해서 가지고 왔으니까 한번 보시죠."

혁민은 정리한 내용을 윤종연 PD에게 내밀었다. 종이를 받아 든 PD는 내용을 살폈는데 이내 눈살을 찌푸렸다. 저절로 표정이 굳어질 만한 내용이었기 때문이었다.

"하이고~ 이거 얘기는 가끔 듣기는 했는데, 이 정돈가?"

"여기 있는 거보다 더한 경우도 많습니다. 알아보니까 더 기가 막힐 일이 한둘이 아니더라고요."

윤종연 PD는 혀를 끌끌 차더니 말을 이었다.

"그래서 특허를 아예 기부를 해버리겠다? 국가에다가?"

종이에는 김 사장의 특허를 국가에 기부하겠다고 관련 기관에 문의한 내용과 왜 그런 일이 벌어졌는지에 관한 배경 이야기가 적혀 있었다.

혁민이 생각한 방법은 특허를 아예 국가에 기부를 해버리는 거였다. 물론 시늉만 내는 거였지만. 갑을 관계는 워낙 일상적인 거라서 기사화가 되어도 화제가 되기 어려웠다. 뭔가 특별한 게 필요했다.

그래서 특허 기부를 생각한 것이다. 스마트폰에 적용되는 첨단 기술을 중소기업이 국가에 기부하겠다고 하면 사람들이 뭔가 하고 관심을 가질 테니까. 그리고 그렇게 된 이유도 적당히 넣어주면 된다.

"뭐, 최악의 경우가 되면 그렇게라도 해야 하지 않겠어요? 그렇게 되면 적어도 기술을 개발한 사람이 누구인지는 남게 되는 거니까요."

"흐음… 그런데 자네도 잘 알겠지만, 거현그룹을 걸고넘어지면 방송에 나가기가 쉽지 않아. 윗선에서 태클이 들어온다니까."

"그러니까 거현 이야기는 빼야죠. 중소기업이 특허를 국가에 기부하려고 한다. 하지만 관련 법이나 제도가 미비해서 문제점이 있다. 이런 식으로요."

"호오… 돌려서 치겠다?"

윤종연 PD는 혁민이 무엇을 노리는지 단박에 눈치챘다. 그리고 상당히 좋은 방법이라는 데 동의했다. 그런 방법이면 방송하는 데도 문제가 없을 듯했으니까.

"일단 아이템이 신선해. 특허를 기부하겠다는 건 사람들이 처음 들어보는 걸 테니까. 거기다가 스마트폰 관련 신기술을 말이지. 물론 그렇게 해놓고 거현하고 다툼 때문에 그런다는 건 슬쩍 끼워 넣으려는 거지?"

"그렇죠. 특허하고 기부 관련된 이야기를 주로 다루고, 대기업과의 다툼 때문에 그렇게 된 거라는 건 슬쩍 언급만 하고요. 직접적으로 이름이 거명되면 곤란할 수도 있으니까 그냥 대기업이라고만 하면 되겠죠?"

영리한 작전이었다.

"직접적으로 언급은 하지 않겠지만, 어차피 어디랑 무슨 문제가 있어서 그런 건지는 알아서 알려질 거라 이거구만."

"그럼요. 요즘이 어떤 때인데요. 사람들이 궁금해서라도 가만히 있지 못할 겁니다. 뭐, 누군가가 정보를 슬쩍 흘릴 수도 있지만 말이죠."

윤종연 PD는 피식 웃었다. 혁민도 정보를 흘릴 테니까 자신도 알아서 얘기를 좀 하라는 뜻이었다. 보통 이런 내용은 '이건 비밀인데' 이런 말을 시작으로 주변 사람들에게 하게 된다. 그러면 그 사람도 이건 비밀이라고 하면서 주변에 퍼뜨리고. 그러다 보면 공공연한 비밀이 되는 거다.

"PD님 어때요? 소스가 쓸 만하죠?"

"이런 거라면야 언제든 환영이지. 내가 얘기해서 빨리 나갈 수 있게 해볼게. 그쪽에서도 좋아할 거야. 소재가 쌈빡하니까."

윤종연 PD는 이 정도 이야기면 뉴스에 나가는 건 충분하다고 말했다.

"그런데 특허를 기부하겠다고 하니까 뭐라던가?"

"뭐라고 하긴요. 알아보고 답변 주겠다고 하죠. 어디 공무원들이 빠릿빠릿하게 움직이는 거 봤습니까? 아마 그냥 두면 이삼 년 지나도 답변 안 올걸요?"

혁민은 지금까지 그런 경우 없어서 어떻게 해야 할지 몰라 당황하고 있을 거라고 했다. 아니면 아예 서류 속에 던져 놓고 잊어먹고 있든가.

"하기야. 언론에 알려져서 난리가 나거나 위에서 쪼아야 그때나 움직이겠지."

"그렇겠죠. 어쨌든 신경 좀 써주세요. 사실 이런 일이 있다는 게 말이 안 되는 거잖아요."

"그건 그렇지. 뭘 개발하든 아이디어를 내든 간에 누구라도 성공할 수 있다. 뭐 이런 희망이 있어야 사회에 에너지가 넘칠 거 아니냐고. 만들어도 다 뺏기면 누가 개발하려고 하겠어?"

윤종연 PD는 예전과는 상황이 변했으니 그것에 맞게 사회와 인식도 바뀌어야 한다고 강한 어조로 말했다.

"값싼 노동력으로 발전하던 시기가 아니잖아. 예전에야 기술력이 없으니까 선진국 물건 가져다가 뜯어보고 그거 베껴서 만들었지만, 이제는 정말 이런 기술과 아이디어가 보호받아야 한다고."

이제는 새로운 기술과 아이디어가 성장의 원동력이 될 것이라는 게 PD의 주장이었다. 그러니 다른 어떤 것보다 그런 걸 보호하고 장려해야 한다고 말했다. 하지만 상황은 그렇게 변했는데, 인식이나 마인드는 오히려 퇴화하고 있는 것 같다면서 탄식했다.

"혹시 언론사 기자들도 잘 알아? 내가 아는 사람들이 있는데 이런 문제에 관심을 보일 친구들이 좀 있거든. 필요하면 내가 소개를 해주지."

"저야 그러면 감사하죠."

윤종연 PD는 혁민에게 언론사 기자를 몇 명 소개해 주었다. 그 기자들도 혁민에게 내용을 듣더니 다들 고개를 끄덕였고.

그리고 바로 며칠 뒤에 방송과 언론을 통해서 김 사장이 특허를 기부하려 한다는 사실이 세상에 알려졌다.

*　　　*　　　*

"야!! 이거 뭐야?"

"그게……."

조 이사는 아주 피곤한 얼굴로 윤 부장을 닦달하고 있었다.

"방송국이나 신문사나 다 미친 거 아니야? 어떻게 이따위

기사를 내보내? 그리고 너는 뭐야? 이런 게 이렇게 문제가 될 때까지 뭐하고 있었어? 어??"

"그게… 그룹을 직접 거론하지는 않아서 문제 삼기도 좀 그렇습니다."

아주 모호했다. 거현그룹이 중소기업의 기술을 빼앗으려 한다는 기사나 방송이라고 한다면 강력하게 항의하고 기사를 내리라고 했을 것이다. 그런데 특허 기부와 관련된 내용을 주로 다루다가 마지막에 대기업과 마찰이 있어서 그런 거라는 정도만 언급되었다.

거현그룹의 이름이 직접 거론되지도 않아서 뭐라고 하기가 좀 그랬다. 힘의 차이가 현격하게 나는 곳이라면 그런 것과는 상관없이 찍어 눌렀겠지만, 방송국이나 언론사는 아무리 거현그룹이라고 하더라도 마냥 무시할 수만은 없는 곳이었다.

문제는 직접 언급은 하지 않았지만, 이미 소문이 다 났다는 거였다. 언급한 대기업이 거현그룹이며 그동안 어떤 일이 있었는지 인터넷상에 다 퍼져서 모르는 사람이 없을 정도였다.

"그래서!! 그래서 뭐라고 하는데!?"

"자기들도 어쩔 수가 없다고… 대신 이것과 관련해서 추가적인 방송이나 기사는 자제하겠다고……."

조 이사는 이를 갈았다. 자기들은 재미 다 봐놓고 슬쩍 발을 빼겠다는 거다. 그것도 하지 않겠다는 것도 아니고 자제한다? 자제한다는 건 상황이 좋지 않으면 하지 않고, 봐서 괜찮을 것 같으면 기사를 더 쓰겠다는 소리다.

"하여간 지저분한 새끼들. 돈 받아 처먹을 때는 언제고."

조 이사는 이를 갈면서 중얼거렸다.

"사람들이 퍼 나르는 거는? 그건 어떻게 처리하고 있어?"

"협조를 요청해서 관리하고는 있지만, 워낙 많이 퍼져 있어서⋯⋯."

"야!! 그걸 말이라고 해? 퍼지기 전에 막든가, 아니면 무슨 대책이 있어야 할 거 아냐? 그냥 곤란하다고 말할 거면 부장 자리에 왜 앉아 있어? 그렇게 말하는 거는 초딩 데려다가 놓으면 못 할 것 같아?"

조 이사는 다른 때보다도 훨씬 격앙되어서 소리쳤다. 그만큼 지금 상황이 마음에 들지 않는 거였다.

"윤 부장. 정신 똑바로 차려! 지금 상황 아주 심각하다고!! 후우~"

조 이사는 눈을 치켜뜨더니 윤 부장에게 물었다.

"지금 당장 인터넷에 퍼진 거부터 어떤 식으로든 정리해야겠어. 어떻게 할 거야?"

"관련 업체 이사들하고 자리를 마련하겠습니다. 최대한 협조를 구해서⋯⋯."

"그거야 당연한 거고. 불길부터 잡아야지."

조 이사는 그 정도로는 성에 차지 않았는지 여전히 인상을 잔뜩 찌푸린 채로 테이블을 탁탁 내려쳤다. 그러다가 눈을 가늘게 뜨면서 중얼거렸다.

"맞불도 좀 놓아야겠어⋯⋯."

"맞불이라 하심은?"

윤 부장은 조심스럽게 물었는데, 조 이사는 무척이나 언짢아하면서 퉁명스럽게 답했다.

"그런 걸 일일이 알려줘야 하나? 자네가 유치원생이야? 제발 좀 알아서 생각하고 움직이라고. 내가 시키는 대로만 하는 사람이 필요했으면 뭐하러 비싼 돈 주고 자네 같은 사람을 쓰느냔 말이야. 안 그래?"

"……."

윤 부장은 대답할 수 없었다. 어떤 대답도 지금은 소용없었으니까.

"김 사장 기술이 사실은 외국 기술과 흡사하다고 퍼뜨려. 우리 거현그룹의 기술은 외국 기술을 가진 회사와 협력 관계에 있고, 김 사장보다도 먼저 개발에 착수했다는 얘기도 퍼뜨리고. 아! 김 사장이 돈 뜯어내려고 일부러 그러는 거라는 글도 좀 올리고."

물타기를 하겠다는 뜻이었다. 인터넷은 정보의 바다다. 엄청난 정보들이 쏟아진다. 하지만 그중에는 잘못된 정보도 엄청나게 많다. 그런 정보가 많아지다 보면 옳은 정보가 무엇인지 판단이 되지 않는 경우도 있다.

"그런 거 하는 애들이 따로 있으니까 알아봐서 진행하도록 해."

"알겠습니다."

윤 부장은 대답하고는 방에서 나가려고 했다. 그런데 조 이사가 밖으로 나가려는 그를 불러세웠다.

"잠깐! 혹시 모르니까. 김 사장하고도 자리를 한번 마련해 봐. 정 상황이 좋지 않으면 조금 양보를 해서라도 마무리 지어 버리는 게 좋을 수도 있으니까."

윤 부장은 알겠다고 대답했는데, 조 이사는 스산한 표정으로 말을 덧붙였다.

"그리고 어음 모은 거 있지? 그거 한꺼번에 돌려. 자빠질 지경이 되면 대화를 나누기도 좀 편하겠지."

*　　　*　　　*

조 이사의 명령대로 윤 부장은 바쁘게 움직였다. 그리고 조 이사 편에서 보면 조금은 상황이 나아지는 듯 보였다. 인터넷 업체 이사들과 만난 이후로 거현그룹 관련된 내용의 글이 많이 줄어들었고, 대신 김 사장의 기술을 물어뜯는 글이 많아졌으니까.

대신 김 사장은 아주 죽을 맛이었다. 소송이나 다른 문제도 문제였지만, 당장 이번 달에 돌아오는 어음을 막을 돈이 없었다. 그동안 아슬아슬하게 버텨왔지만, 이제는 파산하게 생긴 거였다.

그리고 그런 상황에서 조 이사와 김 사장의 만남이 성사되었다.

"이거 오늘은 서로 허심탄회하게 이야기를 나누었으면 좋겠습니다. 원만하게 일을 마무리해야 하지 않겠습니까."

만난 자리에서 조 이사는 부드러운 표정으로 말했는데, 혁민이 바로 대꾸했다.

"전에도 허심탄회하게 나오셨으면 좋았을 텐데요. 그러면 예전에 원만하게 해결됐을 것 같은데……."

조 이사가 노려보자 혁민은 자기가 틀린 말을 했느냐는 듯 태연한 표정으로 조 이사를 쳐다보았다. 조 이사는 도대체 뭘 믿고 이렇게 나오는지 두고 보겠다며 이를 갈았다.

"이거 뭐라고 인사를 해야 할지 조금 난감하군요."

조 이사는 조금은 여유가 있는 표정으로 이야기했다. 인터넷도 확실히 수그러들었고, 김 사장의 사정도 급박하다는 걸 알아서 그런 거였다. 하지만 본인도 압박을 많이 받고 있어서 그런지 느긋한 정도는 아니었다.

자리에는 네 명의 남자가 있었다. 조 이사의 옆에는 윤 부장이. 김 사장의 옆에는 혁민이 자리하고 있었다.

"그냥 평소에 하던 대로 하시죠. 사람이 변하면 안 좋은 일이 생긴다고 하지 않습니까."

혁민은 아주 여유 있는 자세로 이야기했다. 자신은 급할 게 없다는 듯이. 그 표정을 보고 조 이사는 순간적으로 울컥했다. 이상하게 혁민의 얼굴만 봐도 자꾸만 화가 치밀어 올랐다. 그리고 말을 하면 할수록 자꾸만 말려드는 기분이 들었고.

조 이사는 울컥했지만, 치밀어 오르는 화를 꾹꾹 눌렀다. 오늘은 중대한 거래를 해야 하는 날이다. 그런데 흥분하면 일을 망칠 수도 있다. 그리고 상대도 그런 걸 노리고 이런 식으로 자신을 긁어대는 것일 터.

조 이사는 고개를 흔들면서 입맛을 다셨다. 언제 이야기해도 적응이 안 되는 그런 사람이라고 생각하면서. 하지만 오늘은 어지간하면 합의를 볼 생각이었다. 상황이 조금 유리해졌으니 합의가 그리 어려울 것 같진 않았다.

파산에 직면한 김 사장. 마음이 편하다고 하면 거짓말일 것이다. 그러니 적당한 카드를 내밀면 합의를 할 것이다. 하지만 무언가 찜찜했다. 자신이 유리해진 것 같기는 한데 계속해서 불안했다.

'형 때문에 그런 건가?'

지금도 사실 점수를 많이 까먹기는 했다. 일을 깔끔하게 처리하지 못했다고 말이다. 그래서 조금만 삐끗했다가는 낭떠러지로 떨어질 것 같은 그런 상황처럼 느껴졌다. 그러니 오늘 상황을 잘 마무리해야겠다고 조 이사는 생각하고 있었다.

'유리한 패를 손에 쥐고 있으니 이야기하기가 쉽겠지.'

조 이사는 혁민만 아니면 일이 잘 풀릴 것 같았다. 사실 저 깐족대는 인간만 아니라면 상황이 이렇게까지 오지도 않았을 것 아닌가. 하는 짓마다 마음에 드는 구석이 하나도 없었다. 하지만 그런 생각과는 달리 차분한 얼굴로 조 이사는 입을 열었다.

"오늘은 서로 잘 이야기가 되었으면 좋겠습니다."

그리고 윤 부장이 상황을 보다가 말을 받았다. 그리고 평소와는 달리 바로 패를 까버렸다.

"특허를 파실 의향이 있으십니까?"

윤 부장은 지금까지 여러 문제가 있었지만, 대승적인 차원에서 특허를 거현그룹에서 사는 것도 가능하다고 말했다.

돈을 주고 특허를 사겠다는 말에 김 사장은 급격하게 흔들렸다. 자신에게 지금 가장 필요한 게 바로 돈이었으니까. 하지만 혁민은 상대가 좋은 조건을 제시하지는 않을 것 같았다. 지금도 조건 같은 건 아예 꺼내지도 않았지 않은가. 그래서 재빨리 질문을 던졌다.

"조건은 어떻게 됩니까?"

"저희가 생각하고 있는 방법은 두 가집니다."

윤 부장은 특허를 공동으로 하는 방안을 먼저 설명했다. 공동 특허로 하는 대신 거현그룹과 관련된 소송은 모두 취하한다. 그리고 지금까지는 물론이고 앞으로도 거현그룹은 그 기술을 무료로 사용한다는 조건이었다.

"대신에 일정 금액을 그룹에서 투자하는 방식입니다."

생각해 볼 가치도 없는 제안이었다. 날로 먹겠다는 심보였다. 특허는 공동으로 하고, 소송은 모두 취하하고. 정당한 대가를 낸다는 것도 아니고 투자를 한다. 정말 같지도 않은 소리였다.

"이야~ 진짜 웃기네요. 개그콘서트 소재로 써도 되겠어요."

"커험······."

혁민의 대꾸에 윤 부장도 조금 쑥스러웠는지 헛기침을 했다. 혁민은 어차피 처음 이야기한 거는 밑밥을 까는 거라고 생각했다.

'좋지 않은 조건을 먼저 내세워서 다음에 이야기하는 조건을 그나마 괜찮게 보이려는 수작.'

윤 부장은 조 이사를 한번 쳐다보더니 이야기를 시작했다.

"그게 아니면 특허를 아예 살 수도 있습니다."

"가격만 맞는다면 못 할 것도 없죠. 아! 맞다. 제가 참고하라고 준비한 게 있는데……."

혁민은 냉큼 가방에서 서류를 꺼냈다. 전에 혹시라도 필요하지 않을까 싶어서 준비해 놓았던 서류였는데, 이런 식으로 써먹게 될 줄은 몰랐다.

"기술의 가치에 관해서 산정한 서류입니다. 가격을 정하는 데 참고가 될 것 같아서 전에 의뢰했던 건데 역시나 준비를 해두면 다 쓸모가 있군요."

혁민은 어서 읽어보라고 손짓했다. 하지만 윤 부장은 난처한 표정으로 조 이사만 쳐다보았다. 김 사장이 어렵다는 걸 알고 헐값에 후려치려고 준비하고 나왔기 때문이었다. 조 이사의 표정도 썩 좋지 못했다. 이런 식으로 뻣뻣하게 나오리라고는 생각지 못했으니까.

"뭐 큰 기업이니 가격 산정 같은 거야 자체 연구소 같은 데서 했겠지만, 그래도 한번 보시죠. 미국에서도 제법 유명한 곳이거든요."

윤 부장은 잠시 말을 하지 못했다. 제시할 액수가 가치에 비해서 워낙 적은 금액이었으니까. 하지만 계속해서 쳐다만 보고 있을 수는 없는 일. 원래 생각해 온 금액을 이야기했다.

김 사장은 헛웃음을 웃었다. 외국에서 평가받은 가치의 십분의 일도 되지 않는 가격이었다. 그저 돌아오는 어음을 막고 당분간 회사 운영할 수 있을 정도의 금액.

"저희가 일정 금액 투자를 할 수도 있습니다."

윤 부장이 말을 덧붙였지만, 김 사장의 마음은 풀어지지 않았다. 투자하겠다는 거야 이쪽 기술력이 좋은 것 같으니 일단 발을 담그겠다는 말 아닌가. 그러다가 뭔가 터질 것 같으면 홀랑 먹어버리려고 할 테고.

김 사장은 목이 타는지 물컵을 들고는 단숨에 벌컥벌컥 마셨다. 그러고는 테이블에 탕 소리가 날 정도로 강하게 내려놓았다.

"이 금액으로는 못 하겠소!!"

김 사장이 말을 내뱉고 나서 잠시 침묵이 맴돌았다. 몇 마디 되지 않는 말이었지만, 김 사장의 마음이 어떤지 고스란히 느낄 수 있었기 때문이었다. 한스럽다는 마음, 가슴 속에 응어리진 감정이 말 속에 진하게 배어 있었다.

방 안의 분위기가 무거워지자 윤 부장이 슬쩍 말을 건넸다.

"금액이야 협의를 해서 맞추면 되는 거 아니겠습니까."

하지만 이야기는 잘 진행되지 않았다. 조 이사는 지금 제시한 금액에서 약간 더 보태는 정도만 염두에 두고 있었다. 어차피 파산하고 나면 모든 게 해결될 거 아닌가. 혹시 몰라서 이 금액이라도 주고 협의를 하려는 거였다.

"그만합시다. 어차피 오늘은 뭔가 합의를 하기는 어려울 것 같으니까."

김 사장은 힘없이 말을 내뱉었다. 조 이사가 금액을 더 올리겠다고 말했지만, 김 사장은 고개를 저었다.

"이런 건 허심탄회한 게 아닙니다. 마음속 이야기가 아니라 그저 준비한 이야기만 하고 있잖습니까. 더 이상의 대화는 무의미합니다."

김 사장은 자리에서 일어서려 했다. 그러자 조 이사가 굳어진 표정으로 말했다.

"괜찮겠습니까? 오늘 이렇게 자리를 파하고 나면 다시는 기회가 없을 수도 있습니다."

협박이나 다름없는 말. 김 사장은 흠칫했지만, 김 사장을 대신해서 혁민이 대답했다.

"글쎄요. 상황이라는 건 장담할 수 없는 거 아니겠습니까. 그게 생각하는 방향하고는 다르게 흘러가는 경우도 많더라고요. 또 압니까. 얼마 지나지 않아서 바뀐 상황에서 서로 만나게 될지."

혁민은 게임은 아직 끝난 게 아니라는 투로 말했다. 조 이사는 코웃음을 치면서 대꾸조차 하지 않았고.

하지만 김 사장과 혁민이 나가고 난 뒤 조 이사는 영 찜찜하다는 느낌을 받았다. 당연히 김 사장이 협상에 적극적일 것이라고 예상했다. 파산 직전 상황이니 어떻게든 타협을 하려고 하는 게 정상이라고 생각한 것이다.

"윤 부장. 김 사장이 어디서 돈을 융통할 데가 있나?"

돈을 빌릴 곳이 없다면 저렇게 강하게 나올 수 없다는 게 조 이사의 생각이었다.

"특별한 데는 없습니다. 지금까지 주변 사람한테도 끌어다 쓴 금액이 제법 되는지라 더는 무리일 겁니다. 만약 빌릴 데가 있었다면야 진즉 빌렸겠죠."

"그렇지? 그런데 왜 저렇게 뻗대는 거야? 쥐뿔도 없는 새끼가."

조 이사는 어음 만기 즈음에서 다시 만나야겠다고 생각했다. 그리고 그때는 힘의 차이가 어떤 것인지를 제대로 보여주어야겠다고 마음먹었다. 하지만 혁민의 말대로 상황이란 건 어떻게 될지 모른다는 걸 곧 알게 되었다.

*   *   *

"일처리를 어떻게 하는 게냐?"

조 이사는 아버지인 회장의 부름을 받아서 회장실에 와서는 잔뜩 기가 죽어 있었다. 상황이 이상하게 돌아가고 있었기 때문이었다.

인터넷에 김 사장의 특허를 미국에서 사려고 한다는 말이 떠돌았다. 조 이사도 깜짝 놀라서 정말인지 알아보았다. 만약 그런 일이 생긴다면 큰 문제가 되는 거였으니까. 하지만 그런 일은 없었다.

인터넷에서 언급한 미국 업체에 직접 알아보기까지 했는데,

그런 일은 없다고 했다. 특허 자체가 소송이 걸려 있는 상황이라서 위험을 무릅쓰고 그럴 이유가 없다는 거였다.

'당연하지. 누가 이렇게 복잡한 상황에서 기술을 사겠다고 하겠어? 소송이 다 끝나고 나면 또 모를까.'

하지만 인터넷은 부글부글 끓고 있었다. MP3 특허와 똑같은 일이 벌어질 거라는 거였다. 중소기업이 개발한 신기술이 외국에 넘어갈 수도 있다는 이야기는 사람들의 이목을 끌었다. 그것도 대기업이 빼앗으려 하는 걸 버티고 버티다가 파산을 할 지경이라 어쩔 수 없이 그렇게 되었다는 이야기는 엄청난 공분을 불러일으켰다.

"이런 일은 깔끔하게 처리를 했어야지. 이런 식으로 여론이 일어나면 어떻게 된다는 걸 모르는 게야?"

"알고 있습니다. 그래도 이달이면 마무리가 될 겁니다. 어차피 김 사장은 버틸 수가 없으니 조금만 버티면……."

"이런, 이런. 정말 그렇게 생각하는 거냐? 그렇게 순탄하게 마무리가 될 거라고?"

조 이사는 아버지 조 회장이 역정을 내는 걸 보고는 가슴이 덜컥 내려앉는 걸 느꼈다.

"아버지. 혹시 무슨 일이라도……."

"시기가 좋지 않아. 시기가……."

조 이사는 무슨 말을 하는 것인지 알 수 없어서 고개를 갸웃거렸다. 그러자 조 회장은 혀를 차더니 말을 해주었다.

"2010년도 벌써 2월이야. 올해 뭐가 있는지 생각나는 게 없는 게냐?"

"올해요? 올해에 뭐가……."

조 이사는 머리를 굴리다가 불현듯 떠오르는 게 있었다.

"아! 선거가 6월에……."

"그래. 지방선거가 코앞이야. 지방자치단체장하고 의원까지 뽑는 큰 선거지."

하지만 조 이사는 선거하고 이번 일이 무슨 연관이 있는지 쉽게 연관이 되지 않았다. 하지만 조 회장은 계속해서 심각한 표정이었다.

"내가 보기에는 이건 뭔가 아는 놈이 뒤에서 움직이고 있는 거다. 떠도는 이야기를 보면 알 수가 있어. 너는 뭐 느껴지는 게 없더냐?"

"굉장히 자극적으로 포장된 것 같았습니다. 그리고 확인되지 않은 내용도 좀 있었습니다."

기술이 외국에 넘어간다. 그게 무산되면 중소기업 직원들이 모두 길거리로 내몰리게 된다. 갑의 횡포에 을은 당할 수밖에 없다. 이런 이야기가 떠돌고 있었다. 하지만 그런 이야기는 조 회장이 바란 답이 아니었다.

"사람들이 보면 어떨 것 같으냐. 모르긴 몰라도 지금 내 얘기를 보는 것 같은 기분일 게야. 먹고살기 힘든 시절이니까."

다들 어려운 시기였다. 경기는 나아질 기미가 잘 보이지 않았고, 벌이는 시원치 않았다. 직장에서도 언제 나와야 할지 모르는 상황. 그리고 갑을 관계에서 갑이 몇 명이나 되겠는가.

대부분 을의 처지이지.

그러니 떠도는 이야기가 바로 자신의 이야기처럼 느껴지는 것이다. 자신이 그런 억울한 일을 당한 것같이 화가 나고 분노가 치미는 거였다.

"이런 좋은 소재를 정치권에서 그냥 보고 있을 것 같으냐?"

"아! 선거가 얼마 남지 않았으니……."

그제야 조 이사는 뭐가 문제인지 알 수 있었다. 인터넷에 어떤 이야기가 떠도는지는 그렇게까지 심각한 일이 아니다. 어차피 시간이 지나면 수그러들 테니까. 하지만 그로 인해서 정치권이 이 사건을 이용하려고 움직인다면 그건 정말 문제가 심각해진다.

"제가 사람들을 만나보겠습니다. 제가 어떻게든……."

"니가? 니가 이런 상황에서 뭘 할 수 있을 것 같으냐?"

조 회장은 어림없는 소리라면서 코웃음 쳤다.

"정치권이 어떤 곳인지 아직 모르는구나. 여야 모두 이미 움직이고 있다. 어떻게 움직여야 자기들에게 유리할까 고민하면서 말이야. 그리고 그런 움직임은 모두 우리 거현그룹한테는 좋지 않은 거야, 이 모자란 녀석아!!"

조 회장은 표를 위해서라면 무슨 짓이라도 할 수 있는 게 선거 직전의 정치인이라고 말했다. 그런데 이렇게 좋은 거리가 생겼으니 당연히 정치인들이 그룹을 물어뜯으려고 하지 않겠는가. 그러니 정신 바짝 차리라고 하면서 크게 역정을 냈다.

"지금 상황이 얼마나 심각한지 알았으면 당장 나가서 지금이라도 일을 잘 마무리하도록 해. 여기서 더 큰소리가 나왔다가는 넌 그 자리에서 내려와야 할 거야!! 알았어!?"

"예. 제가 빨리 해결하도록 하겠습니다."

"알았으면 빨리 나가서 움직여!!"

조 이사는 혼비백산해서 밖으로 나왔다. 그리고 김 사장과 만날 약속을 잡았다.

그날 저녁.

"아이고, 이거 최근에 너무 자주 만나는 것 같네요. 그러니까 제가 상황이라는 게 장담할 수 없는 거라고 하지 않았습니까. 그런데 오늘은 이상하게 만나니까 무척 반갑게 느껴지네요?"

혁민의 말에 조 이사는 끓어오르는 화를 참아야 했다. 오늘은 정말 합의를 해야 했으니까.

"자, 앉으시죠. 그런데 이 집은 뭐가 맛있나? 저희가 시켜도 되겠죠? 좀 비싼 걸로."

혁민은 빙글빙글 웃으면서 방 안의 분위기를 완전히 휘어잡았다.

그리고 조 이사는 오늘 협상도 쉽지 않을 거라는 사실을 느끼고는 한숨을 내쉬었다.

"준비한 게 있으니 일단 보시죠."

윤 부장은 준비한 서류를 내밀었다. 이전에 제시했던 내용과는 사뭇 다른 조건이었다. 금액은 전에 이야기했던 것보다

다섯 배 정도 높은 금액이었다. 게다가 특허를 사는 것도 아니라 공동으로 하는 조건이었다.

예전에 내민 조건에 비하면 엄청나게 좋은 내용이었다. 게다가 예상했던 것보다 김 사장의 권리를 훨씬 더 강하게 보장해 주었다.

하지만 전부 좋기만 한 건 아니었다.

일반인이 보기에는 잘 모를 수도 있겠지만, 군데군데 독소 조항들이 숨어 있었다.

주로 손해배상이나 문제가 발생했을 때와 관련된 조항들이 그랬다. 난해한 법적 용어가 적혀 있었지만, 간단하게 말하면 거현그룹에 절대적으로 유리하게 되어 있었다. 혁민은 연필과 펜으로 메모해 가면서 빠르게 계약서를 훑어나갔다.

'숨기느라고 신경을 많이 쓰기는 했네. 그래도 이 정도면 나쁜 조건은 아닌데?'

생각했던 것보다는 훨씬 좋은 조건이었다. 끝까지 검토한 혁민은 하나라도 놓친 게 없는지 처음부터 다시 한 번 검토를 시작했다. 시간이 오래 걸리더라도 실수가 있어서는 안 되는 일. 혁민은 아주 꼼꼼하게 내용을 살폈다.

그리고 검토가 끝났을 때 계약서에는 엄청나게 많은 줄과 메모가 적혀 있었다. 마치 수험생의 노트 같아 보였다.

혁민은 김 사장도 다 읽었다는 걸 확인하고는 이야기를 시작했다.

"손을 봐야 하는 부분이 좀 있군요."

"협상이란 게 다 그런 거 아니겠습니까. 어디까지나 그건 저희 쪽 의견입니다. 견해 차이가 있는 부분은 이야기하면서 타협점을 찾으면 되는 거지요."

윤 부장은 부드러운 표정으로 이야기했다. 조 이사도 협상에 적극적으로 임하겠다는 자세를 보였고. 예전보다는 훨씬 누그러진 자세였다. 그만큼 다급하다는 소리.

"그러면 일단 내부적으로 얘기를 먼저 하고 대화를 하는 게 어떻겠습니까? 그리 오래 걸리지는 않을 겁니다."

"그러시지요. 기다리겠습니다."

혁민은 곧바로 옆에 있는 김 사장과 대화를 나누었다. 김 사장에게 유리하게 되어 있는 부분은 건너뛰고 주로 독소 조항에 관해서 설명했다. 유리한 거야 굳이 손을 댈 필요가 없는 거였으니까.

둘이 이야기를 하는 사이 윤 부장과 조 이사도 무언가 이야기를 나누었다. 굳은 표정으로 대화를 나누는 걸 보니 협상이 쉽지 않겠다는 이야기를 하는 듯했다.

"이 부분은 당연하다고 생각해서 그냥 넘어가는 경우가 많은데, 계약서에 명시하고 넘어가는 게 좋습니다."

그런 내용이 있다. 아주 당연한 이야기이고 법적으로 가도 아주 특별한 일이 아닌 이상 이길 수 있는 그런 내용. 하지만 그런 것이 계약서에 적혀 있고 아니고는 차이가 크다.

"법정 다툼을 해도 이길 수 있습니다. 하지만 계약서에 명시되어 있으면 문제가 생길 확률도 낮고, 생긴다고 하더라도 소송하기가 훨씬 수월하죠. 아시잖습니까. 일단 소송에 들어가면 시간 질질 끄는 거. 그러니까 아예 계약서에 못을 박아놓는게 좋습니다."

"그렇군. 그러면 그런 부분들은 전부 명시를 하는 걸로 하지."

혁민은 자신이 메모한 부분을 하나하나 체크하면서 김 사장의 의견을 물었다. 어차피 자신은 이러이러한 방향으로 가는게 좋겠다는 의견을 말해줄 뿐이다. 결정하는 건 김 사장의 몫.

하지만 혁민이 메모한 것에서 크게 바뀐 건 없었다. 김 사장이 혁민의 의견을 대부분 받아들였으니까. 그렇게 정리가 마무리되자 자세를 바로 하고 대화를 시작했다.

"자, 그러면 2조부터 이야기를 해보죠."

혁민의 말에 조 이사와 윤 부장도 계약서를 펼쳤다. 그리고 엄청나게 지루한 대화가 이어졌다. 단어 하나, 문구 하나를 수정하거나 첨삭하는 문제를 가지고 이야기를 하는 거였으니까.

"잠깐 쉬었다가 하면 어떻겠습니까?"

조 이사가 먼저 쉬자고 제안했다. 골머리가 지끈지끈 아파서 견딜 수가 없었던 것이다. 김 사장도 동의했고, 서로 휴식을 하기로 했다.

조 이사와 윤 부장은 담배를 피우기 위해서 밖으로 나갔다.

"이봐, 윤 부장."

"예, 이사님."

조 이사는 담배를 꺼내면서 말했다. 윤 부장은 대답하면서 라이터를 꺼내 담배에 불을 붙였고, 조 이사의 담배가 새빨갛

게 빛났다.

"후우~ 아무래도 오늘 협상이 마무리되기는 어려울 것 같
은데?"

"아무래도 그렇습니다. 그리고 어차피 그럴 생각으로 오신 것
아닙니까. 오늘은 그냥 큰 그림에만 합의하면 된다고 봅니다."

"그거야 그렇지."

하지만 조 이사는 이 상황이 정말 마음에 들지 않았다. 특히
나 이 정도로 양보했는데, 그동안 사용한 특허료를 내라는 부
분은 받아들일 수 없는 거였다.

"다른 건 몰라도 특허료는 안 될 말이야."

"그런데 저쪽에서 그 부분을 가장 완강하게 요구하고 있습
니다."

사실 그 부분은 돈이 문제가 아니었다. 특허료를 내라는 말
은 거현그룹이 그동안 무단으로 기술을 사용했다는 걸 인정하
라는 거였다. 그 부분은 인정할 수 없었다.

"그건 곤란하지. 그러면 다른 부분을 조금 더 양보해야 하는
건가?"

새빨간 불빛이 주변을 밝혔다가 사라지고 조 이사의 입에서는
허연 연기가 뿜어져 나왔다. 하지만 구름처럼 둥실 떠 있는 것 같
던 연기는 바람이 불자 삽시간에 흔적도 없이 사라져 버렸다.

조 이사는 무언가를 생각하는 듯 미간을 찌푸렸는데, 윤 부
장은 갑자기 여러 가지 생각이 들었다. 어둡고 차가운 주변의
영향을 받아서 그런 것일 수도 있고, 최근 이런저런 생각이 많

아져서 그런 것일 수도 있을 것이다.

'사실 애초에 특허료를 제대로 내고 기술을 사용했으면 아무런 문제가 없었던 거 아닌가?'

문제가 도대체 뭘까 하고 생각을 하다 보니 결국에는 그런 결론에 도달했다. 사실 예전에는 자신이 이런 일을 하리라고는 생각지도 못했다. 이런 건 정말 파렴치한 사람이나 하는 짓이라고 여겼으니까.

하지만 어쩔 수가 없었다. 자신이 무슨 힘이 있겠는가. 시키는 대로 해야 하는 자리에 있는데 말이다. 그래도 처음에는 죄책감에 시달리기도 했다. 하지만 점점 무감각해졌다. 당연히 그래도 되는 것처럼.

"그만 들어가지."

윤 부장의 상념은 거기까지였다. 조 이사는 담배를 바닥에 내던지더니 구둣발로 비볐다. 붉은빛의 덩어리가 애처롭게 흩어지면서 사라져 버렸다. 마치 처음부터 존재하지 않았다는 듯이.

윤 부장은 물끄러미 그 광경을 지켜보았다. 저 담배꽁초가 자신과 별반 다르지 않은 것 같다고 생각하면서.

*   *   *

협의를 통해 마무리하자는 큰 그림에는 서로 합의했지만, 자잘한 세부 사항을 놓고 이견이 있어서 협상을 끝내지는 못했다. 그리고 이야기한 내용을 거현그룹의 실무진이나 법무팀에서도 살펴봐야 했으니 어차피 협상이 끝날 수는 없었다.

그래도 몇 가지만 조율되면 금방에라도 계약서에 사인할 분위기였다. 하지만 윤 부장은 다른 것 때문에 스트레스를 받고 있었다.

"이사님. 어떻게 좀 해주셔야 하는 거 아닙니까?"

재판에 한차례 다녀온 이후 윤 부장은 잔뜩 위축되었다. 말로만 들었었지 언제 재판을 받아보았겠는가. 기껏해야 드라마나 영화로 본 게 전부였다. 그런데 실제로 재판을 받아보니 압박감이 장난이 아니었다.

숨이 턱턱 막히고 정말로 실형을 받아서 교도소에 가게 되면 어쩌나 하는 생각이 머리에서 떠나질 않았다. 일이 손에 잡히지 않는 건 물론이었고.

법무팀에도 알아보고 자신이 아는 사람을 통해서도 물어보았다. 그런데 실형을 받을 가능성도 있다는 대답이 대부분이었다.

"법무팀에서 알아서 해줄 거라니까 그러네. 우리 법무팀을 믿지 못하겠다는 건가?"

"법무팀에서도 집행유예를 100% 장담하지는 못한다고 하지 않습니까. 그리고 여론이 좋지 않아서 형을 받을 거라는 말도 있구요."

윤 부장의 목소리는 평소보다 무척 컸다. 교도소에 가게 생겼는데 마냥 머리를 조아리고 있을 수야 있겠는가. 아는 사람이 이야기를 해주었는데, 돌아가는 분위기가 심상치 않다고 했다. 그래서 미칠 지경이었다.

"어허, 이 사람이!! 글쎄 법무팀을 믿으라니까. 1심에서 실형을 받아도 2심에서는 충분히 빼낼 수 있어."

조 이사는 버럭 화를 냈다. 자신에게 이런 식으로 엉겨 붙는다는 사실 자체가 불쾌했다. 하지만 너무 몰아붙이면 엇나갈 수도 있는 법.

"사람이 왜 그렇게 소심해. 지금 여론이 들끓어서 그러는 거라니까. 2심은 어차피 한참 지나서 열리게 될 거라고. 그러니까 그때가 되면 잠잠해질 거야. 그리고 그때 집행유예로 나오면 일단 적당한 자리에 있다가 내가 다시 부르면 될 거 아닌가."

이것도 문제였다. 1심에서 실형을 받게 되면 자연스럽게 윤부장의 자리에는 다른 사람이 앉게 될 것이다. 나중에 집행유예를 받고 돌아오게 되면? 그때 원래 자리로 돌아갈 수 있을까?

어림도 없는 소리다. 지금 이 자리를 노리는 사람이 어디 한둘이겠는가. 일단 다른 보직을 맡고 있다가 다음 인사 발령을 기다려야 할 것이다. 조 이사가 알아서 챙겨준다? 그것도 믿을 수 없는 말이다. 지금까지 그런 경우를 본 적이 없으니까.

'여론이 주시하고 있어서 검사가 칼을 갈고 있다고 했어. 언론의 주목을 받는 사건이니 튀어보겠다고 작정을 하고 덤벼든다는 거지. 게다가 정치권에서도 일벌백계해야 한다고 난리를 치고 있고.'

이런 사건은 검사가 주목받기 좋은 사건이다. 당연히 검사로서 능력을 보여주면 승진에도 아주 유리하게 작용한다. 어설픈 사건 수십 개를 제대로 처리하는 것보다 이런 사건 하나 제대로 해치우는 게 더 점수 따기 좋은 것이다. 그래서 검사가 다른 일 제쳐 놓고 미친 듯이 덤벼드는 거였다.

원래는 거현그룹 일이라고 하면 검사도 적당히 봐주곤 한다. 그룹에서 알아서 힘을 써서 그렇게 만드는 것이다. 하지만 지금은 그런 게 전혀 통하지 않는 상황이 되었다.

"그러니까 걱정하지 말고 나가보라고. 내가 다 알아서 챙겨 준다니까."

윤 부장은 믿음이 가지는 않았지만, 알았다고 중얼거리면서 터벅터벅 방을 나섰다.

'씨발. 지하고는 상관없는 일이라 이거지?'

조 이사는 말만 번드르르하게 하고 있었다. 아마도 조 이사는 윤 부장이 교도소에 가든 말든 크게 상관하지 않을 것이다. 어차피 자신과는 무관한 일이었으니까. 그러고 보니 전에도 비슷한 일이 있었다.

'민 부장이 형을 살다가 나왔었지. 그리고 한직으로 돌다가 사표를 썼어… 지금은 통닭집을 한다고 했던가?'

하지만 그런 사실이 생각났다고 바뀌는 건 없었다. 자신이 뭐라고 해봐야 씨알이나 먹히겠는가. 윗선에서는 콧방귀도 뀌지 않을 일이다. 그러니 그저 어떻게든 힘을 써서 실형만이라도 면하게 되기를 바라는 수밖에 없었다.

'파리 목숨 같구나. 할 수 있는 건 아무것도 없고, 그저 처분만 기다려야 한다니.'

그렇게 생각했었다. 만약 조 이사의 이야기를 듣지 못했다면 계속해서 그런 생각을 했을 것이다. 하지만 운명은 윤 부장을 그렇게 놔두지 않았다.

윤 부장은 밤늦게까지 퇴근하지 못하고 있었다. 어차피 집에 가봐야 아무도 없었고, 술을 마실 기분도 아니었다. 그래서 자리에서 한숨만 내쉬고 있다가 가기 전에 법무팀에 가서 상담을 좀 해야겠다고 생각했다.

다행스럽게도 법무팀에 사람이 있는지 불이 켜져 있었다. 윤 부장은 그걸 보고는 발걸음을 재촉했다. 문을 열고 들어갔는데, 법무팀 사무실에는 아무도 없었다. 어리둥절한 표정으로 윤 부장은 주변을 둘러보았는데, 어디선가 말소리가 들렸다.

살펴보니 법무팀장의 방문이 조금 열려 있었고, 거기에서 소리가 들렸다. 근처로 걸어가면서 귀를 기울였는데, 익숙한 목소리였다. 바로 조 이사의 목소리였으니까.

"어차피 글른 거잖아."

"1심은 크게 기대하지 않으시는 게 좋습니다. 이게 판사도 여론에서 자유로울 수는 없거든요."

윤 부장은 흠칫 놀라서 뒤로 물러섰다. 그리고 조용히 둘의 이야기를 들었다. 법무팀장 방의 문이 조금 열려 있었는데, 아마도 조 이사가 법무팀장의 방에 들어가면서 문을 제대로 닫지 않은 모양이었다.

"아. 잠깐."

조 이사는 핸드폰을 받고는 방에서 걸어 나왔다. 윤 부장은 자기도 모르게 책상 아래로 몸을 숨겼다. 몰래 듣고 있었다는 불필요한 오해를 살까 두려워서 그랬을 수도 있지만, 그냥 본능적인 것에 가까웠다.

조 이사는 팀장 방문을 닫더니 법무팀 사무실 한쪽 구석으로 가서는 통화를 했다.

"예. 예. 그렇게 진행하고 있습니다. 예. 조만간 정리될 겁니다."

말투로 봐서 아버지인 조 회장과 통화하고 있는 듯했다. 그리고 조 이사는 무슨 얘기를 듣는지 한참을 말없이 핸드폰만 붙잡고 있었다.

"1심은 어려울 것 같습니다. 예……."

그리고 다시 침묵이 흘렀다.

"어쩌겠습니까. 그래도 보는 눈이 있으니 2심에서 나오게 되면 자리는 줄 생각입니다. 예… 예… 뭐 어쩔 수 없는 일도 있으니까요. 어차피 나갈 때도 된 사람이니까 크게 문제가 되지는 않을 겁니다."

이야기를 정확하게 파악할 수는 없는 아주 단편적인 말이었다. 하지만 윤 부장은 가슴이 철렁 내려앉는 것 같았다. 자신의 이야기라는 생각이 들었기 때문이었다.

'설마. 아니겠지. 아닐 거야. 내 얘기가 아니라 다른 사람 이야기일 거야.'

애써 부정하려고 했지만, 그럴수록 불안감은 더욱 커져만 갔다. 그리고 결정적인 말을 듣게 되었다. 너무나도 충격적인 이야기를.

"윤 부장 그 사람은 일처리가 좀 투미해서요. 실형을 살게 되면 어쩔 수 없는 거죠. 아니면 한직에 보내놓으면 됩니다. 그래도 눈치는 있으니 몇 달 있으면 알아서 나가겠죠."

조 이사는 웃으면서 이야기했다. 별일 아니라는 듯이. 하지만 윤 부장은 피가 거꾸로 솟는 것 같았다. 조 이사가 저지른 일 뒤치다꺼리를 그렇게 했는데, 겨우 한다는 소리가 저런 소리라니.

'일처리가 뭐 어째? 니가 실수하고 문제 만들어놓은 거 아랫사람들이 어떻게든 해결해 놓은 거야, 이 병신아. 니가 뭐 대단해서 핸드폰 사업부가 지금처럼 된 줄 알아?

울화가 치민다는 말. 정말 어떤 건지 확실하게 알 수 있었다. 가슴이 꽉 막힌 것 같았고, 자꾸만 속에서 무언가가 넘어오는 것 같았다.

'민 부장도 이런 식이었겠지? 그래. 집행유예로 빼준다고 했으니까 자기가 다 덮어썼겠지. 하지만 결국 교도소에 가게 되었고. 그리고 나왔을 때는 찬밥 신세… 그래, 어차피 자기 일이 아니라 이거지?

조 이사가 통화를 마치고 다시 법무팀장의 방에 들어가자 윤 부장은 책상에서 기어 나와 화장실로 향했다. 그리고 속에 있는 걸 게워냈다. 왜 토했는지는 알 수 없었다. 하지만 속이 메슥거려서 계속해서 안에 있는 걸 게워냈다.

"어쩔 수가 없는 일도 있어?"

윤 부장은 중얼거렸다.

"그래, 씨발. 어쩔 수가 없는 일도 있는 거지. 어쩔 수가 없는 일이 얼마나 드러운 일인지 내가 알게 해줄게."

윤 부장은 핸드폰을 꺼냈다. 그리고 주소록을 뒤졌다. 윤 부장은 주소록을 넘기다가 손가락을 뻗었다. 그의 손가락이 향한 곳에는 정혁민 변호사라는 이름이 있었다.

*   *   *

분노의 불길이 사그라지면 용기도 쪼그라든다. 윤 부장은 결심을 굳게 하고 혁민을 찾아왔지만, 쉽게 마음을 정하지 못하고 있었다.

"편하게 이야기하죠. 그러니까 모든 게 조 이사의 지시에 의한 것이라는 걸 증언하겠다는 거죠? 그리고 그 증거도 가지고 왔구요."

윤 부장은 고개를 끄덕였다.

"그런데 후환이 두려운 거군요. 이렇게 되면 어차피 거현그룹에서는 내쫓길 것이고. 다른 데 취업하기도 어렵겠네요."

"흠……."

윤 부장은 대답 대신 침묵으로 답했다. 두려운 것이다. 호기 있게 나섰지만, 과연 그 결과를 감당할 수 있을지가 걱정되는 것이다.

"걱정된다면 지금이라도 그냥 돌아가세요. 잘 아시겠지만, 현실은 냉정합니다. 분명히 불이익을 받을 거고 그 불이익은 생각하는 거 이상일 겁니다. 대기업이 어떻게 하는지 잘 아시 잖아요."

배신자에 대한 앙갚음은 철저하다. 다시는 그런 사람이 나오지 않게 하기 위해서라도 처절하게 응징해야 한다는 마인드를 가지고 있다.

"하아~ 어렵군, 어려워. 가만히 있으면 감옥에 갈 것 같고, 반발하자니 후환이 걱정되고."

윤 부장은 심각하게 고민하다가 혁민에게 물었다.

"혹시 무슨 방법이 없겠습니까? 증언은 하고 싶은데 너무 불안해서……."

"모든 걸 가질 수는 없습니다. 선택을 하면 한 가지는 포기해야죠."

당연한 말이었지만, 막상 그런 선택의 기로에 서니 쉽사리 결정할 수가 없었다.

"잘 생각해 보고 둘 중에 어떤 게 더 감당하기 어려운가를 판단하면 되지 않겠습니까."

"감당하기 어려운지를?"

"그렇습니다. 둘 중에 상대적으로 감당할 만하다고 생각되는 쪽을 선택하면 되는 거죠."

혁민의 말을 들었지만, 여전히 결정하기 어려웠다. 교도소에 가는 것도 감당하기 어려웠고, 대기업 앙갚음의 대상이 되는 것도 마찬가지였으니까.

"어렸을 때는 말이죠, 나이가 먹어도 정의로울 줄 알았어요.

아니, 정의롭지는 않더라도 사람들한테 손가락질 받을 일은 하지 않을 거라고 생각했어요."

윤 부장은 착잡한 표정으로 말을 이었다.

"세상 사는 거 쉽지 않네요. 그렇게 나쁜 짓만 하고 살아온 건 아닌 것 같은데… 생각해 보면 그렇게 잘 살아온 것도 아닌 것 같네요."

"정의라는 거 쉬운 거 아닙니다. 입으로 떠드는 건 정의가 아니거든요."

혁민은 담담하게 이야기했다. 말은 다들 쉽게 하지만, 행동에 옮긴다는 건 다른 차원의 이야기다. 그리고 정의롭게 행동했을 때 돌아올 불이익이 크다면 더욱 행동에 나서기란 힘든 일이고.

그걸 알기 때문에 힘이 있는 자들은 가혹한 응징을 한다. 정의라는 이름으로 내부 비리 같은 걸 고발하지 못하도록. 기득권의 권력이나 이익이 흔들리는 걸 막기 위해서.

"누군가는 해야 한다는 거 압니다. 그래야 변할 수 있으니까 말이에요. 하지만 먼저 하는 사람들은 큰 고통을 받게 되죠. 내가 그런 사람이 되기는 싫어요."

"대부분 그럴 겁니다. 사람이니까 당연한 생각이죠."

혁민은 윤 부장이 말은 저렇게 하고 있지만, 마음은 옳은 일을 하고 싶어 한다는 걸 느낄 수 있었다.

"그냥 본인이 옳다고 생각하는 거를 위해서 움직이세요. 기준은 사람마다 모두 다릅니다. 본인의 기준에 따라 움직이면 됩니다. 그건 누구도 강요할 수 없는 겁니다."

옳고 그름의 기준은 사람마다 모두 다르다. 그리고 생각하는 것과 행동하는 것의 기준도 다르다. 윤 부장은 힘없이 웃었다.

"나중에 후회할 것 같네요. 아마도 친구 중에는 나이 먹고 미쳤다고 하는 놈도 있을 겁니다. 그래도 일단 가보죠. 내가 드러워서 이대로는 못 있겠어요."

혁민은 고개를 끄덕이면서 말했다.

"한번 해봅시다. 저도 최선의 방법을 찾아보죠."

혁민은 윤 부장의 손을 꽉 잡았다.

*　　　*　　　*

"아버지!"

발등에 불이 떨어진 조 이사는 다급해졌다. 윤 부장이 배신하는 바람에 검사의 칼날이 자신에게로 향했기 때문이었다.

다른 사람이 교도소에 가는 거야 강 건너 불구경하듯 해도 되는 거였지만, 자신에게 직접 그런 문제가 닥치니 경황이 없었다. 결국은 아버지인 조 회장에게까지 손을 내밀게 되었다.

"평소라면 우리가 뒤를 봐주는 의원들이 나서서 움직여 주겠지만, 선거 즈음에는 그런 건 기대도 하지 않는 게 좋아. 그래서 사고를 쳐도 때와 시기가 중요한 거다, 이 녀석아."

일반적으로 재벌은 실형을 잘 때리지 않는다. 보통 징역 3년에 집행유예 5년이 일반적인데 그래서 그걸 삼오 관행이라고도 한다.

하지만 그런 게 잘 통하지 않을 때가 있다. 선거가 코앞이라 거나 특별히 분위기가 좋지 않은 경우가 그렇다.

"검찰에서 봐주지 않을 거다. 아니 오히려 검사가 대놓고 잡 아먹으려고 할 거야. 그리고 정치권에서도 이번 소송이 어떻 게 되는지 예의 주시할 테고."

"그러면 소송을 끌어서 선거 뒤로 넘기게 되면……."

"그게 가능할 것 같으냐? 1심은 무조건 선거 전에 결과가 나 오도록 할 거야. 그렇게 만들 거다. 정치권에서."

조 이사는 자신이 생각했던 것보다도 더 상황이 심각하다는 걸 깨닫게 되었다. 그렇다면 자신이 1심에서 실형을 받을 게 거의 확실했다.

"그리고 지금 그게 문제가 아니야. 그룹도 아주 피곤하게 되 었다."

야당은 당연히 정부와 여당을 공격했다. 이런 상황을 만든 것은 모두 여당과 정부의 책임이라고 하면서. 그리고 공정한 수사도 촉구하고 있었다. 그래서 검찰은 신경 써서 수사할 수 밖에 없었다.

그리고 야당은 중소기업의 아이디어와 기술을 보호하는 제 도적인 장치를 만들자고 목소리를 높였다. 대기업의 횡포에 중소기업이 파산하고 직원들이 길거리로 내몰리는 일을 없애 야 한다는 자극적인 문구를 외치면서.

"어떠냐? 야당은 하늘에서 황금 동아줄이 내려온 걸로 생각 하고 있단 말이다. 이렇게 좋은 일이 이렇게 민감한 시기에 터지다니 말이야."

조 회장은 이번 일을 꾸민 사람은 그런 걸 알고 했을 거라고 말했다. 조 이사는 그 말을 듣고는 아무래도 혁민이 그런 게 아닐까 하는 생각이 들었다.

"여당과 정부는 어떻게 움직일 것 같으냐? 그냥 두들겨 맞고만 있을까?"

그럴 리가 있겠는가. 선거에서 이기기 위해서는 가만히 있지는 않을 것이다.

"그래서 대기업과 중소기업의 상생 방안 이야기가……."

"그래. 그 이야기가 나오는 게 다 그런 배경이 있어서야. 그리고 희생을 강요하고 있다. 어느 정도 대기업이 희생하는 모양새가 되어야 여론도 수그러들 테니까 말이야. 그런데 가장 압력을 강하게 받을 곳은 바로 우리 거현그룹이다. 왜인지는 니가 더 잘 알겠지!!"

조 회장은 말을 한 후 조 이사를 노려보면서 호통을 쳤다.

"니가 일을 제대로 처리하지 못해서 지금 그룹에 얼마나 큰 불똥이 튀게 되었는지는 알겠느냐 말이다."

"죄송합니다. 제가 어떻게든……."

"됐다. 지금 돌아가는 상황으로 보면 실형은 면할 길이 없다. 그러니 그렇게 알고 준비해라."

"아버지!!"

조 이사는 다급하게 아버지를 불렀지만, 소용없었다. 정치권에서는 희생양을 원했다. 모든 잘못을 책임지고 사람들의 비난을 한 몸에 받을 사람. 그런 사람이 필요했다. 야당은 그걸 빌미로 여당을 공격할 것이고, 여당은 개인의 문제로 몰고 갈 것이다.

"어쩔 수 없는 일도 있는 법이다. 그러니 그렇게 알고 잠깐 쉰다고 생각해라. 바로 항소해서 어떻게든 집행유예로 해볼 테니까. 그때가 되면 선거도 끝나고 했으니 괜찮을 게다."

조 이사는 아버지의 반응을 보고는 아직은 기회가 있음을 깨달았다. 그리고 조금 답답하기는 하겠지만, 독방을 배정받고 변호사를 불러서 계속 접견을 하면 된다.

"그것보다 합의를 잘해봐라. 조건을 좋게 해주고 어떻게든 윤 부장의 입을 막아봐. 그러면 일이 조금 수월해질 테니까."

"예. 제가 나가면 좀 그럴 테니까 법무팀에 이야기해서 진행하겠습니다."

"그래. 그게 좋겠지."

*   *   *

"백 선생. 효과 확실하던데?"

"낄낄낄, 누구 작품인데. 당연하지."

혁민은 백 선생에게 예상한 대로 진행되었다고 이야기했다.

"직접 만나서 부탁하고 그러는 건 하수들이나 하는 짓이야. 고수는 상대가 알아서 움직이게 하는 거야."

백 선생은 상대가 뭘 원하는지만 알면 그 사람을 움직이게 하는 건 어려운 일이 아니라고 했다. 특허 기부는 혁민의 아이디어였지만, 정치권을 움직이게 한 디테일한 내용은 백 선생의 도움을 많이 받았다.

"먹이를 던져 주니까 알아서 몰려들어서 물어뜯잖아. 그리고 이번에 기업들이 어디에 공장을 세우니, 어느 지역에 투자를 하니 하는 계획을 줄줄이 발표했지?"

"봤지. 무슨 상생 경영이니 그런 것도 얘기하더라고."

"혹시 어디에 투자하는지도 유심히 봤나?"

"투자하는 장소? 그건 신경 쓰지 않았는데?"

백 선생을 낄낄 웃다가 이야기했다.

"잘 찾아봐. 대부분 여당이 전에 고전했거나 아슬아슬한 지역이니까. 전부 그런 건 아니지만 대부분 그래. 거기서 출마한 사람은 땡 잡은 거지. 이런 식으로 돈 끌어와서 지역 경제 발전시키겠다. 뭐 이러면 당선은 따놓은 거잖아."

"그런가? 참 세상 복잡하게 돌아가네."

혁민은 고개를 절레절레 저었다. 그리고 그런 복잡한 것에는 신경을 쓰기도 싫었다. 그래서 직면한 문제에 관해 물었다.

"그런데 백 선생. 상대가 합의하자고 하는데 어떻게 생각해?"

혁민은 그러지 않았으면 했는데, 백 선생의 생각은 어떤지 들어보고 싶었다.

"그거야 당사자들이 알아서 할 문제지. 자세한 내용은 모르겠지만, 합의하면 돈을 조금 더 받는 거겠구만. 합의를 안 해주면 보복을 할 테고 말이야."

"뭐, 대충은······."

"대신에 처벌은 강해지겠지. 그리고 그게 선례로 남을 테고."

역시나 백 선생은 빠꼼이였다. 거현에서도 이게 선례로 남
는 걸 우려해서 아주 적극적으로 합의하려고 했다. 뭐든지 물
꼬가 한번 터지면 막기 힘든 법이니까 터지기 전에 막으려는
거였다.

"돈을 챙기든지, 아니면 명분이나 그런 걸 챙기든지. 알아서
들 하라고. 그런 건 나와는 상관없는 이야기니까."

"하기야 갈림길에서 어디로 갈지를 결정하는 건 본인이니까."

"그것보다 이런 재미있는 것 좀 많이 물어 와. 심심하다고."

혁민은 자주 연락하겠다고 하고는 통화를 마쳤다. 그리고
김 사장과 윤 부장이 있는 자신의 사무실로 들어갔다.

"죄송합니다. 갑자기 급한 전화가 와서."

"아니야. 그건 그렇고 어떻게 했으면 좋겠나?"

윤 부장은 거현에서 만나자는 연락을 받고는 조금 흔들렸
다. 증언하지 않으면 충분한 대가를 주고 안전도 보장한다고
했으니까.

"그 말은 증언을 하면 안전을 보장하지 못한다는 말이군요.
어떤 식으로든 손을 쓸 거다, 뭐 그런 말이네요."

"그렇지. 원래 그런 식이잖아."

"부장님 생각은 어떻습니까?"

"모르겠어. 이것도 결정하는 게 쉽지가 않네."

그럴 만도 했다. 혁민은 이번에는 김 사장을 보면서 물었다.

"사장님은요? 선처를 원한다는 탄원서 같은 걸 써달라고 했다면서요. 그리고 추가로 가지고 있는 증거가 있으면 그건 내놓지 않는 걸로 하고요."

"대신에 투자나 제공할 수 있는 거 이야기를 많이 하더군."

김 사장도 솔깃한 모양이었다. 거현그룹에서 급했는지 조건을 상당히 좋게 제시했으니까.

"회사로 보면 기회일 수도 있겠네요."

"그렇긴 한데……."

김 사장은 당장에야 이렇게 나오지만, 끝까지 믿을 수 있는지가 걱정이라고 말했다.

"급한 불만 끄고 나면 무슨 짓을 할지… 그래서 거절하려고."

혁민은 내심 환영했지만, 의외의 결정이라고 생각했다. 그리고 윤 부장도 조금은 뜻밖이라는 표정이었다.

"분위기가 바뀌지 않으면 똑같을 것 같더라고. 지금 돈 조금 더 받아봐야 뭐하겠어. 그렇다고 내 회사가 거현 같은 대기업하고 상대가 될 리가 없지. 나중에 그런 대기업에서 맘먹고 죽이려고 들면 똑같은 일이 벌어지겠지."

김 사장은 그래서 거현그룹에서 원하는 대로 되지 않는 일도 있다는 걸 보여주고 싶다고 했다. 이번 일로 조금이라도 바뀌는 게 있으면 그게 자신이나 회사에 더 좋은 일일 수도 있다면서.

"눈에 불을 켜고 달려들 겁니다. 아예 짓밟아 버리려고 칼을 갈고 덤벼들 거예요."

"뭐, 합의하면 달라질 게 있을까? 지금이야 좀 편하겠지만, 어차피 나중 가면 똑같을 것 같더라고. 그럴 바에는 뭔가 바꿔 보는 게 좋을 것 같아. 나도 고민 끝에 내린 결정이야."

김 사장은 확신은 없는 듯했다. 결정은 했지만, 불안한 마음이 가득한 게 보였다. 그래도 결정을 바꾸지는 않을 듯했다.

"하긴. 그렇지. 지금이야 안전을 보장하겠다고 하지만 아마 소송만 끝나면 바로 보복이 들어올걸? 그때 가서 어디다가 하소연해 봐야 소용없을 거고… 에이, 몰라. 나도 그냥 증언하겠어."

혁민은 너무 감정적으로 결정한 게 아닌가 싶어서 걱정이 되었다.

"다시 한 번 생각해 보는 게 어떻습니까. 신중하게 생각해야 할 문제잖아요."

"많이 생각했어. 그런데 이런 생각이 들더라고."

김 사장은 심호흡을 깊게 하고는 말을 이었다.

"어떤 길이 옳은지는 알고 있었어. 뻔하잖아. 사실 다들 알고 있지. 하지만 어느 정도 사회생활을 했다고 생각된 이후에는 항상 다른 길을 선택했어. 옳은 길로 가는 건 너무 힘들다는 걸 아니까."

윤 부장은 그 말을 조용히 듣고 있다가 천천히 고개를 끄덕였다.

"그런데 그러니까 항상 제자리더라고. 그래서 이번에는 어려운 길이지만 한번 가보려고. 그 길 끝에는 지금까지하고는 다른 게 있겠지."

윤 부장이 조용히 말을 이었다.

"같이 가죠. 저도 뭐가 있는지 궁금하네요. 사실 후회할 것 같습니다. 힘들겠죠. 하지만 그래도 가보고 싶네요."

윤 부장과 김 사장은 피식 웃었다.

둘은 거현그룹에서 온 제의를 거부했다. 그리고 자신들이 알고 있는 모든 것을 이야기했다.

결국, 조 이사는 1심에서 징역 3년, 2심에서 징역 1년 6월을 선고받았다. 무척이나 이례적인 일이었다. 하지만 그 이후로 김 사장과 윤 부장의 상황은 좋지 못했다. 거현그룹에서 알게 모르게 손을 썼기 때문이었다.

하지만 둘은 후회하지는 않았다. 그들은 스스로의 힘으로, 때로는 그들을 응원하는 사람들이나 혁민의 도움과 조언을 받아 그럭저럭 쓰러지지 않고 버텼다.

그리고 그렇게 작지만 의미 있는 변화가 시작되었다.

『괴짜 변호사 : 악마의 저울』 5권에 계속…

FUSION FANTASTIC STORY

미더라 장편 소설

ODD LAWYER

Devil's
Balance

괴짜 변호사
악마의 저울

『즐거운 인생』 미더라 작가의
2015년 대작!

현직 변호사, 형사, 프로파일러, 범죄심리학 전문가 자문으로
현장의 생생함을 그대로 담아낸 현대 판타지!

『괴짜 변호사 : 악마의 저울』

"제가 왜 한 번도 패소한 적이 없는 줄 아십니까?"

"……"

"저는 법으로만 싸우지 않거든요."

법의 칼날 위에서 춤추는 자들과의
치열한 공방이 펼쳐진다!

Book Publishing CHUNGEORAM

유행이 아닌 자유추구 -
WWW.chungeoram.com